ANIMA MUNDI

SUSANNA TAMARO

ANIMA MUNDI

Traduit de l'italien par Marguerite Pozzoli

PLON

TITRE ORIGINAL

Anima Mundi

Ne t'étonne pas si j'ai dit :
Il vous faut naître d'en haut.
Le vent souffle où il veut
et tu entends sa voix,
mais tu ne sais pas d'où il vient ni où il va.
Ainsi en est-il de quiconque est né de l'Esprit.

(L'Évangile selon Saint Jean, 3, 1-9)

Feu

I

Au commencement était le vide. Puis le vide s'est contracté, est devenu plus petit qu'une tête d'épingle. L'a-t-il fait volontairement ou contraint par quelque chose ? Nul ne le sait, ce qui est trop comprimé finit par exploser avec rage, avec fureur. Du vide est née une lueur insoutenable qui s'est dispersée dans l'espace ; il n'y avait plus d'obscurité là-haut, mais de la lumière. De cette lumière a jailli l'univers, éclats d'énergie projetés à travers l'espace et le temps. Dans leur course folle, ils ont formé les étoiles et les planètes. Le feu et la matière. Cela aurait pu suffire, mais il n'en a pas été ainsi. Les molécules d'amino-acides se sont modifiées jusqu'à ce que naisse la vie : des êtres unicellulaires microscopiques qui, pour respirer, ont eu besoin d'une bactérie. De là, de ces flaques primordiales, dans un mouvement d'ordre progressif, sont nées toutes les formes vivantes : les grands cétacés des abîmes et les papillons, les papillons et les fleurs qui abritent leurs larves. Et l'homme, qui au lieu de marcher à quatre pattes, marche sur deux. De quatre à deux tout change, le ciel est plus proche, les mains sont libres. Quatre doigts qui bougent et un pouce délié, capables de tout saisir. Et alors c'est la liberté, maîtrise de l'espace, action, mouvement, possibilité de mettre de l'ordre ou du désordre. Entre-temps l'univers se dilate, les étoiles sont de plus en plus loin-

9

taines, elles fuient éperdument, comme des boules de billard. Cela, est-ce quelqu'un qui l'a fait ou a-t-il progressé tout seul, avec l'inertie d'une avalanche ? On dit que la matière a ses lois, qu'à une telle température, dans de telles conditions, elle ne pouvait faire que cela, l'univers. L'univers et notre minuscule galaxie avec à l'intérieur, suspendu, le jardin fleuri de la terre. Il aurait largement suffi d'une centaine d'espèces de plantes et d'animaux pour transformer notre planète en une planète différente des autres. Alors qu'il y a des dizaines et des dizaines de milliers de formes de vie différentes, une vie ne suffirait pas pour les connaître toutes. Gaspillage ou richesse ? Si la matière a ses propres lois, qui a fait les lois de la matière ? Qui a créé l'ordre ? Personne ? Un Dieu de la lumière ? Ou un Dieu de l'ombre ? Quel esprit anime celui qui, en programmant une chose, programme également sa destruction ? Et puis, quelle importance ? Nous sommes au milieu, constamment écrasés entre les deux principes. Un certain ordre fugace, les cellules s'agrègent dans notre corps, notre visage. Notre visage a un nom. Ce nom, un destin. La fin du parcours est la même pour tous, l'ordre se raréfie, devient désordre, les enzymes se dispersent avec leurs messages et ne trouvent plus personne pour les accueillir. Estafettes d'une armée qui n'existe nulle part. Autour, c'est le silence hébété de la mort.

Ordre, désordre, vie, mort, lumière, ombre. Depuis le moment où j'avais eu conscience d'exister, je n'avais cessé de m'interroger, je me posais des questions auxquelles personne ne pouvait répondre. Peut-être est-ce simplement cela, la sagesse : ne pas se poser de questions. Je ne suis pas sage, je ne l'ai jamais été. Mon élément n'est pas le quartz mais le mercure. Matière instable, mobile, fiévreuse. Le vif-argent, destiné à bouger sans cesse. Et toujours en désordre.

Je pensais à cela, appuyé au portail du cimetière, en attendant la dépouille de mon père. Il faisait froid, le vent soufflait, les seuls oiseaux qui osaient le défier étaient les corbeaux.

Le fourgon de la commune est arrivé en retard, enveloppé dans un nuage de gasoil noir. « Où est le prêtre ? m'ont-ils demandé tout en déchargeant le cercueil. — Le prêtre ne viendra pas », ai-je répondu.

Tout s'est passé très vite, la niche était déjà ouverte, les hommes ont hissé le cercueil et l'ont glissé à l'intérieur, puis ils ont fermé la niche avec une dalle blanche. Pour la fixer, ils se sont servis d'une foreuse. Tout autour, il n'y avait que ce bruit et le croassement des corbeaux.

Au lieu de prononcer un discours, ses trois amis — les seuls survivants — se sont mis à chanter un air qui ressemblait à l'*Internationale*. Ils chantaient d'une voix faible, comme peuvent chanter les gens très âgés. Le vent soufflait en rafales, les notes sortaient et étaient emportées aussitôt. Moi je les regardais, mais eux ne me regardaient pas. Ils avaient trois œillets rouges à la main, ils les tenaient avec une timidité gauche, comme des enfants qui n'auraient pas su à qui les donner. À l'extérieur de la niche se trouvait un petit vase, mais placé trop haut pour qu'on puisse l'atteindre. Ils ont regardé un moment autour d'eux, hésitants, puis ils ont écarté les doigts et ont laissé tomber les œillets sur le sol. Il avait plu pendant la nuit, la boue a imprégné les pétales. Ce n'étaient plus des fleurs mais des ordures.

Nous sommes sortis un à un, les yeux baissés. Devant le petit portail du cimetière, j'ai donné un pourboire aux croques-morts, puis, sans dire un mot, j'ai serré la main aux amis de mon père. Vers le sud, le ciel, d'un gris plombé, laissait entrevoir un lambeau plus clair. Tout était fini, tout se refermait à jamais.

Mon père mesurait un mètre quatre-vingt-cinq et pesait à peu près quatre-vingt-dix kilos. Il avait des chaussures énormes. Quand j'étais petit, je glissais mes pieds à l'intérieur ; pour moi, ce n'étaient pas des chaussures mais des pirogues polynésiennes, la tapette devenait une rame et je voyageais ainsi à travers la chambre.

Il était né quelques années après la fin de la Grande Guerre. Avec son corps massif, il avait traversé une bonne partie du siècle, tout comme ses sucs gastriques, ses neurones cérébraux et les arbrisseaux des dendrites, son cœur avec les ventricules et les oreillettes, le va-et-vient du sang artériel et veineux, ses os, ses tendons, les parois spongieuses de ses poumons et celles de son intestin, lisses et glissantes. Pendant quatre-vingts ans, cet ensemble de fonctions qui répondait au prénom de Renzo s'était déplacé entre espace et temps. Il avait combattu pour quelque chose ou contre quelque chose d'autre ; il avait hurlé, braillé, consommé une quantité indéfinie d'hectolitres de boissons alcoolisées. Il avait fait vivre ma mère dans la terreur et amusé ses amis, à la taverne ; il avait engendré un fils. Et c'était justement ce fils, le matin même, qui l'avait enterré et qui avait donné un pourboire aux croques-morts. Ce fils n'était pas triste mais étonné. Peut-être est-ce toujours ainsi, quand le dernier des deux parents s'en va. Brusquement on est seul, et dans cette solitude, beaucoup de choses changent. On n'est plus un fils, il n'y a plus personne contre qui agir. Par un ordre naturel, la fin qui se profile à l'horizon est la nôtre.

Ma mère disait que le monde avait été créé par Dieu, mon père soutenait que Dieu était une invention des curés, pour que les gens se tiennent tranquilles. Moi, jusqu'à un certain moment, j'ai préféré penser à quelque chose de plus simple, à un prestidigitateur par exemple. Un jour, j'avais vu un spectacle dans lequel un monsieur, d'un coup de baguette magique, sortait un lapin d'un chapeau. Avec la même baguette, peu après, il réunissait les débris d'un verre. Donc, avec une baguette, on pouvait faire une foule de choses. Le directeur de la fanfare utilisait une baguette, lui aussi. En l'agitant, il transformait les gribouillages noirs sur le papier en une musique qui faisait pleurer.

Pendant pas mal de temps, j'ai cru au prestidigitateur. Puis, du jour au lendemain, je n'ai plus cru en rien. C'est arrivé au moment de la mort d'un de mes camarades de classe. Il était parti en vélo acheter des cigarettes pour sa mère. C'était la tombée de la nuit et on y voyait mal, une voiture l'a fauché avant de lui passer dessus. Nous n'étions pas particulièrement amis, sauf que la veille, il m'avait prêté sa gomme. Tout à coup, son banc était vide et la gomme est restée au fond de mon cartable, il n'y avait plus personne à qui la rendre. Voilà tout. Avant, il y avait Damiano, et après, à sa place, ne restait que le vide.

Nous étions allés à son enterrement vêtus de nos blouses d'écoliers, les deux aînés de la classe portaient une énorme couronne. Pour arriver au cimetière, on passait devant sa maison. Sa mère avait oublié d'enlever le linge qui séchait, ses pantalons et ses chemises étaient encore là sur l'étendage, ils claquaient au vent, comme les drapeaux d'une contrée disparue. Quand le prêtre a dit : « Nous pensons à ton petit sourire, là-haut, dans les pâturages du ciel », j'ai éclaté en sanglots. Je ne pleurais pas d'émotion, mais de rage. Pourquoi se moquent-ils de nous ? me demandais-je. Lui, il n'est plus nulle part. La gomme est froide dans ma poche.

Ce jour-là, j'ai compris que j'étais comme ces fakirs indiens qui vivent perchés au sommet des poteaux. J'étais seul, assis au sommet d'un poteau, avec le vide autour de moi, dans ma tête et dans mes pensées. Il en était de même pour les autres, probablement, mais ils ne semblaient pas s'en rendre compte.

Une fois, la maîtresse nous avait expliqué que les sapro-phytes étaient l'un des fondements sur lesquels reposait notre existence. Ils pouvaient être aussi bien des plantes que des animaux, leur rôle était de décomposer tout ce qui, un jour, avait eu une vie propre. Ils scindaient les molécules complexes et en faisaient des molécules simples. L'ammo-niaque, les nitrates, l'anhydride carbonique aidaient les plantes à pousser. Les animaux mangeaient les plantes, et nous, nous mangions les animaux et les plantes. La boucle était bouclée. Avant le vide total, il y avait ces petites créatures, d'humbles transformateurs.

Pendant que les amis de mon père marmonnaient *L'Internationale*, c'était justement à eux que je pensais. Je regardais les trois vieux et je me demandais s'ils entendaient ce grouillement anxieux sous leurs pieds. Eux aussi, au fond, n'étaient que des aliments pour les saprophytes, et les autres, là-dessous, le savaient. Une telle pensée n'était ni sérieuse ni aimable, mais je n'arrivais pas à me l'enlever de la tête. Plus de vingt ans après, toutes mes rêveries enfantines sur la mort étaient revenues.

Quand ma grand-mère avait disparu, ma mère m'avait expliqué que la mort est une sorte de feinte, parce qu'on ne meurt jamais définitivement. « Un jour, m'avait-elle dit, les trompettes du jugement sonneront, elles sonneront comme un grand réveille-matin et tous sortiront de leur tombe. » J'étais resté perplexe. Je connaissais déjà l'existence du paradis, du purgatoire et de l'enfer. Et je me demandais : comment est-ce possible ? Quand on meurt, on va en haut ou en bas ou on s'arrête un moment à mi-chemin, selon que l'on a été bon ou méchant. Qu'est-ce que les sarcophages ouverts viennent faire là-dedans ? Il ne devait plus rien y avoir à l'intérieur. Je n'arrivais pas à comprendre pourquoi, à un moment donné, il fallait se précipiter à nouveau dans les tombes, comme si quelqu'un avait battu le rappel. En pensant cela, je revoyais les matins où, bien que réveillé, je faisais mine de dormir. J'aimais être réveillé par ma mère, et donc, dès que j'entendais ses pas, je refermais les yeux, c'était une sorte de jeu. Peut-être qu'un jour toutes les personnes mortes feindraient seulement d'être mortes, pour faire plaisir à Dieu. À un signal convenu, elles s'enfuiraient en masse de l'enfer, du paradis et du purgatoire et se précipiteraient vers le lieu où on les avait enterrées.

Mais même s'il en était ainsi, il existait des problèmes

quasiment insurmontables. J'avais vu comment on avait enfermé ma grand-mère et je savais qu'elle était toute petite. Comment pourrait-elle se débarrasser de ce couvercle ? Pour elle, même un cure-dents aurait été trop lourd. Et tous ces malheureux qui avaient été découpés en morceaux sur les champs de bataille ? Les corps des soldats de Pyrrhus et d'Hannibal mêlés aux corps énormes des éléphants ? Quand retentiraient les coups de trompette, comment chacun retrouverait-il ses morceaux ? Et si quelqu'un, par erreur, dans la panique, attrapait la jambe d'un ennemi, ou pire, la rotule d'un éléphant ? Que se passerait-il ? Se présenterait-il à Dieu dans cet état ? Et les habitants de l'Inde, que personne n'avait avertis et qui continuaient à se faire incinérer ? Les cendres pouvaient-elles ressusciter, elles aussi ?

Après l'enterrement, je suis arrivé chez moi avec ces idées en tête, et j'ai aussitôt cherché quelque chose à boire. Il n'y avait qu'une demi-bouteille de liqueur sucrée, dont ma mère se servait pour les gâteaux. Elle était éventée mais l'alcool était resté, si bien que j'ai bu à même la bouteille. J'aurais voulu m'allonger mais ce n'était pas possible, le canapé en Skaï était vraiment trop étriqué.

J'étais assis au même endroit, mes pieds ne touchaient même pas le sol quand j'avais demandé à ma mère : « Est-ce que le diable existe ? » Elle était en train de faire la vaisselle, je voyais son dos et son tablier noué à sa taille. « Qu'est-ce qui te passe par la tête ? » m'avait-elle répondu, vaguement surprise. Ma question avait été neutralisée par une autre question. « Rien », avais-je dit alors, en haussant les épaules.

Quelques jours après, j'avais posé la même question à mon père. Il avait éclaté de rire. « Bien sûr qu'il existe, avait-il dit en guise de réponse, le diable, ce sont les fascistes. » Il avait donc été clair pour moi que ni l'un ni l'autre n'était en mesure de me répondre.

Je pensais souvent au squelette armé d'une faux, peint

sur les murs de l'église. Il coupait le foin et le foin, c'était nos vies. Si Dieu était bon, comme on le disait, qui avait inventé ce squelette ? Peut-être Dieu n'était-il pas aussi bon. Ou peut-être était-il bon, mais distrait. Ou peut-être avait-il eu un jour de mauvaise humeur et, ce jour-là, il avait créé le diable. Le diable et la mort.

Quand ma mère me voyait pensif, elle disait toujours : « Pourquoi ne vas-tu pas dans la cour jouer avec les autres ? »

À présent, plus personne ne me disait rien. J'étais rentré à la maison. La maison était vide et moi j'étais grand. Les questions que je me posais étaient les mêmes que celles que je me posais, enfant, quand, assis sur le canapé, je n'arrivais pas à toucher le sol avec mes pieds.

Une fois, au cinéma du dimanche, j'avais vu *Moby Dick*. Une fraction de seconde avant que la baleine blanche jaillisse hors de l'eau, le projecteur avait pris feu. Il y avait eu une flambée et tout de suite après, dans l'obscurité de la salle, le drap blanc avait reparu.

J'y ai pensé, en revoyant mon passé. Que s'était-il produit toutes ces années-là ?

Je m'étais enfui, très loin. Dans cette fuite, j'avais cru construire une vie différente. Puis j'étais rentré. Comme un bon fils, j'avais enterré mon père et donné un pourboire aux croques-morts. En le donnant, je m'étais rendu compte que, derrière moi, il n'y avait que des photogrammes brûlés. Le léviathan n'était pas mort, il n'avait pas disparu. Il était toujours là, juste sous la surface de l'eau. Tout en parcourant les pièces vides, j'entrevoyais sa forme, menaçante, grisâtre, silencieuse, toujours prête à bondir à l'air libre et à tout détruire.

II

La maison où je suis né est un petit immeuble de trois
étages, construit au début des années cinquante. Ciment
gris à l'extérieur et tristesse à l'intérieur, il n'y a rien pour
l'embellir. Les fenêtres de la cuisine donnent sur la rue et
celles des chambres sur la cour. Une cour où ne poussent
pas de fleurs, mais des débris de voitures. Les stores en
plastique, autrefois bleu ciel, sont à présent d'une couleur
indéfinie. Dans l'escalier règne une forte odeur d'humidité
mêlée à la puanteur du pipi de chat. Au début, ma mère y
habitait seule, puis, quand elle s'est mariée, mon père est
venu y vivre, lui aussi.

Bien que l'on voie, sur le buffet, une photo où ils me
tiennent dans leurs bras, et bien qu'ils sourient, je ne me
souviens pas d'un seul instant de mon passé où j'aie connu,
entre ces quatre murs, un semblant de bonheur. Pas celui
des vieux films américains, où tout le monde se parle avec
des mines de Bambi. Je me serais contenté de quelque
chose de plus simple, de plus essentiel. Si je pense à
quelque chose de physique, j'imagine de la colle tiède. Une
colle qui maintient des morceaux ensemble. Je suis ici et
tu es à côté de moi, la colle nous unit, nous aide à
comprendre ce que nous faisons. Alors que là, rien du tout,
il y avait deux personnes dans cette maison, et ces deux
personnes étaient aussi proches qu'un mur et une chaus-

17

sure. Puis une troisième est arrivée et ce n'était qu'un objet de plus, une bêche, par exemple. Le mur, la chaussure et la bêche vivaient sous le même toit. Voilà tout.

Tu honoreras ton père et ta mère. À un certain moment de ma vie, ce commandement m'a effrayé plus que tous les autres. Désormais, je savais comment naissent les enfants, je connaissais la loi arrogante qui fait avancer le monde. Durant une période déterminée, tous les mammifères sont en chaleur : les mâles recherchent les femelles et c'est ainsi que se produit l'accouplement. La nature a une imagination terrible, elle a inventé une infinité de stratagèmes pour qu'il puisse s'accomplir. À leur manière, même les arbres s'accouplent. Tout avance sur cette musique forcée.

Peu à peu, j'ai compris que ce commandement ne signifie pas, comme on se l'imagine : sois gentil avec tes parents, rapporte à la maison tout l'argent qui reste après les commissions et ne réponds pas de travers. On veut le faire croire aux enfants mais c'est faux, c'est juste une couverture, une pièce sur un pull-over, pour cacher un trou. La vérité est bien différente, le seul fait de la deviner est embarrassant.

Tu honoreras ton père et ta mère signifie : n'imagine jamais l'instant où ils t'ont conçu. Continue à penser aux cigognes et aux choux, à des vols de cigognes et à des étendues de choux. Fais-le jusqu'à la fin de tes jours parce que, sinon, il te faudrait comprendre qu'à cet instant, dans la plupart des cas, il n'y avait aucun projet d'amour, mais un appel bien plus terrestre. Personne n'a imaginé l'être qui viendrait au monde, personne ne l'a désiré, personne n'a souhaité sa spécificité, ses yeux, ses mains, sa façon nouvelle de voir les choses. Il y avait simplement une démangeaison quelque part, et il fallait la satisfaire. Il a suffi d'un instant d'inattention et, à cet instant, ton père et ta mère sont devenus toi.

Naturellement, il existe des exceptions. Quelques-uns, peu nombreux, ont de la chance, mais moi, à quatorze ans, j'étais conscient de ne pas être du lot. Je regardais manger le grand ogre. Il rompait le pain en gros morceaux, les jetait dans sa soupe et ruminait, les yeux toujours baissés. Je le regardais manger et je savais qu'il m'avait conçu de la même façon. Pendant que, morula puis blastula, je grandissais dans le ventre de ma mère, il ronflait de manière obscène et soufflait bruyamment, la bouche ouverte.

Désormais, j'étais au seuil de l'adolescence. Je me sentais comme un animal en fin d'hibernation. Pendant toutes les années de collège, je n'avais pensé qu'au vide. Au vide et à ce qui se cachait — ou ne se cachait pas — derrière. C'étaient des pensées voilées de tristesse, toutes mes actions étaient teintées de mélancolie. Parfois, je passais des après-midi entiers dans ma chambre, à regarder par la fenêtre. Il m'arrivait même de me mettre à pleurer tout en fixant le vide. J'allais si loin dans mes pensées que je n'arrivais plus à trouver le chemin du retour. J'étais triste, un point c'est tout, et dans un certain sens, ces larmes étaient une consolation.

À l'école, ce changement n'était pas passé inaperçu. Ma mère avait été convoquée et on lui avait dit : « Ce n'est pas normal, ce garçon se comporte comme un vieux. » Même mon père avait remarqué mon état. Un soir, pendant le dîner, il avait demandé à ma mère, en me désignant du menton : « Qu'est-ce qui se passe ? Il est malade ? » J'étais toujours stupéfait qu'il ne m'adresse pas la parole. Il craignait que je parle une autre langue, peut-être ? Chaque fois qu'il avait une question à me poser, il s'adressait à ma mère. Il va où ? demandait-il. Pourquoi il rentre si tard ? Moi, je le regardais parler, je suivais la conversation comme un sourd-muet, lisant sur les lèvres de l'un et de l'autre, alternativement.

Cette sorte d'apathie a duré jusqu'à l'âge de quatorze ans environ.

À cette époque, il s'est produit comme un dégivrage intérieur. C'était comme si mon sang avait changé de couleur, de vitesse. Il y avait en moi une vitalité nouvelle, chaque jour je devenais plus grand, plus fort. Avec un peu de chance génétique, je serais aussi grand, aussi fort que mon père. Je pourrais enfin me planter devant lui et lui dire : « Je te hais. » La haine : c'était le sentiment que j'éprouvais à son égard, depuis que j'avais conscience de moi-même. Je ne pense pas qu'il éprouvât la même chose, tout au moins jusqu'à ce moment-là. Pendant une grande partie de mon enfance, je crois que je lui ai été totalement indifférent. Parfois je l'énervais, ça oui, mais rien d'autre.

C'était aux femmes à s'occuper des enfants, les hommes n'intervenaient qu'à partir d'un certain moment. J'imaginais une sorte d'arrêt de bus, ma mère descendrait et me laisserait là ; peu après, mon père arriverait et m'emmènerait avec lui pour une autre partie du trajet. J'étais un paquet commandé par correspondance, le contenu devait être conforme à ce que mentionnait le catalogue ; s'il était différent, il fallait le renvoyer à l'expéditeur.

Je suis né beaucoup trop tôt. Si j'étais né à notre époque, mon père aurait utilisé les moyens les plus modernes de la génétique. Il aurait rempli un formulaire avec beaucoup de petites croix, une à côté de « garçon », une à côté de « bonne santé », une troisième à côté de « communiste », une quatrième à côté de « non homosexuel ».

Mon père était tellement persuadé d'être parfait qu'il ne pouvait m'imaginer autrement : je devais être une photocopie de lui. Il était ce qu'il y avait de mieux, et je devais être identique à ce mieux. La grande, l'effroyable contradiction est là. Ce que les êtres humains redoutent par-dessus tout, c'est la différence, et néanmoins, ils continuent à mettre des enfants au monde. Mais par la force des choses, un enfant est toujours différent de soi. Et alors, c'est du poison que l'on mêle à sa propre nourriture.

En réalité, le meilleur moyen de se reproduire serait celui qu'a choisi, ou plutôt, subi, Frankenstein. Un pantin avec des ressorts dans la tête, l'électricité passe dans les ressorts et le tour est joué. Il y a une autre forme de vie, identique au modèle allongé à côté. Le monde serait plus tranquille, peut-être ennuyeux, mais avec moins de souffrance. Alors qu'un beau jour, votre mère vous laisse devant l'arrêt de bus et vous restez là, aussi perdu que le Petit Poucet, puis votre père arrive, vous regarde et dit : qu'est-ce que c'est que cet avorton ? Et vous ne savez plus que penser de vous-même.

Un soir, pendant qu'il parlait de moi avec ma mère — j'étais là avec eux, dans la même pièce — au lieu de dire, comme il le faisait toujours, « le petit », ou « le gamin » — ce qui revenait à dire « le chien » — il a dit « ton fils ». Il a dit cela, comme si ma mère était une limace ou un de ces animaux qui ont le don de tout faire par eux-mêmes. Il a dit « ton fils », et en le disant, le ton de sa voix n'avait rien de neutre. J'ai ainsi compris l'une des lois de la nature — loi qui n'est écrite nulle part : si les enfants fonctionnent bien, ils sont au père, s'ils fonctionnent mal, ils restent toute la vie un prolongement de la mère.

Ma mère était une femme silencieuse et paisible. J'ai été plutôt surpris quand elle m'a dit qu'elle avait rencontré mon père dans un bal. C'était la fête du 15 août et ils avaient dansé ensemble toute la nuit. Elle avait dix-sept ans, elle était en classe de terminale. Elle aimait beaucoup les enfants et de toute façon, pour les jeunes filles qui suivaient des études à l'époque, il n'y avait guère de choix. Ou institutrice ou dactylo. Sur une photo prise un peu avant le diplôme, on la voyait en blouse noire, avec toutes les élèves de sa classe. Je la regardais souvent. Et plus je la regardais, plus j'étais convaincu que cette jeune fille n'était pas ma mère, mais quelqu'un d'autre. Ses yeux étaient lumineux, son sourire aurait rendu amoureux même les pierres. Je ne pouvais m'empêcher de me demander : laquelle des deux est la vraie, celle qui est gaie ou celle qui est triste ? On change en grandissant, c'est ce qu'on m'a toujours dit. Mais pourquoi doit-on toujours changer en pire ? Il y avait eu ce bal et Ada avait connu Renzo. Ça n'avait pas été une rencontre banale, mais un coup de foudre. Puis la guerre avait éclaté, un coup de foudre encore plus grand. La guerre les avait séparés : durant toute cette période, elle l'avait attendu, elle avait constamment pensé à lui. À son retour, ils s'étaient mariés. Puis, plusieurs années après, j'étais né, moi qui étais — qui aurais dû être — le couronnement de ce rêve. Une belle histoire, très touchante, si ç'avait été une comédie. À la fin, sous l'effet de l'enthousiasme, tout le monde aurait applaudi. Mais il n'y avait vraiment rien d'enthousiasmant. Quand nous étions tous les trois à la maison, nous avions l'air de trois poissons rouges dans un bocal dont on n'aurait pas changé l'eau. Le manque d'oxygène intoxiquait nos branchies, quand nous ouvrions la bouche il n'en sortait que des bulles d'air.

Mon père s'énervait continuellement. Il s'énervait pour un rien, parce que le matin il ne trouvait pas une chaussette ou parce que la soupe était trop salée ou parce que, tout en faisant mes devoirs, je me grattais la tête avec un crayon. À la maison, c'étaient des explosions continuelles, il proférait les pires injures, flanquait par terre tout ce qui lui tombait sous la main, donnait des coups de pied dans les murs et dans les armoires. Puis, quand il n'y avait plus rien à casser, il sortait en claquant la porte.

Un jour, dans un livre, j'ai lu que les goélands font de même quand ils se disputent entre eux. Au lieu de se battre, ils se mettent à arracher l'herbe rageusement. Ils l'arrachent et la jettent sur le sol, ils pulvérisent tout ce qui est à portée de bec. Ils continuent ainsi jusqu'à la limite de leurs forces. Alors seulement, ils s'arrêtent et reprennent leur activité précédente comme si de rien n'était. Ils ne le font pas par bonté, mais parce que c'est plus avantageux. Détruire des individus de sa propre espèce est contraire aux lois de la survie.

Mon père se comportait comme les goélands. Il cassait les assiettes et les chaises pour ne pas casser la tête de sa femme et de son fils.

J'ai grandi dans la terreur. En grandissant dans la terreur, j'ai appris qu'à la fin même la terreur devient ennuyeuse. Je rêvais sans arrêt qu'un jour il se produirait quelque chose d'imprévu. Par exemple, il braillerait : « Il n'y a pas de sel » et elle répondrait : « Va le chercher toi-même », ou alors il se mettrait à table et dirait : « Je n'ai jamais rien mangé d'aussi délicieux. » Mais cela n'arrivait jamais.

Les enfers sont pavés des bonnes intentions des individus. Ils choisissent les répliques d'un drame radiophonique, toujours les mêmes. C'est un peu comme les ânes qui tirent la meule : à force de tourner en rond de manière monotone, ils sont convaincus qu'il n'existe pas de sort meilleur que celui-là.

Ainsi, jusqu'à un certain âge, je me suis senti chargé de protéger ma mère. Un jour, quand j'ai été capable de faire du vélo, je lui ai même proposé de nous enfuir ensemble. Je livrerai du lait chez les gens tous les matins, lui avais-je dit, et nous vivrons heureux pour toujours, il ne nous trouvera pas et même s'il devait nous trouver, nous ne lui ouvrirons pas la porte. J'étais à cet âge naïf où l'on attend des réponses claires. Je ne connaissais pas encore le problème du drame radiophonique, j'étais convaincu qu'elle était une victime et qu'en tant que victime elle ne pourrait manquer de dire : « Oui, tu as raison, fuyons ensemble. »

J'ai compris beaucoup plus tard que ma mère était complice, je l'ai compris en pleine adolescence, quand, au lieu de me défendre, elle a commencé à m'attaquer. Alors seulement je me suis rendu compte que même si leur relation était incompréhensible, folle, irrationnelle, c'était la chose la plus importante. Le drame radiophonique de la haine. Pendant plusieurs années, j'avais été le bruit de fond. J'étais les portes qui s'ouvrent et qui se ferment, le grincement d'un lit, un accès de toux, un éternuement. J'étais — et j'aurais dû rester — tout cela et rien d'autre.

Le jour où j'ai levé la tête et la voix pour réclamer un vrai rôle, ma mère aussi s'est dressée contre moi.

C'est peut-être cela qui a été le plus difficile, le plus lourd à porter. Pendant de longues années, nos existences s'étaient garanties réciproquement : nous existions l'un pour l'autre et vice-versa. Puis, brusquement, elle a pris un crayon-feutre noir et a tout effacé, elle a recouvert ses yeux et son sourire.

Que s'est-il passé à ce moment-là ? Je me suis repenti de ma gentillesse. Oui, c'est cela. Du jour au lendemain, j'aurais voulu gommer tout mon passé. J'avais honte de ce que j'avais été. De ma bonté, de ma docilité, du fait que, grâce au ciel, je ne donnais aucun souci. Je ne faisais aucun effort pour être ainsi. Être silencieux et gentil faisait partie de ma nature, c'était une manière de vivre en économisant de l'énergie. Dans ma tête, j'avais des pensées terribles, et pourtant je disais toujours : « Oui, madame la maîtresse. »

Je n'étais pas le premier de la classe, ni le deuxième ni le troisième. Être le premier, c'était un gaspillage d'énergie complètement idiot. Mais on me montrait quand même du doigt. Les mamans et les institutrices disaient : « Regardez Walter, il n'embête jamais personne. » Et je me suis dit : si je dois renaître, je ferai pipi sur les bancs, je clouerai les chatons sur les portes. J'embêterai tout le monde dès le premier instant. Il n'y a aucune raison de rendre la vie facile à ceux qui, après, vous la rendront difficile.

Pendant les quinze premières années, j'avais perdu la partie. Le fait de l'avoir compris était déjà important en soi. C'était comme si j'étais monté sur une chaise. Le paysage que je voyais était celui de toujours, sauf que la perspective était différente. Ainsi, je me suis mis à faire de la provocation. Il ne se passait pas un jour sans que je dise une méchanceté à ma mère. Avec mon père je n'osais pas encore ; l'insulter, elle, était une façon de tâter le terrain. Si quelqu'un sort du drame radiophonique, me demandais-je, qu'est-ce qui se passe ?

Donc, je la provoquais. « Tu te laisses traiter comme une savate, je lui disais, pour lui le monde entier n'est que du papier de chiottes, tu es une feuille de papier de chiottes, mais moi je refuse de l'être. » Elle, alors, elle entreprenait un travail manuel. Par exemple, elle nettoyait une étagère avec une petite éponge. Le stratagème était toujours celui des goélands, elle nettoyait en fixant ce qu'elle nettoyait et pendant ce temps elle sifflait : « Ne parle pas comme ça de ton père, je te l'interdis. — Et pourquoi est-ce que je ne devrais pas le faire ? répondais-je, toi, tu as peur de dire la vérité, mais pas moi. La vérité, c'est que c'est un connard. — Où as-tu appris à parler comme ça ? — Où ? Où ? Tu tiens vraiment à le savoir ? Essaie de l'imaginer, fais un effort. Chez ce connard de père. »

On continuait ainsi pendant des heures, jusqu'à l'épuisement. Elle, elle nettoyait son étagère et moi je continuais à hurler, en faisant les cent pas à travers la pièce. Il n'y avait ni victoires ni défaites. Nous voulions tous deux des choses impossibles. Elle, que je redevienne un bruit de fond. Moi, qu'elle reconnaisse sa propre haine.

« Pourquoi l'as-tu épousé ? lui ai-je crié un jour.

— Parce que je l'aimais, a-t-elle répondu en me regardant dans les yeux. Parce que je l'aime. »

La guerre était toujours la grande excuse, ce qui, d'après elle, imposait silence à tout le reste. « Tu ne peux pas comprendre, disait-elle quand elle se retrouvait le dos au mur, ton père a fait la guerre. Il a été un partisan. »

La guerre s'était passée sur les montagnes. Il avait été absent longtemps et personne n'avait eu de ses nouvelles. Lui-même ne parlait pas de ce qu'il avait fait durant ces années. Je connaissais Tex Willer, Pecos Bill et deux ou trois autres qui avaient fait des choses importantes. Les héros de films et de bandes dessinées n'avaient rien à voir avec mon père. Ils étaient courageux, forts. Avant de tirer, ils regardaient toujours leurs ennemis dans le blanc des yeux. Quelqu'un qui donne des coups de pied dans les chaises et les murs, pensais-je, n'est rien d'autre qu'un homme qui a peur. Un minable, un lâche, qui a perpétuellement l'injure aux lèvres. Il n'y avait rien de grand chez mon père, rien de mémorable. Personne ne lui aurait tendu la main, même pour traverser la rue ; quant à se retrouver avec lui au bord d'un ravin...

Chez lui, la seule chose remarquable était le mépris. C'était quelque chose de si puissant que, dès mon enfance, je pouvais en sentir l'odeur. Elle était acide, piquante, sans doute un mélange d'hormones et d'adrénaline. Elle flottait autour de lui et le suivait comme une traîne.

Dans ses jours de loquacité, il me serinait le refrain de la guerre, lui aussi. Cela se produisait quand je me plaignais de ne pas pouvoir faire ou avoir certaines choses. À ce moment-là, il attaquait : « Il te faudrait une bonne guerre, disait-il, je voudrais te voir courir sous les bombes qui sifflent autour de toi, ou fuir devant un ratissage. Il faudrait que tu aies un Allemand aux trousses, un Lüger à la main. Que tu pleures de froid ou de faim... »

Il continuait ainsi pendant des heures, avec des amabilités du même genre. Dès que je ne l'écoutais plus, il tapait du poing sur la table et hurlait : « Écoute-moi ! » La morale de tout cela, c'était que je devais m'estimer chanceux. Une guerre était finie, une autre ne lui avait pas encore succédé.

Quelques années plus tard, on m'a raconté une histoire, une histoire qui aurait plu à mon père. Il s'agissait d'un jeune Américain, fils d'un couple qui avait survécu aux camps nazis. Il était venu au monde plusieurs années après que tout cela fut fini. Néanmoins, à partir du jour où il avait commencé à comprendre le sens des mots, ses parents n'avaient cessé de lui répéter : « Tu n'as pas vécu ce que, nous, nous avons vécu, tu ne connais pas l'horreur, la déportation, la faim, l'humiliation. Tu n'es pas digne d'exister. » Il n'avait jamais répliqué, il avait patiemment attendu de grandir. Le jour de sa majorité, il s'était enrôlé dans les Marines et était allé au Viêt-nam. Il était rentré à la fin de la guerre, aveugle, sans bras ni jambes. Son père et sa mère poussaient son fauteuil à tour de rôle. Pendant qu'ils marchaient dans les rues pleines de couleurs, il leur disait : « Vous ne savez pas ce que cela veut dire, vivre dans l'obscurité. Vous ne savez pas ce que cela veut dire, ne pas pouvoir marcher, ne pas pouvoir cueillir une fleur. »

Cette histoire aurait beaucoup plu à mon père, parce que

c'est ce qu'il a toujours souhaité pour mon avenir : un fils rendu infirme par la fureur de l'Histoire. Je n'ai jamais réussi à répertorier ce sentiment. Les chattes défendent leurs petits avec leurs griffes et leurs crocs, et la plupart des êtres vivants font de même. Le patrimoine génétique de chacun est ce qu'il a de plus précieux. C'est la science qui le dit, pas moi. Peut-être que, d'une certaine façon, mon père s'inspirait de Darwin. Mon père pensait que la loi du plus fort doit triompher. Exposer les nouveau-nés au froid et aux intempéries, les exposer aux blessures, miner continuellement leur fragilité physiologique était un excellent système pour voir s'ils fonctionnaient. S'ils ne fonctionnaient pas, tant pis, cela signifiait qu'ils n'étaient pas dignes de voir le jour. A la mort d'un pape, on en choisit un autre. Ainsi devrait-il en être pour les enfants.

L'autre sentiment qui le maintenait en vie était la haine. La haine et le mépris étaient comme Castor et Pollux, deux jumeaux qui avançaient main dans la main. Le regard de l'un servait à observer les choses, celui de l'autre, à cracher sur les choses. « Ton père a combattu pour un monde meilleur », me répétait ma mère. Moi, je regardais autour de moi et je me demandais : où est-il, ce monde ? « J'ai risqué ma vie pour combattre les nazis, les fascistes, les oustachis. Beaucoup n'auraient pas eu le courage de le faire » : c'était le refrain que j'entendais à la maison. Sans lui, sans ceux qui avaient agi comme lui, le monde n'aurait jamais changé.

Ça, c'était vrai, les méchants avaient disparu. Ces uniformes, ces croix avec des jambes en l'air, on ne les voyait plus que dans les films ou dans de vieux documentaires.

En classe, nous avions étudié la Deuxième Guerre mondiale. Des enfants plus riches que moi avaient même des modèles réduits d'avions de la Wehrmacht, la maîtresse nous avait dit qu'il n'y aurait plus de guerre comme celle-là.

Nous, nous aurions droit à la troisième. La pire de toutes. Avec deux ou trois bombes, ils feraient place nette. Ces bombes provoqueraient un vent chaud, un vent plus chaud que n'importe quoi au monde : le souffle de ce vent nous ferait tous éclater comme des poupées gonflables. En même temps que nous, les plantes et les animaux mourraient, presque toutes les formes de vie disparaîtraient et pour celles qui survivraient, ce serait encore pire.

La même institutrice nous avait emmenés visiter le musée des Sciences. Suspendue au plafond, on voyait une grosse baleine empaillée. Elle avait beaucoup de dents, elle semblait sourire. Tout autour, il y avait des vitrines pleines de bocaux pleins d'un liquide jaunâtre. Dans ce liquide flottaient des choses translucides. « Ce sont des fœtus, nous avait expliqué la maîtresse, en nous les montrant d'un geste ample. Vous aussi, vous étiez ainsi avant de naître. »

Il y avait le fœtus d'un chien et celui d'un hérisson, avec déjà tous ses piquants. J'étais justement en train d'examiner le hérisson quand elle a frappé dans ses mains. « Les enfants, attention ! » a-t-elle dit. Nous nous sommes retournés, et elle nous a montré un bocal plus grand que les autres. À l'intérieur se trouvait un enfant aussi pâle qu'un fantôme. Au lieu d'une tête, il en avait deux. Deux têtes auxquelles il ne manquait rien : quatre yeux, deux nez, deux bouches, quatre oreilles... « Hiroshima, a dit la maîtresse, Hiroshima et Nagasaki, vous vous rappelez ? Là-bas, après la bombe, des enfants sont nés ainsi. Voilà ce qui arrive : brusquement, la nature oublie la manière correcte de faire les choses. Deux têtes, six bras, trois jambes, voilà... »

Naturellement, ces mots avaient suscité les ricanements immédiats de mes camarades. Les multiplications auxquelles ils pensaient tous, en échangeant des clins d'yeux, étaient celles des parties sexuelles. Moi, ce qui m'intéressait davantage, c'était les deux têtes. Je me disais : la nature aurait peut-être pu faire ça dès le début, une tête, ce n'est vraiment pas assez. Il y a peu d'espace là-dedans, et trop de confusion. Pour beaucoup de gens, elle ne sert que de support à leur visage, ou pour y faire pousser des cheveux, comme s'ils avaient un jardin avec de la bonne terre pour les fleurs. Même les scooters ont une roue de secours, pourquoi n'en serait-il pas de même pour les têtes ? Une pour la représentation, et une qui fonctionne vraiment ?

Le fait que la nature puisse égarer des formes m'avait beaucoup frappé. Je voyais une vieille dame échevelée, qui déambulait dans une maison en désordre. Tout était sens dessus dessous, les tiroirs, les armoires, comme après un cambriolage. Elle errait à travers les pièces avec des yeux hagards, sans savoir ce qu'elle cherchait.

Au fond, me disais-je, créer l'homme n'a vraiment pas été une bonne idée. L'avoir là, en train de farfouiller sur la terre, c'était comme abriter un serpent dans son sein. Depuis que le monde existait, les animaux faisaient les mêmes choses : ils naissaient, s'accouplaient, veillaient sur leurs petits, se dévoraient entre espèces différentes pour continuer à vivre ; puis, un jour, ils mouraient et, au lieu de nourrir leurs petits, ils nourrissaient les hyènes, les corbeaux, les saprophytes, la terre et les fleurs qui y poussaient. Il n'avait jamais existé d'ours ou de lion qui eût planifié la destruction. L'homme, quant à lui, l'a fait dès le début, ou presque : il a commencé au moment même où, au lieu d'être deux sur la surface de la terre, ils se sont retrouvés quatre.

Si Adam avait tué Ève, ou inversement, l'histoire aurait fini tout de suite. Mais Abel et Caïn sont arrivés. Et peu de temps après, Caïn a tué Abel, uniquement parce que les affaires d'Abel marchaient mieux que les siennes. Abel possédait des petits agneaux très blancs dont il brossait la toison, et Caïn ne le supportait pas. Il a donc pris un bâton et l'a tué. « Où est ton frère ? » lui a demandé Dieu peu après. Il n'a su que répondre. Motus et bouche cousue. Pendant qu'il errait à travers les landes désertiques, il se sentait un misérable. Il ne savait pas qu'il était aussi important qu'un roi ou qu'un empereur. Après lui, les hommes se conduiraient presque tous de la même façon. C'est lui qui a été le véritable prince. Depuis, l'envie et la rancune ont été le moteur du monde.

La nuit de la visite au musée, je me souviens d'avoir fait un rêve. Je marchais dans un pré et, tout à coup, un vent chaud me soufflait au visage. C'était comme si un sèche-cheveux géant s'était mis en marche. J'ai levé les yeux et j'ai vu que le ciel était sombre. Au-dessus de tout, il y avait un extraordinaire feu d'artifice. Je n'avais jamais vu une telle lumière : elle semblait vous entrer droit dans le corps. Au même instant, j'ai éprouvé une sensation curieuse : mes cellules et mes atomes, mes os et mes tendons étaient en train de fondre. Au lieu de souffrir, j'avais chaud. Ce n'était pas une sensation désagréable. Puis la chaleur s'est transformée en quelque chose d'autre. À la place des bras, j'avais des ailes. Elles étaient longues et puissantes, comme celles d'un pélican. J'ai commencé à les agiter et, lentement, je suis monté, de plus en plus haut. Au-dessous de moi, les arbres étaient de petits points, ainsi que les maisons. Je voyais la mienne, pas plus grosse qu'une miette. Autour, on voyait le village, puis la ville et la région entière, les bords découpés de la côte et les arêtes des montagnes. Les ailes répondaient très bien à mes ordres, c'était beau de se trouver là-haut, avec un corps qui n'était plus le mien.

III

La région où je suis né est une région funeste. Elle se trouve à la frontière de trois pays. Et donc, elle a souvent été traversée par les guerres.

Le père de mon père, c'est-à-dire mon grand-père, était né dans le centre de l'Italie. Il est venu se battre sur ces hauteurs alors qu'il était presque encore un enfant. Il appartenait au corps des *Arditi*. On devine déjà, à ce nom, que c'étaient les soldats les plus courageux. Ils n'avaient qu'une baïonnette à la main et rampaient sur le sol, en direction des lignes ennemies. Ils rampaient dans le noir et, tout en rampant, tranchaient la gorge de ceux qui leur tombaient sous la main. Je n'ai guère de souvenirs de lui. Quand il est mort, j'étais encore petit. Le peu qui reste dans ma mémoire n'est qu'incrédulité. Je l'entendais se vanter de tous ces exploits de jeunesse mais, en face de moi, je ne voyais qu'un vieillard au regard doux. L'une des deux images ne pouvait être vraie. Peut-être parlait-il ainsi pour susciter un peu d'attention, pour que quelqu'un l'écoute dans le silence de la pièce.

Il ne supportait pas de ne pas être cru. Et donc, au début de la belle saison, il insistait pour que nous allions tous ensemble faire une randonnée, toujours la même. Dans le coffre de la Fiat 600, nous mettions un plaid, le transistor et les boîtes en plastique, avec la nourriture pour le pique-nique.

Le pré qui était notre destination n'était pas un pré quelconque, mais un de ceux sur lesquels mon grand-père avait combattu. Là, il avait été blessé, et cette blessure lui avait valu la croix de bronze de la valeur militaire. Pendant la randonnée il l'arborait, piquée au revers de son veston. Il racontait toujours les mêmes épisodes, comme s'ils s'étaient déroulés l'avant-veille, et personne ne l'écoutait. Ma mère répétait de temps à autre : « Oui, papa », pendant que mon père gardait l'oreille collée au transistor, à cause des matches de foot. Et pourtant, malgré ce manque d'intérêt, il était content. Une fois rentré à la maison, il disait : « Quelle belle journée nous avons passée... »

Pendant la dernière de ces randonnées — j'étais déjà assez grand pour réfléchir un peu — j'avais trouvé cocasse d'aller pique-niquer sur un pré qui s'était nourri de tant de vies précocement balayées. Grand-père disait que ç'avait été un vrai massacre. Il y avait là tellement de corps les uns sur les autres qu'on ne pouvait faire un seul pas. Il aurait fallu être un géant pour les enjamber tous et pour avancer. Il disait cela, et moi pendant ce temps je regardais le pré et les fleurs. Dans l'herbe pointaient des gentianes et des pulsatilles, leurs pétales étaient extraordinairement délicats, le vent les effleurait à peine et au-dessus il y avait le ciel. Exactement le même que le jour du massacre.

Je regardais tout cela et je me demandais : y a-t-il un sens là-dedans ?

Caïn, d'une certaine manière, avait eu honte de son geste. À ce qu'il semble, il n'était pas allé se vanter, il avait fait quelque chose de laid et il le savait. Alors que mon grand-père était content, je ne l'ai jamais entendu dire : je pense aux familles de ceux que j'ai tués, ou une phrase similaire. Il était heureux d'avoir été plus rapide et d'avoir eu de la chance. Il se moquait complètement du reste. Et pourtant il n'était pas méchant. Quand il est mort, il y avait beaucoup de monde à son enterrement, et tous pleuraient.

Une fois, j'ai demandé à ma mère : « Est-ce que grand-père est un assassin ? » Elle s'est retournée et m'a dit : « Où vas-tu pêcher de telles âneries ? »

J'avais au moins compris une chose, c'est que si on tue sans uniforme, on est un assassin ; si on tue en uniforme, on reçoit des médailles militaires. Déjà, quand j'étais enfant, j'avais une nature plutôt spéculative. Je ne pouvais m'empêcher de me demander si la vie de celui qui meurt a une valeur différente. Avant de devenir des adultes, puis des cadavres, ces hommes avaient été des adolescents, des nouveau-nés et même des fœtus. Des mères les avaient mis au monde, les avaient nourris et élevés. Peut-être espéraient-elles déjà avoir des petits-enfants, au lieu de quoi, leurs espoirs avaient pris fin dans le lit d'un torrent ou dans la boue d'un pré.

Un jour, à l'école, j'avais même posé cette question à la maîtresse. Il y en avait une qui m'inspirait particulièrement confiance. Elle m'avait écouté en silence, puis elle avait dit : « Ce sont de très grandes questions. » Ensuite elle avait ajouté quelque chose que je n'avais pas bien compris, sur l'histoire qui avance en charriant des malheurs. L'Histoire, avais-je alors pensé, doit être une sorte de char dont les freins ont lâché. Un char sans personne à bord, qui dévale une pente et emporte tout.

Dans la petite histoire — celle de ma famille — il y avait tout de même un point qui me semblait obscur. Mon père aussi avait fait la guerre, en ordre chronologique, la deuxième, et pourtant nous n'étions jamais allés piqueniquer sur ces lieux, et dans la cuisine, sur le buffet, il n'y avait aucune photo de lui en uniforme. Entre lui et moi, déjà, la seule forme de communication était le silence. Je n'avais donc pas le courage de l'interroger sur ses exploits éventuels. Il n'en parlait pas et je ne posais pas de questions.

En tout cas, il ne pouvait y avoir que deux hypothèses.

Soit il avait fait la guerre et n'avait pas tué, et donc il avait honte d'avoir failli à son devoir. Soit il avait tué mais n'était pas en uniforme, et donc, la honte qu'il éprouvait était celle de l'assassin.

Au fond, je ne me souciais guère de savoir quelle hypothèse était la bonne. J'avais désormais compris que chez nous se trouvait une bombe qui n'avait pas encore explosé. Elle était ensevelie sous des tonnes de détritus. Ces détritus étaient les non-dits. La poudre explosive était encore sèche et fraîche, son mécanisme à horlogerie battait avec une précision régulière. Le vrai cœur de la maison était la bombe, il nous avait unis jusque-là. Un jour, il ferait tout sauter.

Dans le hall de l'école se trouvait une affiche en couleurs, qui recouvrait toute une vitrine. Elle portait une foule de vignettes, comme celles des bandes dessinées. On y voyait des enfants en short en train de jouer dans un champ. En jouant, ils trouvaient un objet de forme bizarre. Comme ils étaient curieux, ils voulaient voir ce qui se trouvait à l'intérieur et tapaient dessus à coups de pierre. Tout de suite après, il y avait un grand feu d'artifice : les enfants volaient à la renverse, comme poussés par une main invisible. Ensuite, sur le dessin, on voyait toujours des enfants mais ce n'étaient plus ceux d'avant : à l'un, il manquait une jambe, à l'autre, un bras, un troisième était devenu aveugle. À la fin, le texte disait : *Attention, les enfants ! Si vous trouvez quelque chose de bizarre, n'y touchez pas, prévenez tout de suite vos parents ou la police.* Au-dessous étaient dessinés différents objets. L'un ressemblait à une pigne ou à un ananas, d'autres à des suppositoires géants.

Il y avait donc des bombes à l'intérieur des personnes. Et certaines étaient enfouies dans le sol, comme les bulbes des lys. Ces bulbes aussi, sans doute, étaient des malheurs semés pas l'Histoire. Ils tuaient les grands-pères, les pères, puis laissaient des cadeaux pour les enfants et les petits-enfants. Le char de l'Histoire était déjà passé depuis longtemps, il n'y avait plus d'ennemis de part et d'autre. Et pourtant, les gens mouraient quand même.

IV

Dans sa jeunesse, ma mère n'avait pas été croyante ; elle l'était devenue durant les années où mon père combattait sur les montagnes. La guerre les avait séparés au début de leur amour. Elle pensait avoir abordé dans une île stable et luxuriante sur laquelle elle passerait le reste de sa vie. Au lieu de quoi, du jour au lendemain, elle s'était retrouvée en équilibre instable au-dessus d'un précipice. Il avait disparu, pas pendant des semaines, mais pendant des années. Les premiers temps, elle avait reçu des lettres, des messages transmis de bouche à oreille. Puis, un long silence était tombé sur son destin. Elle avait alors décidé de s'adresser au plus puissant de tous, c'est-à-dire à Dieu. Leur pacte avait été très simple. Je te suivrai toujours, lui avait-elle dit, si tu le fais rentrer sain et sauf.

On pouvait dire sur ma mère tout ce qu'on voulait, sauf qu'elle n'était pas de parole. Quand elle prenait un engagement, elle le respectait scrupuleusement : mon père était revenu et elle avait cru en Dieu. Au début, ils avaient dû copieusement se disputer sur ce point. Il ne pouvait pas supporter que sa compagne se soit transformée en une sorte de bigote. « Tu t'es fait rouler comme tous les autres », lui criait-il encore, même quand j'étais grand.

Ma mère est morte la première, elle a pris une avance de presque dix ans. À l'époque, je vivais déjà à Rome, je ne me souciais pas de leur destin. Mon père devait être furieux. Tout avait commencé par des maux d'estomac, ses proches disaient : « Ce sont les contrariétés. Quand il y en a trop et qu'elles ne savent plus où aller, elles s'installent là. » Elle les avait crus. Quand elle avait consulté le médecin, il était trop tard : les contrariétés avaient envahi tout son corps. En silence, diligemment, elles avaient commencé à en dévorer l'intérieur.

Depuis des années, je n'avais plus de relations avec eux.

Un jour, alors que je ne m'y attendais pas, je l'ai trouvée devant ma porte. Il devait être dix heures ou onze heures du matin. La veille au soir, j'avais bu. J'avais la tête lourde, j'étais de mauvaise humeur. Ouvrir la porte et la voir là, devant moi, avait été une désagréable surprise. La boîte avec la bombe à retardement était derrière moi, du moins je le croyais. Je n'avais pas demandé à la voir et je n'en avais aucune envie ; la nostalgie de mes parents était un sentiment que j'ignorais. Je ne comprenais pas la raison de cette visite-surprise. Je la scrutais sans cacher mon agacement, pendant qu'elle se tenait devant moi, son petit sac vernis serré dans sa main.

« Il est arrivé quelque chose ? » lui ai-je demandé, avant même de la faire entrer.

Elle avait l'air perdu. Elle a dit doucement : « Il n'est rien arrivé. J'avais envie de te voir, c'est tout. » La femme qui se tenait devant moi était différente de celle dont je me souvenais. Elle avait changé, bien sûr. Mais je pensais que ce changement n'était dû qu'aux années. J'étais trop jeune, trop inexpérimenté, trop plein de fureur pour lire les signes d'une grave maladie.

Si elle m'avait dit : « Je suis en train de mourir », peut-être que tout se serait passé autrement. J'aurais dilaté cette journée, jusqu'à la rendre presque éternelle. Alors que je l'ai tout de suite enveloppée dans une nuée de mauvaise humeur.

« J'avais envie de voir Rome », avait-elle chuchoté, comme pour s'excuser. Je l'ai donc emmenée faire un tour de ville en bus. Pendant tout le trajet, nous sommes restés silencieux. Elle regardait les monuments, avec la tête d'une écolière en visite. Assis derrière elle, je regardais continuellement ma montre, chaque embouteillage ou ralentissement me mettait hors de moi. Devant le Colisée, nous sommes descendus et nous avons mangé un sandwich. Quand nous sommes remontés dans le bus, c'était le crépuscule. Un crépuscule hivernal, battu par une tramontane glacée.

« On dirait de l'or, cette lumière », avait-elle dit, et tout de suite après, elle m'avait demandé : « Tu es heureux ?
— Tu crois encore à ces sottises ? lui avais-je répondu. Le bonheur n'existe pas. »

Son train repartait le soir même. J'étais occupé, je n'avais aucune envie de perdre mon temps en l'accompagnant à la gare. Je l'avais donc conduite jusqu'à la grand-rue où s'arrêtaient les bus. Sur un feuillet, j'avais écrit où elle devait descendre et le numéro du bus qu'elle devait prendre ensuite, pour arriver à destination. C'était l'heure du dîner, nous étions seuls à attendre le bus. Quand il est apparu sur la ligne droite, elle m'a brusquement serré dans ses bras. J'ai été surpris, elle n'avait jamais été expansive. Par réflexe, je l'ai serrée moi aussi. Seulement alors, je me suis aperçu que sous son manteau noir, au col de rat musqué, il ne restait presque rien d'elle.

Entre-temps l'autobus était arrivé et avait ouvert ses portes. À bord, il n'y avait pas grand-monde. Pendant qu'il s'éloignait, je l'ai vue me dire au revoir de sa main ouverte, derrière la vitre du fond ; elle avait le sourire faible d'un enfant perdu. Il tombait une pluie fine et poisseuse. Dans l'obscurité, sa paume se détachait, extraordinairement blanche.

Deux mois plus tard, j'ai trouvé un message de mon père sur mon répondeur téléphonique. Plus que chagrinée, sa voix semblait éteinte : derrière le ton de circonstance, on percevait la rage contenue. « Ta mère est morte, disait-il, et je l'ai même enterrée. » Il disait vraiment cela, on aurait dit qu'il l'avait enterrée de ses propres mains, comme un dobermann enterre son os. À la fin du message, il n'y avait qu'un déclic. Ni bonjour, ni aucune invitation à rappeler. C'est ce que j'ai fait. Ça ne m'intéressait pas de savoir ce qui l'avait tuée ; elle n'y était plus, c'était le seul fait digne d'attention.

Quand ma mère est morte, elle n'avait pas encore soixante ans ; mais à moi, elle me semblait vieille. Avec le cynisme de la jeunesse, j'avais fait entrer sa disparition dans le cours des phénomènes naturels car en ce qui me concernait, je me sentais orphelin de naissance. Je n'avais pas à éprouver le moindre regret.

Elle est morte, me suis-je dit ce soir-là, au moment de fermer les yeux ; je voulais voir si cela me faisait de l'effet, peut-être verserais-je une larme ou ressentirais-je quelque chose. Il ne s'est rien passé. Je me suis tourné de l'autre côté et je me suis endormi. Vers le milieu de la nuit, j'ai soudain ouvert les yeux. J'entendais un bruit étrange dans la chambre. Il venait de ma bouche. Mes dents étaient pleines de fureur et de force, je les serrais les unes contre les autres comme si je voulais les casser.

À l'époque, j'ignorais que les choses qui nous arrivent ne sont jamais neutres. Nous pouvons le croire, nous pouvons en être convaincus. Une graine de trèfle conserve intacte sa vitalité pendant quatre-vingts ans. C'est ce qui se passe avec les faits, même si nous les recouvrons sous une couche d'indifférence, même si nous soufflons dessus pour les expédier bien loin, ils restent là, tranquilles. Ils sont le germe de quelque chose qui, tôt ou tard, sortira.

Aux personnes trop sensibles, il arrive souvent une chose étrange : en grandissant, elles deviennent les plus cruelles. Le corps a ses lois et parmi ces lois figure également celle-ci. Si quelque chose mine sa solidité, les anticorps se mettent immédiatement en action. La violence et le cynisme ne sont rien d'autre que cela, ils renversent notre vision du monde pour nous rendre plus forts. Je n'ai jamais été étonné en lisant les vies des grands criminels, il y a des gens qui ont exterminé des populations entières et qui, le soir, arrosaient leurs fleurs, émus devant un oisillon tombé du nid. Quelque part à l'intérieur de nous se trouve un interrupteur : selon nos besoins, il branche ou débranche le courant du cœur.

Mon père et ma mère n'étaient pas des ignorants. Elle, elle était institutrice, passionnée par son métier. Lui, il travaillait aux chantiers navals comme dessinateur industriel. Deux ans avant ma naissance, il avait glissé en vérifiant la coque d'un bateau et il était devenu invalide ; une de ses jambes était restée plus courte que l'autre, mais il ne voulait pas de canne. Mes parents savaient que j'étais intelligent, et ils fondaient de grandes espérances sur mon avenir. Naturellement, ces espérances étaient les leurs, ma mère me voyait professeur de lettres ou de philosophie, mon père, ingénieur. Je crois qu'ils ne se sont jamais demandé, ne serait-ce qu'un instant, quelle était vraiment ma passion. En fait, je ne le savais pas moi-même. Enfant, je rêvais d'être pilote d'avions ou policier. Pilote, pour voler au-dessus des choses, policier, pour apporter plus de justice dans le monde. À la fin de l'école primaire — à l'époque de la mort de mon camarade — ces rêves avaient disparu. La seule chose dont j'étais conscient, c'était le vide à l'affût autour de moi. Il était difficile de bouger, d'imaginer quelque chose, avec cette épée constamment pointée sur la gorge.

Je me sentais seul, et cela me pesait.

Au début, j'avais essayé de communiquer mes pensées à quelqu'un. Mais les réactions n'avaient pas été des plus favorables ; après m'avoir écouté, ils restaient tous là, dans un silence embarrassé, ou bien ils changeaient de sujet, comme on le fait avec les gens qui n'ont pas toute leur tête.

Dans la solitude de ma chambre, je me demandais alors pourquoi je voyais des choses que personne d'autre ne voyait. Il aurait été plus simple, pensais-je, d'avoir un talent pour la mécanique ou la physique, tous auraient été émerveillés par mes questions : avec quelques calculs précis, j'aurais pu démontrer pourquoi telle chose fonctionnait ou ne fonctionnait pas. Les questions que je me posais, au contraire, ne concernaient jamais rien de concret.

Il y avait des incongruités dans la réalité, et cela m'obsédait, les gens parlaient d'une manière et se conduisaient d'une autre. Mon père avait lutté pour un monde meilleur et, en lui, il n'y avait rien d'héroïque ni d'exemplaire. Haine et mépris étaient comme un halo qui ne le quittait pas. Entre dire et faire, répétait la maîtresse, il y a toute la mer. Voilà, c'était cette mer que je voulais explorer.

En réalité, en observant mes parents, j'avais déjà compris que le monde était divisé au moins en deux grands secteurs. Celui des gens persuadés que, derrière l'univers, il y avait autre chose ; et celui des gens qui croyaient que, dans le jeu de la vie, il n'y avait qu'une seule manche. Mais moi, je n'arrivais à me ranger ni d'un côté ni de l'autre. Dans les deux camps, ils avaient une série à peu près infinie de réponses en prêt-à-porter, alors que celles que je me donnais à moi-même étaient du sur-mesure. Elles m'allaient bien à moi, et à personne d'autre.

Pendant toute mon enfance, je suis resté suspendu au-dessus de ce vide terrible. Puis est venue l'adolescence et je me suis lancé, un jour je voulais suivre des études de médecine pour aller en Afrique et sauver les enfants qui mouraient de faim, le lendemain je ne voulais être rien d'autre qu'un assassin. L'après-midi, au lieu de faire mes devoirs, je me promenais à travers champs ou dans la ville. Je marchais des heures entières, les poings dans les poches, les yeux baissés. Marcher ne soulageait pas ma peine, elle augmentait au contraire, chaque pas était un raisonnement, une question qui restait sans réponse. Je parlais à voix haute, je riais tout seul. Je savais que j'avais l'air d'un fou et cela m'était égal. Si la norme était celle que j'avais sous les yeux depuis quinze ans, si la norme, c'étaient les insultes et les regards mornes, si c'était cette chape de tristesse qui vous accablait du matin au soir, je refusais de m'y soumettre, même pour une seconde.

Sur un éventaire, dans la vieille ville, j'avais trouvé un recueil de poèmes. Ils étaient de Hölderlin. À part ceux que j'avais étudiés en classe, forcément ennuyeux, je n'avais jamais lu un seul vers. Dès que j'avais feuilleté ces pages, j'avais ressenti une émotion absolue.

Là-dedans, il y avait des choses que j'éprouvais moi aussi, mélancolie, douleur, sentiment de l'automne, de la précarité des choses. Tout à coup, je n'étais plus seul. Entre croire et ne pas croire, il y avait un espace intermédiaire, une sorte d'interstice dans lequel vivaient les regards inquiets.

Il y avait la vérité, je la tenais dans ma main. S'ils avaient ouvert les yeux, les autres aussi auraient pu la voir. Ces phrases faisaient partie de ma vie. À présent, elles étaient là, elles étaient miennes. Je n'avais plus aucun doute concernant le projet pour lequel j'étais né. Poésie et folie, me disais-je en marchant, sont comme les deux côtés d'une feuille. L'un a des stomates et regarde vers le haut, l'autre dégage de l'anhydride carbonique vers le bas. Entre les deux côtés, il y a une circulation continuelle d'humeurs, l'écoulement des molécules et des fluides.

J'étais fasciné par le destin de tous ces poètes qui étaient devenus fous. Je m'en sentais proche. Moi aussi, un jour, je changerais de nom et m'enfermerais dans une tour. Hölderlin était devenu M. Scardanelli. Il avait passé le restant de ses jours enfermé là-haut à jouer du piano. De temps à autre, il regardait le Neckar couler paisiblement, et il était content. Certes, il avait trouvé une bonne âme qui avait pris soin de lui, ç'avait été un honneur, pour le menuisier, de pouvoir être le gardien d'un si grand esprit. Je soupçonnais les menuisiers d'aujourd'hui d'être différents. Les appartements étaient petits, sans tours ni étables. Il n'y avait même pas de place pour les grands-parents, alors pour les poètes... Et puis, un point jouait en ma défaveur : je n'étais pas poète. Pas encore.

En très peu de temps, ma vie sombra dans le désordre. Il n'y avait derrière moi aucun mouvement, aucune protestation. Je secouais les choses pour y voir apparaître une lueur de vérité. Je l'avais toujours fait. Sauf que désormais, pour cette vérité, je cherchais les mots.

Ma mère fut convoquée au lycée. Ce garçon, lui dirent-ils, a des problèmes, il est distrait, désordonné, il ne se lave pas souvent. Est-ce que, par hasard, vous auriez remarqué quelque chose d'étrange ? insinuèrent-ils.

À ce moment-là, la télévision diffusait les premiers débats sur la drogue. Ma mère les avait suivis et, depuis, elle vivait un cauchemar. Une fois, en cherchant de l'argent, j'avais même trouvé une coupure de presse : un article où l'on énumérait de un à dix, comme dans un décalogue, les signes qui devaient alerter les parents. Je me souviens de certains : manque de ponctualité, manque de propreté, propos bizarres, tendance à mentir, dilatation anormale des pupilles.

Je me souviens aussi de la tête de ma mère quand elle est rentrée après cet entretien. Elle avait les yeux d'un lynx, le nez d'un limier. Elle s'est assise sur mon lit et m'a lancé : « Tu ferais mieux de tout me dire. » Puis, devant mon silence, avec la mine de quelqu'un qui a déjà perdu son fils, elle a ajouté : « Si tu ne m'avoues pas tout, à moi, il faudra que j'en parle à ton père. » J'avais éclaté de rire, je chantais : « Au père alcoolique, dis que son fils se pique », tout en dansant autour d'elle.

Mon père et l'alcool. Un sujet tabou. Depuis que j'étais enfant, je le voyais boire verre de vin sur verre de vin et je voulais l'imiter. Le vin est pour les grandes personnes, disait ma mère, en colorant à peine mon eau. Quelques années plus tard, j'ai compris que le vin n'était pas pour toutes les grandes personnes, mais pour quelques-unes. Ces quelques-unes étaient comme les voitures, mais au lieu de marcher à l'essence, elles marchaient à l'alcool.

Le matin, pendant que je mangeais du pain avec mon

café au lait, il versait dans sa tasse, en proportions égales, du café noir et de l'eau-de-vie. À huit heures du soir, il n'était presque jamais rentré. Ma mère m'envoyait l'appeler. C'était facile de le trouver, les bars et les tavernes qu'il fréquentait n'étaient jamais plus de trois ou quatre. Au fond de moi, j'espérais toujours qu'il n'y serait pas, qu'il aurait eu un accident. Mais chaque fois, je le trouvais. Je voyais son dos massif, il était assis à une table avec ses amis. Il parlait fort, gesticulait. Ses amis étaient comme lui, ils le trouvaient amusant. En effet, mon père leur racontait une foule de choses, il était très différent : à la maison, il ne disait pas un mot.

Je le voyais et mes pieds devenaient très lourds. Je n'avais aucune envie de m'approcher et de lui dire, comme dans les films : « Le dîner est servi. » Pendant un moment, je restais immobile derrière lui. Puis, un de ses amis s'apercevait de ma présence ; il lui touchait l'épaule en disant : « Renzo, ton fils est là. » Alors il se retournait. Il était aussi lent et pesant qu'un ours, ses paupières étaient gonflées. « Qu'est-ce que tu veux ? » criait-il rageusement ; et moi, au lieu de parler, tout en gardant la bonne distance — la distance de sécurité — je lui montrais la pendule sur le mur.

Dès qu'il mettait les pieds dans la maison, l'effet de l'alcool s'évanouissait, ou plutôt, changeait de direction. Sa loquacité devenait mutisme. De temps à autre, ma mère essayait d'alimenter la conversation. Elle racontait ce qui lui était arrivé pendant la journée. À l'époque où elle était encore institutrice, elle parlait de ce qui s'était passé à l'école. Mais elle était comme un joueur de tennis qui joue sans adversaire, et même sans mur. Ses mots volaient dans l'espace, et quand le son de sa voix s'éteignait, ils se dissolvaient dans le néant. Il mangeait, les yeux rivés sur son assiette, et j'avais appris à faire de même. S'il sentait mon regard sur lui, il se tournait aussitôt en rugissant : « Qu'est-ce que tu as à me regarder ? »

Il se comportait comme s'il avait eu une queue de paille.

Une longue queue, aussi touffue et vaporeuse que celle d'un renard. Il suffisait d'une toute petite erreur pour qu'elle frôle les braises et prenne feu. C'est pourquoi il regardait souvent derrière lui, avec le regard féroce de quelqu'un qui est prêt à l'attaque.

Après le dîner, il s'asseyait dans un fauteuil. La plupart du temps, il s'endormait devant la télévision. Quand le sommeil ne venait pas, il se mettait à commenter les programmes ; il le faisait à voix haute, dans une sorte de marmonnement continuel. À ses yeux, c'étaient tous des crapules, de sales capitalistes exploiteurs et des pédés de merde. Assise à côté de lui, ma mère brodait des coussins au petit point. Pour elle, cette logorrhée était comme le bruit de la mer, elle y était habituée depuis si longtemps qu'elle n'y faisait plus attention.

Moi, j'avais une terreur sacrée de l'alcool. Je le voyais comme quelque chose qui pénétrait à l'intérieur des gens et les pourrissait.

Quand le désordre est entré dans ma vie, il y est entré comme un élément pur. C'était l'air de la montagne, diamant, quartz, et non quelque chose d'obtus et de sale, conséquence du vice. La lucidité était mon point fort, au lieu du regard, j'avais des jumelles à infrarouge. Je sondais, je creusais. J'étais sûr que la banalité apparente n'était qu'un bouclier qu'il fallait briser. De ses débris naîtrait la poésie. Pas celle des autres, que je lisais dans les livres, mais celle qui ne serait qu'à moi. À l'intérieur de moi, il y avait beaucoup de mouvement. De l'immobilité de l'enfance, j'étais passé au mouvement perpétuel. Pensées, idées et sentiments s'agitaient, comme les nuages poussés par le vent, à l'horizon. Au lieu d'aller à l'école, je sillonnais le Carso. Tout en marchant, je répétais à voix haute les vers de Kosovel :

Je suis l'arc brisé d'un cercle
Je suis la force qu'a écrasée l'âpreté.

Ces mots étaient mon évangile. Je sentais en moi une force terrible. Je savais que j'étais grand. Je n'étais plus Atlas, mais un titan aux épaules libres. Depuis toujours, je sentais la confusion et le désordre du monde. Pour la première fois, je n'en faisais plus partie, ce désordre était seulement le mien. Je le créais et le défaisais chaque jour. J'étais sûr que de ce désordre naîtrait l'ordre, un ordre clair et cristallin dans lequel, pour commencer, j'appellerais les choses par leur nom.

Dans ma vie de marcheur, je n'avais pas d'amis. Ce qui intéressait les camarades de mon âge ne m'intéressait pas. Je n'avais personne à qui me confier, à part le ciel au-dessus des champs, le vent, et, la nuit, l'obscurité et le silence de ma chambre.

À présent je sais qu'il aurait suffi d'une personne, d'une seule, pour transformer mon destin. Il aurait suffi d'un regard, d'un après-midi passé ensemble, d'une lueur de compréhension. Quelqu'un avec un scalpel à la main : le scalpel et l'aptitude à creuser, pour faire éclater le moule d'argile dans lequel j'étais comprimé.

Depuis seize ans, la solitude et le désespoir étaient à l'œuvre à l'intérieur de moi, comme deux soufflets. Ils fonctionnaient inlassablement, sans jamais s'arrêter. Désormais chaque sentiment, chaque sensation étaient incroyablement gonflés. Je les appelais grandeur, poésie, alors qu'il s'agissait seulement, je crois, du désir d'en finir. Je me réveillais en pleine nuit et, sur un petit album, je griffonnais des mots qui auraient dû être des vers. Dans ces moments-là, j'étais comme fou, mon bras tremblait, et mon poignet, et le stylo sur le papier tremblait aussi. Je sentais que, dans ma tête, un rideau de fer s'était enfin levé. Le voile de l'illusion avait disparu. La vérité resplendissait, dans toute sa clarté. C'était un paysage de printemps dont les couleurs étaient ravivées par la pluie. Je voyais les bourgeons et l'herbe tendre, et dans l'herbe, les boutons s'ouvraient et devenaient des fleurs. Quand j'allais me coucher, une grande paix descendait en moi. Je m'endormais, heureux comme un enfant aimé depuis le jour de sa conception. J'avais l'impression d'avoir atteint un point ferme. Un point d'où il était possible de partir et de tout recréer, d'une manière différente.

Mais ce bonheur était de courte durée, le temps de prendre mon petit déjeuner et de me laver la figure. Dès que je m'asseyais à mon bureau et que je relisais mes feuilles, je sentais l'univers s'effondrer. Il n'y avait aucune lumière dans ces phrases, aucun espace plus grand ne s'ouvrait, il n'y avait que mes pensées de toujours, plus confuses que pendant la journée. Les mots qui les exprimaient étaient aussi banals que des lettres d'adolescentes au courrier du cœur.

Toutefois, je ne m'avouais pas vaincu. Au découragement succédait la fureur. Je me disais : j'ai creusé, mais pas assez profondément, le désordre ne suffit pas, il y a encore beaucoup de casseroles en train de bouillir, avec un couvercle par-dessus.

Puis j'ai découvert Baudelaire. En le lisant, j'ai eu la fièvre. Pour être sincère, je me suis même senti un peu dépossédé, ces mots étaient les miens, les plus profonds de mon être. *Il faut être toujours ivre.* Comment aurais-je pu nier la vérité de cette affirmation ? Le désordre ne suffisait plus. Pour atteindre ce que je cherchais, il manquait encore quelque chose : j'étais comme un enfant qui veut atteindre un objet au sommet d'une armoire : il grimpe sur une chaise, et si ça ne suffit pas, il ajoute un escabeau. La drogue, l'alcool n'étaient pas le centre, mais seulement une échelle pour atteindre ce qui était caché.

À l'école, je me suis procuré du haschisch. Pour le fumer, j'ai attendu d'être seul au milieu d'un bois. Je n'avais jamais roulé de cigarette, j'étais tellement ému que mes mains tremblaient. Quand j'ai aspiré la première bouffée, je me sentais comme Ali Baba devant la caverne magique. Cette fumée était le « Sésame, ouvre-toi », la clé qui m'ouvrirait la porte d'une nouvelle dimension. Je m'attendais à des explosions de lumière et de couleurs, à des dragons, à des images merveilleuses. Il ne s'est rien passé, les arbres étaient nus, l'herbe jaune. Il y avait un geai au-dessus de moi, il jacassait de manière disgracieuse et sautillait d'une branche à l'autre. À part la nausée et le vertige, toutes les choses étaient comme à l'ordinaire.

J'ai passé environ deux heures sur ce pré. Un peu avant la tombée de la nuit, je suis rentré à la maison, et là, le « Sésame ouvre-toi » a agi.

C'est arrivé pendant le dîner. Mon père est entré dans la cuisine et tout à coup ce n'était plus lui, mais un ours de cirque. Un ours avec un petit chapeau sur la tête et une minuscule bicyclette entre les pattes. La métamorphose était si réelle que j'ai éclaté de rire. À cet instant, ma mère s'est transformée en guenon. Je voyais leurs museaux s'agiter devant moi, ils étaient si comiques que mon rire est devenu un aboiement.

« On peut savoir pourquoi tu ris ? » a crié ma mère.

Mon père a tapé du poing sur la table :

« Cette maison est devenue un asile de fous. »

Alors, j'ai cessé de rire. « Elle l'a toujours été », ai-je répondu.

Puis, j'ai fait ce qu'il faisait habituellement : j'ai donné un coup de pied dans l'armoire et je suis sorti en claquant la porte.

Dehors, il faisait froid mais cela m'était complètement égal. Les rues étaient désertes, les cuisines éclairées. En lorgnant du côté des fenêtres, j'entrevoyais des dizaines et des dizaines de petits enfers domestiques, les officiants étaient autour de la table et de la télévision. Je n'entendais pas les mots, mais je les connaissais tous. Je sentais le malheur suinter à travers les vitres.

J'ai pris la rue principale de la ville ; à la station de tramways, je me suis arrêté pour acheter des cigarettes, puis j'ai continué sur la route nationale. J'avais besoin d'espace, je voulais voir la mer.

Le tram est passé près de moi. À part le chauffeur, il n'y

avait à bord qu'un vieillard avec une longue barbe. Je l'ai salué de la main, comme le font les enfants, puis le tram a disparu avec toutes ses lumières. Je suis resté seul dans la nuit et je me suis mis à chanter.

Sur la petite place de l'obélisque, il y avait une voiture avec un jeune couple à l'intérieur. Je me suis assis sur le parapet et j'ai allumé une cigarette. À vrai dire, elle était plutôt infecte mais elle brûlait, cela me plaisait de voir ce petit rond de feu contre le ciel noir.

Au-dessous de moi s'étendait la grande ville, et au fond, l'étendue sombre de la mer. Un peu à l'extérieur de la rade, on entrevoyait la gigantesque silhouette d'un porte-avions. Tout autour brillaient les lumières plus petites des bateaux de pêche. C'était étrange, à ce moment-là, je sentais chaque chose à l'intérieur de moi. Je contenais tout, j'étais tout. J'entendais les mots des pêcheurs et je voyais leurs femmes à la maison, elles regardaient la télévision en les attendant. Je voyais les poissons nager entre les algues, et le filet blanc qui s'abattait devant eux. Je voyais les taxis arrêtés devant la gare et les gens qui arrivaient en train et qui regardaient par la fenêtre. Je percevais leurs pensées, elles étaient les miennes, tout comme celles de l'enfant qu'en ce moment son père était en train de frapper, ou celles de la vieille femme qui mourait toute seule à l'hospice, ou celles du pigeon qui, du rebord de la fenêtre, la regardait mourir. Il n'y avait jamais eu autant de pensées dans ma tête, il n'y avait jamais eu un sentiment aussi précis de ce qui m'entourait.

Je ne sais pas jusqu'à quelle heure je suis resté là ; à un certain moment, j'ai frissonné de froid. L'excès d'émotions m'avait fatigué, les amoureux étaient partis. J'ai allumé une autre cigarette et je me suis dirigé vers la maison.

Presque toutes les fenêtres étaient sombres, seuls veillaient les insomniaques et les malades. Notre maison aussi était plongée dans l'obscurité. Je ne savais pas quelle heure il était et cela m'était égal. J'ai sonné et j'ai attendu. Il ne s'est rien passé. J'ai attendu encore quelques minutes, puis j'ai donné un grand coup de pied dans le portail et je suis parti.

Désormais il faisait vraiment froid ; j'ai pensé que la gare était sans doute le seul endroit chaud. J'ai longé une grande esplanade. Souvent, les camions en provenance de l'est stationnaient là pour la nuit, et en effet il y en avait trois. Ils venaient de Bulgarie et leur destination était les abattoirs, tous les camions qui passaient la frontière chargés du bétail allaient là.

L'un transportait des chevaux, l'autre des vaches. Quant au troisième, on ne voyait pas bien. Je me suis donc approché et j'ai regardé à l'intérieur : il y avait des agneaux. Ils étaient si petits qu'ils semblaient former un tapis, un tapis blanc, moelleux et ondulé. Certains d'entre eux ont dû me voir. L'un, en particulier, s'est dressé sur ses pattes et s'est approché de moi. Il faisait « bêêê » tout en caracolant au milieu des autres. Pour une raison mystérieuse, il m'avait peut-être pris pour sa mère. Il a passé son museau dans une fente, ses yeux étaient noirs et brillants, ils me questionnaient. J'ai allongé la main, j'ai touché son front qui était tiède, comme celui d'un nouveau-né. « Qu'est-ce qu'il y a ? » lui ai-je demandé tout doucement, et à ce moment-là, l'effet du « Sésame ouvre-toi » a cessé d'agir. J'ai éclaté en sanglots. Il bêlait et je pleurais et, tout en pleurant, je me cognais la tête contre le flanc du camion.

Le monde est douleur, et rien d'autre.

Le lendemain, ma mère ne m'a pas adressé la parole. Quant à mon père, je ne l'ai même pas vu. Au lieu d'aller au lycée, je suis resté à la maison à dormir. Je me moquais complètement du lycée. J'étais dans une section classique et je devais me casser la tête sur les aoristes. Nous étudiions des choses mortes et enterrées, et je n'arrivais pas à en voir l'intérêt. Même la philosophie, qui d'une certaine façon aurait pu me concerner, était enseignée d'une manière redoutable. Plusieurs messieurs péroraient, comme des statues dans un désert : le noumène et les monades, le transcendant et l'immanent. On aurait dit des fous en train de décrire un monde qu'ils étaient les seuls à connaître. Il y avait la mort, la solitude, le vide, l'énigme de la naissance et du destin ; il y avait la souffrance qui, dans son étau, broyait chaque heure du jour. Quel rapport existait-il entre tout cela et ces formules incompréhensibles que nous devions apprendre par cœur ?

Avec des airs de prophètes, les professeurs déclaraient : « Pour le moment, vous n'en voyez pas l'intérêt, mais quand vous serez adultes, vous comprendrez l'importance du grec et du latin. » Mais leur attitude me rappelait celle de mon père quand il disait : « Il te faudrait une bonne guerre. » Je sentais toujours là-dessous une cruauté subtile, le désir de faire payer aux autres l'époque insensée de leur jeunesse.

C'est à ce moment-là qu'ont commencé les premières manifestations estudiantines. Par curiosité, j'ai assisté à deux ou trois réunions du collectif du lycée. On parlait de lutte contre le capitalisme et de dictature du prolétariat, les mêmes choses pour lesquelles mon père avait lutté lui aussi : rien de nouveau sous le soleil. Le gens, me disais-je, aiment rabâcher les mêmes illusions, ils ont tous peur et donc ils inventent un rêve, quelque chose qui leur donne de la complicité et du sens, c'est beau de faire partie du chœur, de répéter les mêmes choses à l'unisson. Les poussins aiment bien rester au chaud sous la lumière de la couveuse, les hommes aiment la tiédeur des utopies, des promesses impossibles. Tout le monde ne peut pas aller dehors, tout le monde n'a pas la force de contempler l'essence réelle, le long tunnel sombre que — de la naissance à la mort — nous sommes obligés de parcourir, à quatre pattes.

Un après-midi d'automne, alors que j'étais encore en quatrième, je suis allé à l'anniversaire d'une de mes camarades. Nous devions être une quinzaine en tout. Nous n'étions plus des enfants et nous n'étions pas encore des grands, nous ne savions pas comment nous comporter. Il y avait un buffet avec des tartines et des boissons, et un mange-disques. Nous avions tous des boutons sur la figure et des difficultés à nous exprimer. À un certain moment, l'un d'entre nous a dit : « Si on jouait aux chaises musicales ? » et nous avons commencé à jouer.

Le jeu était très simple : il y avait une chaise de moins par rapport au nombre de participants, on mettait un disque et tout le monde tournait en rond à travers la pièce, puis, à l'improviste, la musique s'arrêtait et il fallait s'asseoir très vite. On se précipitait en jouant des coudes et, à la fin, il y avait quelqu'un qui restait debout. Ce quelqu'un était toujours moi, et chaque fois j'avais un gage. À la troisième fois — le gage consistait à enlever une chaussure et à sauter à cloche-pied pendant trois minutes, boire du Coca-Cola dans la gamelle du chien, puis marcher à quatre pattes en portant sur le dos la plus grosse des filles — j'ai dit : « Je ne joue plus. » Certains ont protesté faiblement, d'autres ont sifflé mais j'ai fait comme si de rien n'était.

C'était le début du mois de décembre. Devant le salon s'étendait une terrasse. Sans me soucier du froid, j'ai ouvert la porte et je suis sorti. Bien que ce fût l'après-midi, le ciel était déjà noir et plein d'étoiles, la *bora* soufflait et nettoyait tout, les antennes vibraient, de même que les fils qui les reliaient aux appareils, une symphonie de câbles et de ferraille. Derrière le léger rideau, je voyais mes camarades, le salon était carrelé de marbre, il brillait, aussi net et désinfecté que la table d'une morgue et eux continuaient à tourner en rond autour des chaises. Je voyais leurs grimaces, leurs clins d'œil, leurs mines embarrassées. Pour moi, ils étaient déjà des crânes, des mâchoires, des tibias. La confusion les enveloppait déjà, elle les envelopperait toujours. Leurs vies m'apparaissaient comme le plan d'une maison en construction. Il y avait les fondations et les murs, les tuyauteries pour l'eau et la toiture. Je savais tout de leur avenir, ils feraient tout ce qu'il convenait de faire.

51

Eux étaient là-dedans, dans la lumière, au chaud, ils se gargarisaient de mots vides. Moi, j'étais de l'autre côté de la vitre.

Seul, dans le noir, avec la nuit glacée autour de moi.

V

Un jour, ma mère m'a fait une surprise. Quand je suis rentré à la maison, j'ai trouvé le curé.

« Qu'est-ce qui se passe ? Quelqu'un est mort ? ai-je demandé en le voyant.

— Ne sois pas insolent, a-t-elle dit à voix basse.

— Je passais par hasard, a répondu don Tonino. Si je dérange, je peux m'en aller.

— Je vous en prie... » a dit ma mère, et il est resté assis.

Ce jour-là, mon père était absent ; don Tonino est donc resté déjeuner avec nous.

Nous avons mangé en silence. Ou plutôt, je suis resté silencieux et ils ont parlé d'un prochain pèlerinage à Lourdes.

« J'aimerais tellement venir, disait ma mère, mais vous comprenez... avec mon mari...

— Ce qui compte, c'est le désir, disait le curé, vous verrez que, tôt ou tard, l'occasion se présentera. »

Une fois ce sujet épuisé, ils avaient parlé encore un peu des cloches : on organisait une collecte pour en acheter de nouvelles, mais on était bien loin du chiffre nécessaire. D'amabilité en amabilité, nous sommes arrivés au café. À ce moment-là, ma mère s'est levée, et, le rouge du mensonge au visage, elle a dit :

« J'espère que vous m'excuserez si je me retire pour aller me reposer, il m'est venu un mal de tête terrible.

— Tu devrais apprendre à jouer un peu mieux la comédie », ai-je répondu sans me retourner.

Sur ce, elle a fermé la porte de la salle à manger.

Nous sommes donc restés en tête à tête, avec des miettes de pain et des pelures d'orange au milieu de la table. Il y a eu un silence assez long, puis il a commencé à se frotter les mains comme s'il avait froid et il a dit :

« Alors, comment ça va ?

— Pourquoi êtes-vous si hypocrite ? lui ai-je demandé.

— Je ne suis pas hypocrite, a-t-il répondu. Je veux savoir comment tu vas. Ta mère se fait du souci pour toi. »

J'ai changé la position de mes jambes et la chaise a grincé.

« Elle aurait pu s'en soucier avant de me mettre au monde. »

Don Tonino jouait avec la mie de pain, il façonnait des boulettes qu'il écrasait ensuite de l'index. Il m'avait enseigné le catéchisme. Quand j'étais enfant, je le trouvais vieux, mais, en l'observant, je me suis aperçu qu'il devait avoir à peine plus de cinquante ans. Je n'avais jamais éprouvé d'antipathie à son égard, mais à ce moment-là, il était l'ennemi.

Nous avons passé presque une heure ensemble, il parlait, parlait, et je n'écoutais pas. De temps à autre me parvenaient des mots : « ... les talents... le fils prodigue... » Dehors, il s'était mis à pleuvoir, j'étais beaucoup plus intéressé par la trajectoire des gouttes, par la façon dont elles ruisselaient sur les fils électriques, sur les branches luisantes et nues de l'arbre d'en face.

Quand il est parti, je ne me suis pas levé pour le raccompagner jusqu'à la porte.

La situation se dégradait de plus en plus. Je n'étais jamais calme, pas même un instant. Au lieu de parler, je hurlais. Je n'arrivais à rester immobile que quand j'étais totalement épuisé.

Un soir, allongé sur mon lit, je me suis aperçu que dans mes veines, ce n'était plus du sang qui battait, mais la lave incandescente des volcans, poussée par le cœur elle montait en tourbillon des pieds vers la tête, elle inondait le cerveau, parvenait jusqu'aux yeux et les transformait en braises.

La nuit, je ne dormais presque pas. Les insomnies de mon enfance étaient revenues. Si j'avais bu ou fumé, je sombrais une ou deux heures dans un puits noir, sans images ni sons. Le réveil était toujours brutal, je me retrouvais tout à coup les yeux écarquillés. Je ne me souviens d'aucun rêve particulier, sauf un. Je lève les yeux et au-dessus de moi, sur un rocher, je vois un énorme lion immobile, dont l'ombre elle-même est effrayante. Je devine qu'il va se jeter sur moi, son regard est pure férocité, il paralyse toutes mes velléités de fuite. Je voudrais crier mais je n'y arrive pas. À l'instant où il bondit, je comprends que ce n'est plus un lion mais une chèvre, un taureau, un python, un fils éloigné du démon. Ses yeux ont une intensité d'un autre monde, ses naseaux et sa langue sont des tisons, au-dessus de moi, ses griffes ensanglantées volent comme des étincelles échappées d'un feu. Alors seulement j'ai crié, et mon propre cri m'a réveillé. De la rue montait le bruit des camions, en prenant la côte ils changeaient de vitesse. Dans la cuisine, un robinet fuyait. Mon père ronflait dans la chambre voisine. J'essayais de me rendormir, mais je n'y arrivais pas. Je passais le reste de la nuit plongé dans un demi-sommeil agité, me cognant la tête contre le mur, arrachant les draps comme si c'était une camisole de force.

Le lendemain matin, j'étais mort de fatigue. Je me levais péniblement, impossible d'aller au lycée. Et donc, je sortais avec mes livres, je me rendais en ville et j'entrais dans le premier bar ouvert.

La fureur avait amené la soif, ma gorge brûlait sans arrêt, comme mon estomac. Il y avait un incendie et je devais l'éteindre ; le matin, la bière était le meilleur remède, je me sentais tout de suite mieux. Après le premier bock j'étais plus calme. Désormais, soif et nervosité n'étaient qu'une seule et même chose.

C'est ainsi que, sans m'en apercevoir, je me suis mis à

boire. Je savais que je le faisais, sans le savoir, en tout cas je me répétais : « Ce n'est pas la même chose que pour mon père. Lui, il boit parce que c'est un raté, moi j'ai juste besoin d'un secours pour mieux me connaître. Dans le monde, il ne faut jamais rien diaboliser. Les choses n'ont pas de valeur pour elles-mêmes, mais pour ce à quoi elles servent. »

À la maison, nous nous évitions l'un l'autre, nous étions deux miroirs qui ne pouvaient se refléter. À l'heure du déjeuner, il n'était jamais là, et moi aussi, je tâchais de ne pas me trouver à la maison. Ma mère s'était même habituée à cette situation, elle ne me demandait plus : « Où es-tu allé ? » Elle mangeait toute seule devant la télévision, puis elle rangeait son assiette et faisait de la couture.

La dernière année, ses cheveux avaient beaucoup blanchi. La lassitude avait dû s'installer en même temps que les cheveux blancs, au fond, elle était peut-être contente de cette apparence paisible. Mais la paix n'était qu'une apparence, nous avancions tous sur un fil tendu, une perche à la main. À un moment donné, la perche nous a échappé et nous sommes tombés.

Cela s'est passé un dimanche. Ma mère avait préparé du rôti et elle était en train de le découper, elle a mis la tranche dans l'assiette de mon père au moment même où j'entrais dans la cuisine. Ils se sont tournés pour me regarder comme si j'étais un Martien. Ils étaient pâles, immobiles, on aurait dit des statues de sel. J'ai déplacé la chaise à grand bruit et me suis laissé tomber dessus. Mon père avait des réflexes lents, quelques secondes se sont écoulées avant qu'il abatte son poing sur la table. Les couverts ont tressauté et les verres en ont fait autant.

« Cette maison n'est pas un hôtel ! » a-t-il crié.

J'ai pris une pomme de terre nouvelle dans le plat, elle était tendre, appétissante. « Bizarre, je ne m'en étais jamais rendu compte », ai-je répondu en la mordant.

Alors, il a bondi sur ses pieds.

« Tu es un minable ! » a-t-il hurlé, en levant le bras pour me flanquer une gifle.

J'ai été plus rapide, de la main droite j'ai paré le coup, de la gauche j'ai frappé : mon poing lui est arrivé en plein visage, j'ai senti avec précision plier l'os de son nez. Il s'est affaissé sur la chaise, le visage caché entre ses mains.

Très calmement, je suis allé jusqu'à la porte.

« Et toi, tu es quoi ? » lui ai-je lancé, pendant que ma mère lui tamponnait sa blessure à l'aide d'un mouchoir.

Le dimanche après-midi, les rues sont effroyablement désertes et tristes. J'avais envie de me distraire. Sur les murs, des affiches annonçaient l'arrivée en ville d'un grand Luna Park. J'ai pris un autobus et j'y suis allé. Pendant tout l'après-midi, je suis resté sur les auto-tamponneuses ; dès que je voyais quelqu'un qui avait l'air heureux, je tournais le volant et lui fonçais dessus.

Je suis parti avec les forains. À l'heure de la fermeture, je leur ai demandé s'ils avaient besoin d'une aide ; ils m'ont répondu qu'un coup de main est toujours utile. Personne n'a voulu savoir mon âge ni pourquoi je voulais partir, il n'y avait pas de salaire, juste quelques pourboires, un toit, de quoi manger et la possibilité de se distraire tous les jours.

Le lendemain matin, nous avons démonté les stands et nous sommes partis. J'aurais pu téléphoner à la maison, prendre des nouvelles de mon père, mais cette idée ne m'a pas effleuré un seul instant. Dans mon esprit, il s'était créé une sorte de tourbillon noir : en tournant sur lui-même il avait englouti mon passé.

Du matin au soir, je vivais en compagnie. Il faisait froid, il pleuvait. Pour tenir le coup, tous avaient recours à l'alcool. C'était la première fois qu'il m'arrivait de boire avec d'autres personnes et cela n'avait rien de désagréable. J'étais brillant, sympathique. Quand je parlais, ceux qui m'entouraient s'amusaient. Nous changions de place presque tous les jours. Nous ne sommes jamais allés très loin, nous fréquentions les foires, les marchés, les fêtes de quartier.

Je n'ai aucun souvenir précis de cette période, qui n'a pas duré plus de deux ou trois semaines. C'était comme si dans ma main j'avais tenu un kaléidoscope. Ce qui dominait, c'était les couleurs, le gris d'un hangar abandonné, le papier peint d'une auberge sur les collines, le bleu ciel d'un autocar débouchant dans le brouillard, l'orange intense des kakis dans un jardin défeuillé.

J'avais effacé le passé. En l'effaçant, j'avais également effacé l'avenir. Au lieu des pensées et de la conscience de moi-même, il n'y avait qu'une sorte de fièvre. Ces jours-là, je l'appelais « divertissement », les bavardages incessants et les rires me brûlaient la gorge. Je buvais sans arrêt, et désormais aucune boisson n'éteignait ce feu.

Puis un après-midi, dans les toilettes d'un bar, j'ai vu le reflet de mon visage dans la glace. Qui était cette personne qui me regardait ? Ces yeux n'étaient pas les miens, je n'avais jamais eu des yeux aussi plats. On aurait dit les yeux d'un poulet ou d'un dindon, luisants, sans relief, vides. Et sous ces yeux, il y avait deux poches gonflées et une couleur qui allait du gris au jaune. « Bon sang ! ai-je pensé, ce doit être à cause de l'éclairage sinistre de ces toilettes. » J'allais sortir quand, tout à coup, j'ai eu la sensation de ne pas être seul là-dedans. Il y avait quelqu'un d'autre avec moi, et ce quelqu'un d'autre était triste. Je ne le voyais pas, mais je sentais sa présence.

Soudain, sans aucune raison, j'ai pensé à l'ange gardien. Ces toilettes étaient froides, humides, puantes, la porte était une porte à soufflet en plastique, le sol mouillé d'urine, la lumière faible. Qu'est-ce que l'ange aurait bien pu faire dans ce lieu ? Les anges, me suis-je dit, ne vivent pas dans les latrines, ils suivent les enfants au bord des ravins ou sur les petits ponts de cordes suspendus dans le vide.

C'était l'après-midi et, dans une heure, nous devions ouvrir le stand des auto-tamponneuses, l'auberge était assez loin du village où se trouvaient les manèges. Ce jour-là, nous étions quatre, on nous avait dit que là-haut le vin était bon, c'est pourquoi nous étions allés sur la colline. Nous avions passé le temps à boire et à jouer aux cartes. Quand nous nous sommes remis en route, nous étions très en retard. De la plaine montait le brouillard, le route était pleine de trous et de virages, la vieille 850 avait des amortisseurs cassés. J'étais à l'arrière et j'ai pensé : nous roulons trop vite. Au même instant, en face de nous, est apparue la silhouette sombre d'un camion.

VI

La dernière année — celle qui a précédé ma majorité — il n'est arrivé que deux choses importantes. Après un mois d'hôpital, je suis allé directement dans un centre pour jeunes déséquilibrés qui avaient des problèmes d'alcoolisme. Voilà pour la première. La deuxième chose, c'est que, dans ce lieu, j'ai enfin trouvé un ami. Il s'appelait Andrea et partageait ma chambre. Quand je l'ai vu pour la première fois, il était allongé sur le lit, les mains derrière la nuque. Il avait les yeux ouverts et fixait le plafond. J'ai dit « salut » et il ne s'est pas tourné. Je me suis présenté en lui tendant la main et il est resté immobile.

Pendant deux jours entiers, il m'a ignoré. Le seul contact entre nous était le regard. Il me suivait des yeux, partout. Il me regardait, et moi, je n'arrivais pas à en faire autant. Ses iris avaient une couleur étrange, entre le bleu ciel et le vert clair : ils faisaient penser à une surface aquatique prisonnière sous la glace. C'était de l'eau, mais aussi du feu, ils brûlaient au moindre contact. Il avait un beau visage, des traits réguliers et le teint clair ; à côté de lui, je me sentais gauche, mal bâti. Il était toujours seul, à l'écart des autres.

Le soir, après le dîner, tous les pensionnaires se retrouvaient dans une salle pour regarder la télévision et jouer aux cartes. Il était interdit de rester dans les chambres. La pièce était très bruyante, si bien qu'Andrea plaçait sa chaise face au mur, tournant le dos au reste de la salle. Pendant deux soirées, je me suis joint au groupe, je jouais à la brisque avec les autres et commentais les émissions à voix haute. En réalité, je me sentais encore plus seul qu'avant. C'est ainsi que le troisième soir, je l'ai imité, je me suis mis à regarder le mur avec lui.

« Tu me copies ? m'avait-il alors demandé, sans se retourner.

— Non, avais-je répondu, mais je ne supporte pas tout le reste. »

Cette nuit-là, dans la chambre, nous avons parlé longuement, dans l'obscurité qui me cachait ses yeux. Nous nous intéressions aux mêmes choses, nous utilisions les mêmes mots pour les décrire.

À partir de ce moment, nous ne nous sommes plus quittés.

Le centre était une sorte de villa construite à l'intérieur du parc de l'hôpital psychiatrique.

Les pavillons les plus importants avaient l'air plutôt anciens, ils devaient remonter au début du siècle ; presque toutes les fenêtres étaient protégées par de grosses grilles et derrière les grilles se trouvaient des vitres opaques. De temps à autre, ces lieux laissaient filtrer des cris qui n'avaient rien d'humain. Je n'en avais entendu de semblables que dans les films tournés dans la jungle amazonienne, on aurait dit des hurlements de singes arboricoles.

Une fois, alors que nous passions devant le secteur des malades chroniques, Andrea me raconta que, d'après ce qu'il avait entendu dire, une jeune fille de notre âge était enfermée là-dedans ; elle portait constamment une camisole de force car, dès qu'elle avait les mains libres, elle s'autodétruisait : elle s'arrachait les cheveux, se lacérait le visage avec les ongles, se mordait les avant-bras comme le fait un chien avec son os. Il n'y avait aucune solution, elle se comportait ainsi depuis son enfance, sans doute à cause d'une lésion au moment de l'accouchement. Elle se comporterait ainsi jusqu'à la fin de ses jours.

« Maintenir en vie des gens comme elle, avait dit Andrea un matin où nous marchions près de ce pavillon, est une hypocrisie parmi tant d'autres. Il suffirait d'une injection pour les rendre heureux. Puis il avait fait une pause. D'une certaine façon, avait-il ajouté, eux et nous sommes liés par le même destin. »

Je l'ai regardé sans comprendre. Alors, il m'a expliqué que la structure du genre humain est celle d'une pyramide. Dans la pyramide, ces malheureux se trouvaient tout en bas, là où le monde animé rejoint le monde inerte. Nous, au contraire, nous nous trouvions au niveau le plus haut, au sommet. C'était notre degré de conscience qui nous situait là. De même qu'ils étaient en contact avec la terre nue, ainsi nous étions en contact avec l'espace infini du ciel. Nous étions enfermés dans cet hôpital en vertu de la loi des contraires. Pour diverses raisons, le niveau le plus bas et le niveau le plus haut dérangeaient ceux qui végé-taient au milieu. Ou plutôt, l'un dérangeait, et l'autre repré-sentait une menace.

« Nous vivons sous la dictature de la norme, tu ne t'en es jamais aperçu ? m'avait-il dit en m'effleurant l'épaule. Personne ne supporte le surhomme.

— Qui est le surhomme ? avais-je alors demandé.

— C'est moi, avait-il répondu sans hésiter. C'est toi. C'est nous, qui voyons ce que les autres ne voient pas. »

Puis il avait parlé de la nature. Là aussi, les choses se passaient de la même manière. Il y avait les herbivores, les carnivores et, au-dessus d'eux, les grands prédateurs, qui n'étaient autres que les carnivores les plus féroces. À part les intempéries et les chasseurs, personne n'était en mesure de leur faire du mal.

« En ce qui concerne les animaux, avait dit Andrea, l'es-sentiel, pour eux, est comment survivre. Il y a ceux qui mangent et ceux qui sont mangés. Pour les hommes, le problème est beaucoup plus complexe. Il y a des êtres primitifs, dont le seul but est de se remplir le ventre et de s'accoupler. Ces êtres constituent la base de la pyramide ; leur mentalité est primitive, ils vivent surtout en fonction de leurs pulsions. Donne-leur un stimulus et tu peux être sûr de la réponse, leurs réflexes diffèrent peu de ceux d'une amibe. Au-dessus d'eux, il y a les gens à peine supérieurs, des gens qui ont un peu de conscience, mais c'est une conscience diluée, comme le sel dans l'eau des pâtes. Pour survivre, ils s'inventent parfois un idéal ou quelque chose de similaire : des inventions faibles, puériles. Ce sont des boiteux, ils ont besoin d'un bâton pour avancer, si tu le leur enlèves, ils tombent par terre et rampent sur le sol comme des vers. Au-dessus de cette boue, avait continué Andrea, il y a les élus. Eux, ils ont reçu chaque talent en quantité supérieure par rapport à la norme. Ce ne sont pas des vers mais des aigles, leur condition naturelle est le vol, ils connaissent la beauté et la vérité, ils ne se mêlent pas à la saleté qui se trouve au-dessous d'eux. De temps en temps seulement, ils replient leurs ailes et descendent en piqué, et avec leur puissance majestueuse, détruisent l'ennemi. »

Moi, j'étais fasciné par ces propos, je n'avais jamais entendu quelqu'un s'exprimer ainsi. Au moment où ces mots frappaient mes oreilles, j'avais une sorte d'étourdissement. Passé cet instant, je reconnaissais aussitôt leur justesse : là était la vérité. Sur terre, l'égalité n'existait pas. Même si nous avions tous deux jambes, deux bras et une tête, nous appartenions, en réalité, à deux espèces différentes. Je pensais aux visages avinés des amis de mon père, ou à certains camarades de classe qui ne pensaient qu'aux filles et aux moteurs, et avec lesquels je m'étais toujours senti mal à l'aise. À l'époque j'ignorais encore que, entre eux et moi, il y avait un abîme. Moi, j'appartenais au monde des aigles, et eux, à celui des protozoaires. Du matin au soir, ils ne réagissaient qu'à la loi du stimulus-réponse.

Les paroles d'Andrea me procuraient la même exaltation

que les premiers poèmes que j'avais lus. Mais à cela s'ajoutait un profond sentiment de détente. Le monde fonctionnait ainsi, pourquoi ne pas l'avoir compris plus tôt ?

Après le déjeuner, nous allions fumer une cigarette près de la clôture du parc. Le printemps approchait, les mimosas et les arbustes précoces étaient déjà en fleur, le soleil désormais tiède. Nous restions là à bavarder, jusqu'à l'heure de la thérapie.

« Pourquoi ne le disent-ils pas tout de suite ? lui ai-je demandé un jour. Tout serait beaucoup plus simple. »

Andrea m'a répondu par une autre question :

« D'après toi, qui dirige le monde ? »

J'ai eu honte d'être si superficiel. Il était évident que la réalité la plus courante était justement celle des protozoaires, des êtres stimulus-réponse, c'était eux qui tenaient les rênes, j'en avais rencontré des dizaines, des centaines, depuis l'école maternelle. Leur pouvoir était celui de la quantité et non de la qualité, ils étaient la base de la pyramide, jamais la moindre lumière ni le moindre frisson. Il leur était vraiment impossible de percer la réalité des choses. Pas par méchanceté ni par calcul, mais par pure ignorance de l'essence du monde.

Andrea disait toujours que la meilleure solution, c'étaient les Indiens qui l'avaient trouvée, avec l'invention des castes. Là, tout était clair depuis le début. On ne s'acharnait pas inutilement, on ne gaspillait pas ses énergies.

« C'est seulement ici, chez nous, que les gens perdent du temps à poursuivre des buts qu'ils ne pourront jamais atteindre. Et puis naturellement, il y a le problème de la race. Selon le continent où l'on vient au monde, on a plus ou moins de chances d'arriver au sommet. Pense aux Noirs, par exemple, ajoutait Andrea tout en marchant, as-tu jamais vu un Noir diriger un orchestre ? Et pourtant, dans les compétitions d'athlétisme, ce sont eux les plus forts, personne ne saute ni ne court comme eux. Cela signifie quoi ? Qu'ils sont plus proches des lions que des philosophes.

C'est une réflexion naturelle, logique, elle vient spontané-
ment aux lèvres, mais elle est impossible à dire. Nous
vivons à l'époque de l'hypocrisie unanime. Nous sommes
tous égaux, c'est ce qu'ils veulent que nous répétions,
comme des automates. »

S'il n'y avait pas eu l'amitié d'Andrea, cette période
aurait été vraiment triste. Là-dedans, la vie était réglée par
des horaires rigides, on ne pouvait ni sortir ni recevoir de
visites, on mangeait mal et on était obligé de suivre une
thérapie. Les pensionnaires devaient être une quinzaine,
tous plutôt jeunes. Mais nous n'avions presque pas de relations avec eux. Andrea et moi, nous avions construit autour
de nous un cocon, il parlait et je l'écoutais, j'étais un cerf
assoiffé qui buvait de l'eau pure.

Les thérapies se déroulaient en groupe ou individuelle-
ment. Il y avait des jeunes filles aimables qui faisaient semblant de vous trouver très important pour elles. Moi, je
savais bien que la seule chose vraiment importante était
leur salaire à la fin du mois, le fait que c'était elles, et pas
d'autres, qui étaient là à réchauffer la chaise. C'est pour
cette raison qu'elles pouvaient se permettre une telle indul-
gence : parce que, au moins pour un instant, dans la jungle
de la compétition, elles avaient réussi.

La plupart du temps, je restais silencieux devant elles.
Dans la pièce, on n'entendait que le tic-tac de la pendule.
Je savais que le silence les irritait profondément, même si
elles ne le montraient pas. Elles me regardaient en souriant,
puis commençaient à jouer avec leur stylo ou leurs boucles
d'oreilles, elles les tiraient d'avant en arrière, comme si
elles avaient voulu détacher tout le lobe.

Le silence était une stratégie que m'avait enseignée
Andrea. « Si ça t'amuse de dire des conneries, m'avait-il
dit, parle donc, elles seront ravies. Elles les boivent comme
du petit-lait. Mais si ça ne te dit rien, tais-toi et tu verras,
elles deviendront folles. »

Durant cette heure de mutisme, beaucoup de choses me

venaient à l'esprit. Des choses qui ne me concernaient pas, moi, mais qui concernaient la demoiselle d'en face. Je voyais sa vie comme une suite de diapositives : le baccalauréat, le premier baiser, la décision d'étudier la psychologie, la satisfaction après les examens et le repas dans une triste pizzeria, pour fêter l'obtention du diplôme, avec la famille endimanchée et tous les amis. Puis, les efforts pour dénicher un poste, les stratagèmes plus ou moins honnêtes pour l'obtenir, l'abandon du fiancé : « Je ne supporte pas que tu t'occupes autant des autres. » Les larmes, les tranquillisants, la décision de tout miser sur le travail. Congrès, réunions, cours de spécialisation, crocs-en-jambes et minuscules ascensions vers le pouvoir. Et la toilette qui se modifiait, comme les traits du visage. Le parcours était désormais celui d'une vieille fille, une vieille fille estimée et intelligente, qui parcourait une route rectiligne. En fin de parcours, comme tout le monde, elle était attendue par une caisse de zinc recouverte du bois le plus onéreux.

Quelques minutes avant la fin de la séance, la demoiselle se penchait légèrement en avant et me demandait :

« Est-ce que quelque chose de particulier t'est venu à l'esprit ? »

Je la regardais dans les yeux et je répondais :

« Rien. »

Andrea disait que l'une des facultés des aigles est de voir la vie des autres sans aucun paravent. « Face à nous, ils sont tous nus, désarmés. Ils nous offrent leurs viscères comme des fruits sur les éventaires d'un marché. » Quand je sortais du bureau de la psychologue, je savais qu'il avait raison.

Les parents d'Andrea étaient des réfugiés venus d'Istrie. Ceux qu'il haïssait par-dessus tout, c'étaient les « rouges ». « Ils sont le cancer qui ronge cette société, disait-il. Avec leurs sottises, ils enivrent les médiocres. Pour les empêcher de nuire, il faut les écraser du talon, comme des vers, qu'il n'en reste qu'une bouillie sur le sol. » D'après lui, il n'y avait jamais eu autant de tragédies en ce monde que depuis la naissance du délire communiste. « La société humaine, disait-il, existe depuis des millénaires, et elle a toujours fonctionné ainsi : les meilleurs commandent, les autres n'ont qu'à obéir. Mais eux, ils ont construit un pouvoir paranoïaque, ils renversent l'ordre des choses, si bien que les moins capables possèdent le pouvoir de décider. C'est pour cela qu'après, tout va mal. Si tu es un ouvrier, tu peux faire n'importe quoi, si tu es un professeur tu n'es que de la merde, ils te font nettoyer les chiottes ou casser des pierres pour fabriquer de l'asphalte. Chaque matin, tu dois baiser les bottes de tes chefs pour la simple raison qu'ils n'ont pas encore décidé de te supprimer. Pour eux, poursuivait Andrea, les individus n'existent pas. Il n'existe que les métiers et les rôles du parti, et celui qu'ils préfèrent entre tous, c'est celui d'espion. Le frère dénonce son propre frère, les enfants leur père. La délation et la trahison sont l'armature du système. Un système-bétonnière qui, au lieu de la blocaille, broie des êtres humains. »

Moi, je l'écoutais en silence. Il avait beaucoup plus d'expérience que moi, il savait plus de choses, et puis, le ton de sa voix semblait n'admettre aucune réplique. À demi-mot, à certaines allusions, j'avais compris que son père avait dû survivre à quelque chose de terrible ; la fureur qui s'emparait souvent d'Andrea au milieu de ses propos n'était sans doute rien d'autre que cela, l'écho d'une blessure infligée à son père. L'écho du mien avait été très différent : avec sa lutte héroïque pour changer le monde, il m'avait vacciné contre toutes les révolutions possibles. C'est pourquoi je m'étais occupé, toujours et uniquement, de ce qui était à l'intérieur de moi. J'étais plutôt indifférent à ce qui m'entourait. Et durant ces conversations, mon père était ma queue de paille. Pour rien au monde je n'aurais voulu perdre l'estime d'Andrea. Si jamais il avait appris que mon père était communiste, il aurait pu penser que je l'étais aussi. Et donc, je me taisais. Un après-midi, pourtant, j'ai pris mon courage à deux mains. Nous étions en train de fumer une cigarette sur un banc du parc.

« Tu sais, ai-je dit d'une traite, tu as vraiment raison. Mon père est communiste et c'est un connard. »

Il avait voulu tout savoir, immédiatement. Si c'était un activiste ou pas, s'il avait combattu et où. Ma réponse l'a un peu déçu.

« Il n'en parlait jamais. Je sais qu'il a été partisan, c'est tout. »

Andrea a éteint son mégot en l'écrasant du talon.

« Il n'a sans doute pas la conscience tranquille. »

Plusieurs fois, quand il était au lycée, il s'était disputé avec les « rouges ».

« Tu ne me croiras pas, disait-il souvent, mais ils me faisaient pitié. J'en connaissais certains, depuis le collège. C'étaient des garçons sympathiques, pleins de bon sens. Et c'est sur le bon sens et la sensibilité que ces crapules agissent. À l'âge où l'on est le plus sensible, à l'âge où l'on rêve d'un monde meilleur, ils lancent leur filet. C'est un filet à traîne, qui emprisonne une multitude de poissons. Liberté, justice, égalité. Il est beau de se gargariser avec ces mots. Ce ne sont que des miroirs aux alouettes, les alouettes s'y laissent prendre. C'est pour ça qu'ils font pitié, ils ne voient pas la main qui se trouve derrière, une main crochue, sale, dégoulinante de sang au moindre mouvement. De temps en temps, certains découvrent la supercherie. Il aurait suffi de l'invasion de la Hongrie pour comprendre que tout était faux. Mais il est triste de descendre du train, tu as voyagé longtemps sur ce convoi, avec des gens qui chantaient les mêmes chansons que toi. Tu ne voyais rien du paysage à tes côtés, avec les autres, tu regardais devant toi, l'avenir était quelque part, dans un lieu non précisé. Un avenir aussi radieux qu'une aube. C'était là que vous alliez, en toute confiance. Comment pourrais-tu descendre ? Si tu descends, tu restes seul dans le désert, tu t'aperçois que tu as faim, que tu as froid. Le train, avec ses lumières, s'éloigne, la nuit tombe et les loups te poursuivent. Pourquoi devrais-tu prendre autant de risques, mieux vaut rester à bord. On reste tout en sachant que l'avenir n'est pas radieux, mais peu importe. À bord, on boit et on chante, les paroles que tu chantes te font croire que tu es différent, les phrases nobles prouvent ton engagement. Ta présence au monde a un sens. Si tu arrêtes, tu es un défaitiste. Chante, continue à chanter, brais avec les autres, comme un âne. Comme un âne, porte des œillères pour ne pas voir l'extérieur. Ce mensonge colossal est la Bête, tu as compris ? Le 666 dans sa forme finale, avant la fin de ce millénaire, il aura détruit le monde entier. »

Je ne savais pas ce qu'était le 666. Cela me faisait penser au numéro d'une chambre d'hôtel, sans plus. Je lui ai donc demandé :

« Mais c'est quoi, ce numéro ? Je n'en ai jamais entendu parler.

— L'Apocalypse de saint Jean, 666, le chiffre de la Bête. Satan, tu comprends, le maître du monde.

— Le communisme est Satan ?

— Eh oui. »

Brusquement, j'ai pensé à un chat qui se mord la queue. Il y avait longtemps, quand j'avais demandé à mon père si le diable existait, il m'avait répondu que c'étaient les fascistes. Pour Andrea, au contraire, c'étaient les communistes. Conclusion ? Si l'un accusait l'autre et vice-versa, qui était vraiment coupable ? De nouveau, je me creusai la tête sur ce vieux problème. Là où j'étais, il n'y avait même pas de prêtre ; s'il y en avait eu un, je lui aurais posé deux ou trois questions sur ce qui se trouve, ou ne se trouve pas, là-haut. En guise d'interlocuteurs, à part Andrea, il n'y avait que la psychologue.

C'est ainsi qu'un jour, au début de l'entretien, j'ai demandé à brûle-pourpoint :

« Qui est le diable ? »

La psychologue a souri, visiblement satisfaite. « Par quelle association d'idées y as-tu pensé ? »

Je n'avais aucune envie de lui exposer le problème des forces antagonistes, des rouges et des noirs qui se partageaient l'échiquier ; je lui ai donc répondu :

« Aucune. Ici, j'ai eu tout le temps de réfléchir. J'ai pensé à tout ce qui m'est arrivé. J'aurais tellement aimé être bon, mais je n'en suis pas capable. Alors je me demande si c'est de ma faute, ou si le diable s'en est mêlé.

— À part toi-même, il n'y a rien, a-t-elle répondu sur un ton rassurant. Ce que tu appelles le diable, ce sont tes incertitudes, les peurs que tu portes en toi depuis ton enfance. Elle a fait une pause, puis, elle a ajouté, un ton plus bas : Tu penses vouloir en parler ? »

Désormais, j'étais dans la danse et je devais danser. Et donc, comme si elle m'arrachait les mots d'une cavité profonde, j'ai commencé à lui parler de mon enfance, du fait que j'étais venu au monde et que je ne m'étais jamais senti désiré par personne. Quand mon père entrait dans ma chambre, j'avais l'impression que c'était un tueur envoyé d'un royaume voisin. Moi, j'étais l'héritier du trône, et lui, pour un problème de suprématie territoriale, était chargé de me tuer. Tout en m'écoutant, elle m'approuvait du regard. Je voyais déjà le compte rendu qu'elle ferait au prochain congrès. C'était merveilleux d'avoir un auditoire attentif — les conteurs d'autrefois devaient éprouver la même émotion — je n'avais qu'à continuer, avec des détails de plus en plus époustouflants. Je n'avais aucun mal à le faire, je ne savais pas où j'allais. Chaque phrase qui sortait de ma bouche m'étonnait moi-même en premier.

À la fin de l'heure, la psychologue a ouvert mon dossier, et de son stylo à bille, elle a tracé des signes, comme si elle remplissait une fiche. Puis elle s'est levée et m'a accompagné jusqu'à la porte en disant :

« J'ai l'impression que nous arrivons au cœur du problème. »

Je lui ai répondu par un gentil sourire.

Je n'avais pas envie de regagner la chambre. Les discours d'Andrea m'avaient conduit à une sorte de saturation. Je n'étais ni lassé, ni irrité, j'avais juste besoin d'un moment de silence. Trop d'idées, en trop peu de temps. J'aurais aimé qu'il y ait une plage, un grand espace où pouvoir marcher, face à l'horizon. Comme il n'y en avait pas, je suis allé faire un petit tour du côté des pavillons.

Une fois, dans une exposition sur des instruments de torture, j'avais vu une boule de métal. À l'intérieur de celle-ci, autrefois, on mettait des charbons ardents. Grâce au ciel, je ne me souvenais plus de son usage, mais je sentais qu'à l'intérieur de moi j'avais quelque chose de semblable. Il y avait encore du feu dans mon corps, je percevais très bien sa chaleur, sauf que désormais c'était un feu domestique, ses flammes ne léchaient plus toutes les choses, comme quand elles étaient alimentées par l'alcool. La seule différence, c'était la fragilité. Être sobre, c'était comme avoir éteint en soi un interrupteur. Je me promenais à travers le parc et je me demandais : aurai-je besoin de le rallumer un jour ? Peut-on vivre ainsi, avec des moteurs qui tournent au ralenti ?

VII

Le lien étroit qui nous unissait, Andrea et moi, n'est pas passé longtemps inaperçu. Alors que les autres s'ennuyaient à mourir, nous étions toujours ensemble, en train de parler. Cela devait susciter une certaine jalousie et un matin, à l'extérieur de la chambre, nous avons trouvé une inscription : « Pédés ».

Je pensais qu'Andrea serait furieux, mais il s'est contenté de hausser les épaules. « De la boue, a-t-il dit, la boue ne pense qu'à cela. Leur horizon est trop bas pour qu'ils puissent contempler la grandeur de notre amitié. »

La nuit suivante on nous a séparés, rien ne devait entraver le processus de guérison. Je partageais ma chambre avec trois inconnus, l'un deux puait à un tel point que l'air était irrespirable. Pendant la journée, il nous était interdit, à Andrea et moi, d'être trop près l'un de l'autre. Malgré cela, un après-midi, après le déjeuner, il m'a rejoint sur le banc où j'étais assis et m'a dit à voix basse :

« Demain, on s'évade. »

Sans changer d'expression, j'ai chuchoté : « Quoi ? Tu es fou ? »

— Tu as peur ? m'a-t-il alors demandé.

— Non, mais je trouve que c'est une folie, dans moins d'un mois tu pourras rentrer chez toi. »

Il s'est levé d'un bond.

« Alors, reste dans la boue », a-t-il dit avant de s'en aller.

Pendant tout l'après-midi, j'ai été très nerveux. Je m'étais conduit comme une larve, après tant de belles paroles je n'avais pas été capable d'accepter un petit geste de révolte. Entre l'amitié d'Andrea et la norme, j'avais choisi la norme. J'avais peur d'imaginer ce qui m'arriverait si je m'enfuyais. J'avais été un poussin, et non un aigle, un poussin qui, une fois adulte, deviendrait un poulet. Pendant le dîner, je l'ai vu manger seul, assis à une table près de la fenêtre. En fait, il ne mangeait pas, il grignotait, il avait un air mélancolique que je ne lui avais jamais vu.

Au moment d'aller dans la salle de loisirs, je suis passé à côté de lui, mine de rien, et je lui ai dit à voix basse : « D'accord.

— À une heure, devant les cuisines », a-t-il répondu.

C'était le mois de mai, et la tiédeur de la nuit était déjà imprégnée du parfum douceâtre des fleurs. En silence, nous avons atteint l'arrière des pavillons de l'hôpital psychiatrique. Derrière le dépôt d'ordures, Andrea avait découvert un trou dans le grillage. Mon cœur battait vite, partagé entre un sentiment d'euphorie et la peur, à cause de ce que nous étions en train de faire.

Une fois dehors, nous nous sommes mis à courir, il y avait un terrain vague et au bout, une petite route goudronnée où personne ne passait jamais. Je ne savais pas où nous allions ; avec une naïveté enfantine, j'avais pensé qu'Andrea avait tout organisé. Nous nous embarquerions comme mousses à bord d'un bateau prêt à lever l'ancre, ou quelque chose du même genre.

« Où allons-nous ? ai-je demandé au bout d'un moment.

— Je n'en ai pas la moindre idée, a-t-il répondu avec insouciance.

— Et alors pourquoi m'as-tu fait sortir ? ai-je presque crié.

— Personne ne t'a obligé à le faire, tu es venu tout seul,

sur tes propres jambes. En ce qui me concerne, j'avais envie de me promener un peu, en pleine nuit.

— Et si on nous trouve ?

— On nous pendra. »

Je me suis senti submergé par la mauvaise humeur, l'idée de la grande aventure s'était envolée en fumée. J'étais en train de courir un risque inutile, voilà tout. Pendant un instant, j'ai même pensé faire machine arrière : en moins d'une demi-heure, je serais de nouveau dans mon lit. Pendant ce temps, Andrea marchait devant, les mains dans les poches ; il avait l'air absorbé, aussi indifférent à ma présence que si j'avais été une pierre. C'était moi qui ne pouvais m'empêcher de le suivre, et j'avais presque la sensation qu'il me fallait le protéger.

À la fin, nous sommes arrivés dans un parking où étaient stationnées plusieurs voitures. Andrea a tiré de sa poche une petite clé pour boîtes de corned-beef, et il a ouvert une voiture.

« C'est la tienne ? » lui ai-je demandé.

Il m'a répondu : « Viens ! »

Nous sommes sortis de la ville en prenant la voie rapide ; Andrea était sombre et j'avais peur. Je n'osais plus poser de questions, mais une partie de moi-même était convaincue que cette course était une course vers la mort. À un moment donné, il donnerait un coup de volant et nous irions heurter la paroi rocheuse ou les rails de sécurité, avant de plonger dans la mer. Il ne s'agirait pas d'une distraction ou d'un incident, mais d'un acte mûrement prémédité. Pourquoi m'étais-je laissé prendre au piège ? Je tenais les jambes toutes raides devant moi comme si les pédales se trouvaient sous mes pieds.

Mais après quelques kilomètres, il a mis le clignotant et a pris une route blanche. Elle montait avec des virages serrés ; après deux ou trois lacets, il s'est arrêté sur une aire de stationnement, a coupé le moteur, puis est sorti de la voiture et a respiré profondément. Au-dessous de nous s'étendait la mer et, tout autour, des petits champs, des vignobles en terrasses, des vergers.

« Et maintenant ? ai-je demandé.

— Maintenant, nous sommes ici. »

La lune était haute et illuminait son visage, il semblait moins tendu, presque joyeux. Nous nous sommes assis dans l'herbe, près d'un muret de pierres, les vignes avaient cédé la place à deux grands cerisiers.

« Voilà, s'est écrié Andrea, c'était ce que je voulais. Au moins pour une nuit, voir l'horizon et l'espace sans limites. J'avais soif de cela. »

J'éprouvais exactement la même sensation. J'ai dit : « La psychologie et les pièces fermées rétrécissent la tête. » Puis je lui ai parlé de ma première expérience avec la drogue, de son effet à retardement, de ce même besoin de voir l'horizon, la ligne de la mer, la ligne du ciel, et de la façon dont cet horizon et tout ce qui s'y trouvait s'était soudain déversé à l'intérieur de moi. Tout vivait en moi, et ce tout était essentiellement douleur.

Ce soir-là, nous avons parlé longuement ; même si nous n'avions rien bu, nous étions confiants et détendus, comme les gens un peu gris. Au-dessus de nos têtes, les satellites se mêlaient aux étoiles, de l'herbe montait le grésillement des premiers grillons, le chant triomphant d'un rossignol remplissait les pauses.

« Qui sait, a dit Andrea à un certain moment, peut-être y a-t-il là-haut un grand chapeau avec tous nos noms à l'intérieur, comme pour les loteries ou les tombolas. Si c'est Walter ou Andrea qui sort, tu dois aller à tel endroit, tu vois déjà ta maison, tes parents et tu sais d'avance que tu seras malheureux avec eux, tu le sais mais tu ne peux pas te révolter.

— S'il y a un chapelier, ai-je dit, c'est un chapelier fou. Ou fou, ou aveugle ; de toute façon, il envoie tout le monde à la mauvaise place. Qui aurait bien pu vouloir de mon père ? Et c'est à moi qu'on l'a attribué ; j'ai été forcé de l'accepter, c'est clair. Ce n'est pas gentil.

— Ce n'est absolument pas gentil, a répondu Andrea. Moi aussi, si j'avais pu choisir, j'aurais choisi autre chose. »

Au bout d'un moment, nos propos n'ont suivi aucune règle, aucun fil conducteur. Nous avons longuement parlé de ce que nous aurions aimé être si nous n'avions pas été nous-mêmes. Andrea aurait voulu être un chevalier et vivre au Moyen Âge, avec une armure splendide, un cheval luisant et la possibilité de faire justice lui-même, avec son épée et sa masse. Moi j'hésitais, j'étais indécis, confus. En réalité, la vie à laquelle j'aspirais était des plus calmes, si bien que j'ai fini par dire : « Moi, j'aimerais être comptable.

— Comptable ? » s'est écrié Andrea avant d'éclater de rire. C'était la première fois depuis que je le connaissais. Il m'a donné une grande claque sur l'épaule. « Comptable ! Allez, tu plaisantes !

— Je ne plaisante pas. Essaie d'imaginer quelqu'un qui, depuis son enfance, ne pense qu'à ses comptes, qui fait des calculs, et quand il trace un trait au-dessous, tout est exact, tout tombe juste. »

J'ai fait une pause avant d'ajouter : « Ce serait merveilleux. »

Puis, le sommeil nous a surpris. Nous nous sommes endormis côte à côte, je sentais sa chaleur et lui la mienne. Nous n'étions qu'une seule respiration, il était le chevalier et, moi, je faisais tout cadrer. La voûte céleste n'était plus menaçante, mais rassurante. Nous dormions là-dessous, comme deux petits animaux fatigués, qui n'ont plus besoin de poser des questions.

Pendant notre somme, une brise légère s'est levée, elle a secoué les cerisiers et a fait tomber les pétales ; j'ai ouvert les yeux et je me suis retrouvé couvert d'une neige étrange, une neige odorante et tiède. Andrea dormait toujours, les mains croisées sur le ventre. Son expression était vraiment celle d'un chevalier, il avait des pétales sur les yeux, sur les joues, dans les cheveux. Je suis resté un moment à le regarder. Quand la fureur quittait ses yeux, le sarcasme ses lèvres, son visage se transformait, sur ses traits réguliers et bien dessinés se posait un voile de tristesse. C'était un chevalier frappé par un sortilège au beau milieu d'un combat, il gisait à terre et de son corps émanait le vent froid de la tragédie.

Quand nous sommes montés en voiture, il faisait nuit, nous devions vite rentrer pour qu'on ne s'aperçoive de rien. L'humeur d'Andrea avait changé. Contre le ciel encore sombre, les branches des cerisiers se détachaient, toutes blanches. Avant de partir, il s'est retourné pour les regarder.

« On oublie trop souvent ce genre de chose, a-t-il dit.

— Quoi ?

— La beauté. »

Puis il a ajouté :

« C'est ainsi que j'aimerais mourir : dans un pré, couvert par quelque chose de blanc. De la neige, ou des pétales de rose. »

Le jour de la sortie approchait. Et avec elle, la grande question : que ferais-je une fois devenu adulte ? Quelques mois seulement me séparaient de ma majorité ; ces mois-là, je les passerais avec mes parents.

Entre-temps, une assistante sociale avait travaillé à rétablir nos relations. Elle avait même convaincu ma mère de suivre quelques séances avec la même psychologue que moi, parce que — avait-elle dû leur dire — si j'étais ainsi, c'était aussi de leur faute, d'une certaine manière.

Je savais d'avance ce que dirait ma mère : « Cet enfant fait mon désespoir. Petit, c'était un amour. Nous ne sommes pas riches, mais il n'a jamais manqué de rien. » Rien qu'à imaginer tout cela, j'éprouvais de l'ennui et de l'irritation.

Quoi qu'il en soit, dans ce lieu, j'avais compris que je n'étais pas porté vers une vie comme celle de tous les autres. À présent que je ne dépendais plus de l'alcool, si j'étais raisonnable, je pourrais rattraper l'année scolaire perdue, puis m'inscrire à l'université et passer mon doctorat. J'échapperais sûrement au service militaire, puisque mon père était invalide. Ainsi, après mon diplôme commencerait le ballet des suppléances. Un beau jour, je ferais la connaissance d'une jeune fille sympathique et raisonnable, je l'épouserais et elle décorerait un petit appartement, avec des meubles fabriqués en série, mais de bon goût. Notre premier enfant naîtrait, je tâcherais d'être différent de mon père, je serais gentil et lui parlerais doucement. S'il aimait le foot, je l'emmènerais au stade. Et un jour, quelques années plus tard, à table, je surprendrais le mépris dans ses yeux. Le même mépris que j'avais éprouvé à l'égard de mon père.

Je marchais dans les allées du parc en pensant à cela, tâchant d'imaginer une vie différente. Entre le désespoir et la normalité, il doit bien y avoir une autre voie. C'est comme lorsqu'on est dans un bois, il y a le sentier que vous êtes en train de parcourir, il est bien aplani et indiqué par une ligne rouge sur les cartes. Mais après, vous en avez assez, vous l'avez parcouru trop souvent. Vous allez tantôt à droite, tantôt à gauche. À la fin, vous en trouvez un autre, son entrée est cachée par des buissons, vous ne savez pas où il mène mais peu importe. Comme vous êtes heureux, vous marchez déjà d'une manière différente.

Au fond, pourquoi ne pas l'avouer, j'enviais ceux qui avaient une idée précise de la vie, ceux qui naissent avec un parapluie à la main. Qu'il pleuve, qu'il neige, qu'il grêle, ils sont toujours protégés, même quand il fait soleil ils ne le lâchent pas. Pourtant, l'envie n'était pas un mobile assez puissant pour m'inciter à faire le saut. J'aurais pu fermer les yeux et me plonger dans une existence quelconque. Malheureusement, je savais trop bien que le saut ne durerait pas longtemps. À la satisfaction initiale suivrait une légère sensation de malaise. D'abord léger, ce malaise deviendrait de plus en plus grand. En peu de temps, il dévorerait toute autre émotion, je serais profondément malheureux. Avec le malheur viendrait aussi la méchanceté. Se détester soi-même et faire du mal aux autres sont les deux faces d'un même sentiment. Je n'avais pas l'étoffe d'un assassin, ma méchanceté serait ordinaire, étriquée : piques, humiliations, médisances, minuscules vacheries. Depuis toujours, mon père se conduisait ainsi. Puis, même cette soupape ne suffirait plus, elle suffirait à peine à me maintenir en vie. Il faudrait autre chose. Au lieu d'exploser, j'imploserais. Un matin, je me lèverais et recommencerais à me détruire.

Désormais, il était clair pour moi qu'une grande partie de nos malheurs provient d'un chemin mal choisi. Si l'on marche avec des chaussures trop serrées — ou trop larges — au bout de quelques kilomètres, on commence à maudire le monde. Ce qui n'était pas clair pour moi, c'était la raison pour laquelle, depuis le début, on ne pouvait pas choisir des chaussures qui aient la bonne pointure.

Je marchais, tourmenté par ces pensées, et, sans le vouloir, je suis arrivé au pavillon des fous. Je savais qu'il ne fallait pas les appeler ainsi : là-dedans, aucun mot n'était jugé plus indécent. Sur tous les panneaux, on les appelait « usagers » ou « handicapés mentaux ».

C'était Andrea qui me l'avait fait remarquer. « Tu vois, m'avait-il dit, désormais on a peur de tout, même des mots. Pour ne pas s'écorcher la bouche, on n'utilise que des mots corrects. Les mots, en eux-mêmes, ne sont pas blessants. Ils blessent l'hypocrisie qui se cache derrière. La folie a sa grandeur. La transformer en normalité, comme un formulaire de la poste, c'est nier la puissance de son mystère. Il y a un point, en effet, où la pyramide humaine perd la dimension de la profondeur et se transforme en triangle. Le triangle est une figure plane, et donc on peut l'enrouler. Quand tu l'enroules, il peut arriver que le sommet touche la base. La folie annule les distances, frappe très haut ou très bas. Il n'est pas dit qu'un jour, notre destin ne devienne pas le leur.

— Je ne comprends pas. »

Alors, il s'était mis à me parler d'Icare, du fait qu'à voler trop haut, on se brûle les ailes.

« Si tu n'as plus d'ailes, tu tombes. La loi de la pesanteur t'entraîne vers le bas, comme une pierre. Si l'on monte trop haut, on court des risques. Une lumière puissante, au-delà des ailes, brûle les yeux. Et te voilà aveugle. Tu passes le reste de ta vie à tourner en rond, en marmonnant des propos vides de sens, tu deviens un "usager" comme tous les autres. »

Il avait ensuite énuméré une série de poètes et de philosophes qui étaient devenus fous. Je m'étais illuminé : « C'est vrai, Hölderlin aussi. Il est devenu M. Scardanelli. — Et Nietzsche ? avait-il demandé. Nietzsche a fondu en larmes et a embrassé un cheval. »

À présent, les fous étaient devant moi. Ils ne devaient pas être plus d'une vingtaine. Il était difficile de déterminer leur âge, la maladie modifie les traits, les rend intemporels. Certains d'entre eux étaient très gros, d'autres excessivement maigres. Quand on les regardait ainsi, tous ensemble, la première chose qui frappait était leur solitude absolue. Certains restaient immobiles comme des pierres, d'autres se balançaient d'avant en arrière. Leur rythme et leur regard étaient ceux des grands fauves prisonniers derrière des barreaux. D'autres encore parcouraient la cour à pas pressés, comme des généraux qui haranguent leur troupe avant l'assaut final. C'était cela, leur solitude. Aucun d'entre eux ne percevait les autres, leur situation ressemblait à celle des astronautes qui quittent leur vaisseau spatial pour aller se promener dans l'espace. Ils sont protégés par une combinaison super-équipée contenant de l'oxygène, la température et la pression sont parfaites, entre le tissu et le corps vit une sorte de microcosme. Dehors, l'obscurité et le silence frôlent l'éternité. Voilà, les gens qui se trouvaient devant moi semblaient avoir fait la même chose, entre eux et ce qui les entourait, il y avait un espace d'où, probablement, ils tiraient leur oxygène et leur nourriture. Et c'était cet espace qui les protégeait du monde environnant.

Au fond, me disais-je en les regardant, ce sont eux les plus sincères, ils ne feignent pas de ne pas être seuls. C'est peut-être pour cela qu'ils dérangent tellement. Personne n'aime recevoir en plein visage la solitude de la vie humaine, absolue et terrible. Pour la cacher, on s'agite, depuis le jour de notre naissance jusqu'à celui de notre mort. On danse avec des castagnettes et des tambourins pour ne pas voir le cadavre qui remonte à la surface, pour que le cadavre ne hurle pas quand nous sommes seuls, quand nous sommes tous désespérément seuls. Poussière en mouvement, et rien d'autre.

Moi aussi, j'avais toujours eu peur des fous. Enfant, quand je rencontrais l'idiot du village, je changeais de trottoir mais tout de suite après, en voyant les provocations cruelles des passants, je restais suspendu entre un sentiment de terreur et l'envie de pleurer. Je craignais l'imprévisibilité de ses paroles et de ses gestes, j'étais ému parce qu'il était sans défense face à la méchanceté et à la bêtise des autres. J'ai ressenti très fort, pendant mon enfance, le désir de protéger les faibles, mais ce désir s'est dissipé quand je me suis aperçu que j'entrais dans cette catégorie.

La sensibilité excessive n'est pas un laissez-passer, mais un piège. On ne s'en aperçoit pas tout de suite, les premières années, tout le monde vous complimente pour cela. C'est plus tard que cela devient un problème. Lentement, votre entourage se rend compte que la sensibilité n'est pas un don, mais un poids. Le monde est fait de renards, de hyènes et de crocs-en-jambe. Si vous êtes un lapin au poil soyeux, il vous sera impossible d'avancer. C'est pour cela que, du jour au lendemain, tout change. Autour de vous, il n'y a qu'irritation et agacement devant la différence. De cette grande hécatombe de lapins, seuls réchappent ceux qui savent faire quelque chose d'exceptionnel.

Dans ma classe, par exemple, il y avait un enfant qui, sans jamais avoir étudié la musique, savait jouer du piano. Il lui suffisait d'entendre une chanson une seule fois pour la jouer tout de suite, à la perfection. C'est pourquoi les adultes le traitaient avec respect. Ils étaient même impressionnés par lui, ils l'appelaient « le petit Mozart » et se déplaçaient autour de lui avec un maximum de délicatesse, comme s'il était une boule de verre.

Pour tous les autres passe la grande faux de la normalité. Ou vous pliez devant elle, ou c'est elle qui vous fauche. Pourquoi cette normalité doit-elle être celle des renards et des hyènes et non celle des lapins, c'est un mystère que je n'ai jamais éclairci. En observant ces malheureux derrière le grillage, je me suis senti très proche d'eux. Andrea avait raison, peut-être que, quelque part, les extrêmes se rejoignent. J'arrivais à percevoir clairement ce qui avait dû leur arriver, dans la vie. Plutôt que de continuer à faire semblant, ils s'étaient glissés dans la combinaison spatiale. Mais pour les autres, pour ceux qui étaient nés ainsi, je n'avais aucune réponse.

« Qui en a une ? me suis-je demandé, et naturellement, personne ne m'a répondu. « Erreurs de la nature, avait dit Andrea, duplication inexacte du code génétique. »

Au moment où ces mots me sont revenus à l'esprit, un homme s'est tourné pour me regarder. Ce n'était pas vraiment un homme, mais un adolescent. Il avait le visage bouffi, sa langue sortait souvent de sa bouche. Je ne sais pas pourquoi, mais j'ai eu l'impression qu'il était heureux de me voir. Il a commencé à frapper le grillage de ses paumes ouvertes. L'infirmier a levé les yeux au-dessus de son journal de sport et les a baissés aussitôt. Le garçon continuait à taper et à sauter. C'est moi qu'il réclame, ai-je pensé. Au lieu de m'approcher, j'ai fait demi-tour.

À quinze jours de distance, Andrea et moi avons quitté le centre. Cette semaine-là, Andrea devenait majeur ; quant à moi, je devrais attendre encore quelques mois.

J'étais à la maison depuis peu de temps quand j'ai reçu son coup de fil, le premier et le seul. Il voulait que nous allions nous promener ensemble.

À deux heures, il a sonné à la porte ; au lieu de le faire

monter, c'est moi qui suis descendu. Nous avons tout de suite pris la direction des champs. C'était le début du mois de juin.

Pendant que nous marchions en silence, les mains dans les poches, j'ai pensé que l'une des choses qui m'avaient le plus manqué, c'était la présence d'un frère : je m'en étais aperçu durant les deux semaines où j'étais resté seul. Pour moi, Andrea était comme un frère. J'aurais voulu le lui dire mais je me suis retenu, craignant ses sarcasmes.

Quand la ville a été loin derrière nous, il s'est mis à parler.

« Nous sommes libres, a-t-il dit en respirant profondément ; puis il a ri et a ajouté : Nous sommes sauvés. Vois-tu, à présent ils sont tous satisfaits parce qu'ils sont convaincus de m'avoir sauvé. Ils ne se sont jamais aperçus que je me contentais de bien jouer mon rôle. Toi aussi, à mon école, tu es devenu un assez bon acteur. Boire a été pour moi un choix lucide, je n'ai jamais été victime de rien, c'est ici que le jeu bascule, tu comprends ? Entre subir les choses ou choisir de les faire. J'avais envie d'explorer un état de conscience différent, de faire croire aux autres que je m'étais égaré. La limite m'intéressait, c'est tout. Et puis j'ai fait une bonne action, en quelque sorte. J'ai donné aux gens qui m'ont suivi tous ces mois l'illusion d'avoir récupéré un être humain. »

Alors, je lui ai raconté qu'à moi aussi il était arrivé à peu près la même chose. À un certain moment, j'avais découvert la poésie, je la sentais dans mon sang, dans mes os, mais je n'arrivais pas à l'atteindre. J'avais donc pensé que le vin m'aiderait peut-être, que c'était une façon comme une autre de briser la monotonie de mes sensations.

La route commençait à monter. Il m'a écouté en silence. « Celui qui veut franchir une limite, a-t-il répondu, recèle en lui quelque chose de grand. Aux gens normaux, cela n'arrive jamais. La limite qu'ils se donnent est toujours matérielle, ils veulent obtenir quelque chose de concret. Une plus belle maison, un travail mieux rémunéré, un amour différent de tous les autres. De la naissance à la mort, ils barbotent dans ces choses minuscules, sans jamais lever la tête.

— Tu crois que je pourrais être quelqu'un de grand ? ai-je alors demandé, timidement.

— C'est évident, a répondu Andrea, sinon, tu te serais contenté de ce que tu avais, comme tous les autres.

— Mais je ne sais pas quoi faire. Je sais seulement ce que je ne veux pas faire. Je ne vois aucune route s'ouvrir devant moi.

— Pour l'instant, le sentier est en montée, et nous peinons davantage que tout à l'heure. Il en est de même pour la grandeur, elle ne vise jamais à la facilité. Que serait cette grandeur, sinon ? Au lieu d'un sentier, ce serait une autoroute un 15 août. Pour le moment, tu sais seulement que tu es différent, et c'est déjà un point très important. Continue à ne pas céder, à vivre hors des rails et tu verras que, tôt ou tard, ta vocation viendra à toi.

— Mais si je n'ai pas la moindre idée de ce que je pourrais devenir ! »

Andrea s'était arrêté, m'avait regardé longuement dans les yeux. Pour moi, soutenir son regard exigeait toujours un effort.

« Je ne sais pas, avait-il dit. Peut-être pourrais-tu être un philosophe, ou un artiste.

— Pourquoi un philosophe ou un artiste ?

— Parce que désormais je te connais. Je suis sûr que, quand tu étais enfant, tu éclatais en sanglots à cause de chaque feuille qui se détachait des arbres. La mort fait corps avec toi, elle t'enveloppe, te domine. Toutes tes émotions naissent de sa contemplation. »

Andrea, parfois, m'irritait profondément. Je me sentais devant lui comme exposé à des rayons X, et je n'avais pas toujours envie de m'y soumettre.

« Et toi, alors ? ai-je dit un ton plus haut, tu n'as jamais pleuré ? »

Andrea avait ri. « Au moment de ma naissance, j'ai

pleuré moi aussi, bien sûr, mais ça a été la dernière fois. Il n'était pas difficile de comprendre qu'il faut toujours voir les choses de haut. L'altitude est un excellent antidote à l'émotion.

— Donc, tu n'es pas un artiste ?

— J'aurais pu l'être. J'y ai renoncé le jour où j'ai décidé de ne pas pleurer.

— Et alors ?

— Alors, il y a deux façons de sortir de la médiocrité. L'une, c'est l'art, l'autre, c'est l'action. Elles sont liées entre elles, mais l'action est supérieure à l'art parce qu'elle n'implique aucun type de participation. Un seul artiste l'a compris, Rimbaud. D'abord, il a écrit des poèmes, puis il est parti vendre des armes en Afrique. »

Nous étions arrivés au sommet de la colline ; là-haut, il n'y avait pas d'arbres, seulement un pré. Une légère brise agitait l'herbe et les pétales de fleurs qui y poussaient. Nous nous sommes allongés un moment côte à côte, les mains derrière la nuque. Pendant quelques instants, nous sommes restés silencieux, à regarder le ciel ; de temps à autre, au-dessus de nous, un martinet passait en flèche. Andrea a été le premier à parler ; sans me regarder, il a dit :

« Demain, je pars.

— Tu pars où ? »

Il ne m'a pas répondu. Au-dessus de nous planaient deux éperviers, à une certaine distance l'un de l'autre. Ils semblaient jouer, pleins de grâce et de puissance, ils se poursuivaient dans le ciel avec des sifflements brefs et aigus.

Quand j'étais rentré à la maison, ma mère m'avait demandé quels étaient mes projets, si je voulais reprendre des études ou me consacrer à autre chose. « Je ne sais pas, lui avais-je répondu, j'ai besoin de réfléchir. » Entre-temps, j'aurais aimé travailler durant l'été.

Elle s'était tout de suite démenée pour me trouver un emploi. Cela n'avait pas été difficile, le mari d'une de ses anciennes collègues possédait une auberge dans un village voisin.

La semaine suivante, j'étais déjà au travail.

Je sortais le matin à bicyclette et rentrais le soir, vers neuf heures et demie, après la fermeture des cuisines. Étant donné mon absence aux heures des repas, je ne voyais jamais mon père, et durant les autres heures, nous nous évitions avec la même prudence que les bêtes sauvages qui veulent éviter les hommes : une odeur ou un bruit suspect, et aussitôt, elles s'enfuient dans les endroits les plus inaccessibles du bois. Avec ma mère, nous parlions du mauvais temps. S'il faisait beau, nous restions silencieux.

Dans ses yeux, par moments, je lisais quelque chose qui ressemblait à un vague espoir. Même si elle n'osait pas encore me le montrer ouvertement, elle devait être convaincue que tout était réglé. Grâce à ces bons médecins, la période sombre était derrière nous, bien escamotée. Devant elle se profilait, de nouveau, un fils médecin. Et après le diplôme, une ribambelle de petits-enfants pour lesquels elle broderait des layettes et tricoterait des pulls jusqu'à la fin de ses jours.

J'essayais de l'expédier très loin, ce regard, de ne pas le voir. Ou de le voir de haut, comme me l'avait appris Andrea. Je n'y arrivais pas toujours. Quand je n'y arrivais pas, je sentais au milieu du diaphragme un élancement, aussi aigu qu'une piqûre d'insecte.

Évidemment, mes projets étaient très différents. Depuis longtemps déjà j'avais décidé de partir. Je voulais m'éloigner de cette ville asphyxiante. J'avais désormais compris que la grandeur est comme une plante : pour croître, elle a besoin de lumière, d'un sol fertile. Si je restais là, je me remettrais sûrement à boire, ou je deviendrais un de ces êtres pathétiquement excentriques qui peuplent la province. Je voulais déployer mes ailes, comme l'albatros de Baudelaire. Même si je n'avais pas encore volé, je sentais leur puissance et leur poids. Si jusque-là je ne les avais pas encore ouvertes, c'était parce que, sur ma route, il n'y avait jamais eu de ciel assez grand pour les accueillir. Chose étrange, durant cette période, la nuit je dormais profondément, et les quelques rêves que je faisais étaient tous paisibles. J'étais suspendu, en attente, très calme, et conscient d'aller au-devant de la vraie vie.

Septembre était arrivé, et avec septembre, un automne précoce. À l'aube, le brouillard enveloppait déjà le paysage. Le matin de mon anniversaire, il était si épais que l'on entrevoyait à peine le tilleul au milieu de la cour.

La semaine précédente, j'avais abandonné mon travail à l'auberge.

Je me suis levé très tôt, me suis habillé sans faire plus de bruit qu'un chat. Le train partait un peu avant sept heures. Mon père ronflait encore bruyamment, la table était déjà mise pour le petit déjeuner. À côté de mon couvert se trouvait un paquet oblong enveloppé dans du papier rouge, avec un ruban doré. Sous mon bol, un billet.

Je l'ai pris et je l'ai ouvert. À l'intérieur il y avait écrit : « Te voilà grand ! » et au-dessous, avec la calligraphie nette d'une institutrice : « Ta maman. »

J'ai soupesé le paquet, il ne pouvait contenir qu'une montre. Je ne l'ai pas pris. Au dos de l'enveloppe, avec un bout de crayon, j'ai écrit en script : « Je ne veux plus de votre temps, je veux le mien. Ne t'inquiète pas. »

Je suis sorti avec un sac léger ; pour ne pas faire de bruit j'ai laissé la porte entrouverte. Dès que je me suis retrouvé dans la rue, j'ai senti un élancement au sternum.

Terre

I

La température est le point critique d'un corps, si elle est trop élevée, les cellules ne sont plus en mesure de communiquer entre elles. Si une chaleur est excessive, il faut trouver un moyen pour qu'elle diminue. Il faut qu'elle se dégage, sinon tout explose. Explose ou implose. De toute façon, la matière passe d'un état à un autre.

Les premiers jours de mon séjour à Rome, j'avais vraiment l'impression qu'il en était ainsi. Je marchais et, tout en marchant, je dégageais de la vapeur. Plus les jours passaient, plus je me sentais léger. Ce n'était pas de la sueur qui sortait, mais les miasmes toxiques assimilés pendant ma croissance. Parfois, j'avais l'impression d'être devenu transparent, la beauté des rues et des monuments se reflétait en moi. Et si elle pouvait se refléter, c'est qu'à l'intérieur de moi il n'y avait plus rien. Mon regard n'était plus un rayon laser mais une éponge, il s'imprégnait des choses et les laissait passer. Il m'arrivait de rire ou de pleurer sans raison. Derrière ces deux états, il y avait un même sentiment, je riais à cause d'un sentiment de délivrance, je pleurais pour la même raison. Au lieu de juger, je laissais les choses entrer dans mon cœur. Je sanglotais devant les Forums impériaux éclairés par la lumière rosée du crépuscule, je riais devant les moineaux qui, en pépiant, se baignaient dans les fontaines.

Les paroles d'Andrea résonnaient toujours à mes oreilles. Durant ces journées passées à ne rien faire, j'ai compris que ma voie n'était pas l'amour du savoir, mais l'art. Au lieu de me lancer dans des spéculations, j'étais ému. C'était un signe.

Évidemment, il y avait aussi des problèmes pratiques. Après deux semaines dans une pension près de la piazza Vittorio, j'ai cherché du travail et un logement. Le même jour, j'ai trouvé l'un et l'autre. Le travail consistait à faire la plonge dans un restaurant de Campo dei Fiori, le logement était une chambre chez une veuve derrière la via dei Giubbonari.

Malheureusement, je partageais ma chambre avec un autre jeune homme ; il s'appelait Federico et venait d'un village des Marches. Il devait avoir quatre ou cinq ans de plus que moi et était inscrit en lettres comme auditeur libre. Il avait le menton fuyant et des yeux noirs trop mobiles.

Par chance, nos horaires ne coïncidaient pas. Nos lits étaient côte à côte. La nuit, pour éviter l'intimité du sommeil, nous dormions en chien de fusil, en nous tournant le dos.

Federico me déplaisait, comme me déplaisaient le travail bruyant et l'odeur désagréable du restaurant. Mais c'étaient des désagréments épidermiques. J'étais un gros chien et les contrariétés étaient des puces : avec mes pattes solides, et sans me soucier d'elles, j'avançais tranquillement vers mon but. L'évaporation de la chaleur excessive m'avait épuré. L'épuration s'appelait éloignement. Éloignement de la maison, de mes parents, des mauvais souvenirs, des promenades furibondes. Éloignement d'Andrea.

À présent, le ciel était dégagé. Je scrutais cet horizon limpide, dans l'attente de quelque chose. Déjà, au fond, j'entrevoyais une lueur qui n'était plus celle du feu, mais celle de la création. Énergie qui enveloppe les choses et qui réchauffe. Énergie qui ne fond pas, mais qui crée. Ce vide était celui qu'obtiennent à l'intérieur d'eux-mêmes les sourciers et les médiums. Il renvoyait un écho, c'était une cavité prête à vibrer. Ce que je cherchais n'avait pas de nom précis, pas de forme, je me rapprochais, je m'éloignais, je me rapprochais encore. C'était une poursuite continuelle, je ne connaissais ni appâts ni appeaux ; tout ce que je sentais par moments, c'était une timide accélération du cœur. Un mot surgi du néant, comme un animal sauvage au milieu de la végétation.

Bien vite, je me suis mis à passer mon temps libre à la bibliothèque. Être au milieu des livres, c'était être au milieu d'un champ magnétique. J'en avais trouvé une près de chez moi, dans les bâtiments d'un cloître ; au centre se trouvait une fontaine couverte de mousse et, tout autour, des orangers. Quand la bibliothèque ouvrait, j'étais déjà là, j'y restais jusqu'à l'heure d'aller au restaurant. Je n'avais pas de plan, pas de programme. Là-dedans aussi, la seule loi en vigueur était celle de la résonance.

Je choisissais les livres au hasard, j'en apportais quatre ou cinq sur ma table. J'entrais dans la première page comme si j'entrais dans un autre monde. Je n'étais plus moi, mais un animal sauvage, un chercheur de pierres précieuses. J'avais faim, je voulais le diamant ou l'or. Souvent, j'avançais entre les pages comme dans un désert. J'étais entouré de sable, le soleil était aveuglant. Je marchais, je marchais sans rien trouver. Les mots étaient des poids inutiles, des corps morts, des pierres, ils freinaient mes pas et ne conduisaient nulle part. Souvent, la fatigue et l'ennui m'amenaient à maudire le fait de m'être mis en route. Mais après, tout à coup, alors que j'avais presque perdu espoir, ce que j'attendais depuis le début se produisait : la page et moi étions la corde unique qui vibrait sur le même instrument. L'espace et le temps s'abolissaient. Si la bibliothèque avait brûlé, je ne m'en serais même pas aperçu.

Parfois, j'arrivais en retard au travail. J'étais ailleurs, on devait me répéter les ordres deux fois. Je lavais les casseroles maculées de sauce en m'écorchant les ongles, et je n'étais plus seul. Avec moi, il y avait le prince Michkine et don Quichotte, le capitaine Achab et le prince Andrej, il y avait Marlowe, Raskolnikov et David Copperfield. Ils étaient tous là. Quand la casserole était nette et brillante, ils se reflétaient en même temps que moi au fond de celle-ci.

Quelques mois ont passé ainsi.

Durant cette période, mon humeur oscillait entre l'euphorie et le désespoir le plus noir. C'était un peu comme si j'étais sur une balançoire, je passais d'un état à l'autre. Je cherchais quelque chose. L'espace d'un instant, je me sentais proche de l'accomplissement ; aussitôt après, j'étais sûr que je n'arriverais nulle part. Je voulais écrire, mais je ne savais pas comment, j'ignorais la formule magique qui fait démarrer le travail. De nouveau, j'étais la proie du feu, mais d'un feu différent de celui que j'avais connu jusquelà. De temps en temps, en fermant les yeux, j'entrevoyais des flammèches, les petites flammèches qui suivent l'incendie des chaumes. La purification avait eu lieu, le reste devait arriver.

Un jour particulièrement difficile, j'ai pensé à Andrea, à sa manière résolue d'affronter les choses. Je me suis dit : peut-être un artiste doit-il être un peu un guerrier, décider d'agir, de se battre.

L'après-midi, en allant au travail, j'ai acheté un grand cahier blanc et un stylo à bille. Quand je suis rentré à la maison, la chambre était vide, je n'avais pas sommeil, j'étais excité. J'ai ouvert le cahier sur le petit bureau près de la fenêtre. Dès que le stylo s'est posé sur la feuille, il s'est mis à courir tout seul. Il courait comme un petit voilier poussé par le vent, je ne faisais aucun effort, je n'éprouvais aucune souffrance. Plus qu'un écrivain, je me sentais un médium, quelqu'un dictait et j'avançais. C'était comme si, dans un lieu mystérieux, le livre était déjà entièrement écrit, je n'étais que l'humble serviteur, le copiste chargé de la transcription.

Vers trois heures du matin, Federico est rentré. « Qu'est-ce que tu fais ? » m'a-t-il demandé en me voyant là, assis. Sans me retourner, j'ai répondu : « J'écris à ma fiancée. »

À six heures, je suis allé me coucher. De la place voisine arrivaient déjà les bruits du marché. J'étais à la fois fatigué et extrêmement éveillé ; j'aurais voulu dormir et je n'y arrivais pas, les mots coulaient encore et encore, ce n'était pas un petit ruisseau mais l'eau torrentielle et débordante des moussons.

J'ai écrit toutes les nuits, pendant un mois entier. Le jour aussi, je ne pensais qu'à cela, je récurais les casseroles tout en répétant des phrases, comme si je chantais une chanson. Quand je déambulais dans les rues ou dans la cuisine du restaurant, j'étais parfois saisi par un sentiment de grande étrangeté. La dimension dans laquelle je me déplaçais était à moi, et rien qu'à moi. Il y avait la réalité, et il y avait les pensées. Entre ces deux états, l'intervalle de la poésie. C'était là que je vivais, à la fois loin et tout près, ni au-dessous ni au-dessus, mais près des choses. J'étais le démiurge de cet espace, sur la crête de la mémoire je créais les destins et les détruisais. Avec force, je donnais une voix à un univers dont la seule règle était la souffrance.

Le jour de Noël, à l'aube, j'ai écrit le mot « fin ». J'étais seul dans la chambre, les cloches sonnaient à toute volée. Je voulais annoncer la nouvelle à quelqu'un. À huit heures, je suis allé dans la cuisine, Mme Elda avait déjà mis le café sur le feu, le néon faisait briller la peau luisante de son crâne, sous ses cheveux clairsemés.

« J'ai écrit un livre ! » me suis-je écrié sur le pas de la porte.

Elle s'est tournée, une prise à la main, elle m'a regardé un moment, perplexe, puis elle a dit : « Félicitations. »

J'ai essayé de me reposer, mais je n'y suis pas arrivé. Je ne savais pas encore que ce genre de travail est particulièrement épuisant. Vous écrivez le mot « fin » et vous vous sentez un lion, quelques heures après vous êtes une loque, la momie embaumée d'un pharaon. À l'intérieur on vous a tout enlevé, il ne reste de vous que la peau, dès que vous bougez elle crépite comme celle d'un poulet à la broche.

Je me suis senti des fourmis dans les jambes, je suis sorti. Les rues étaient incroyablement désertes. Les gens étaient encore à table, en train de faire honneur à un repas de Noël pantagruélique.

Je suis arrivé au sommet du Janicule. C'était une journée limpide, la ville entière s'étendait à mes pieds, et un peu plus loin, on voyait les volcans éteints des monts Albains. Aucun bruit n'arrivait là-haut, ni klaxon ni sirènes d'ambulances, on aurait dit que la ville était frappée par un sortilège. J'ai un peu rêvassé, je me suis dit qu'une grande partie de mon imaginaire était constitué de ce que je voyais au-dessous de moi. C'était comme si à l'école nous n'avions étudié que l'histoire romaine, parce que je ne me souvenais que de cela. Dire « histoire » était peut-être excessif, vu que j'avais oublié toutes les dates. Plus que l'histoire, c'étaient les personnages qui m'avaient frappé : Ancus Martius et Tullius Ostilius, Romulus et Rémus et l'enlèvement des Sabines, Cornelia, la mère des Gracques et Cincinnatus, les Horaces et les Curiaces et Néron qui, en pinçant la cithare, chantait sa folie devant Rome en flammes. Ces personnages avaient prononcé une phrase ou fait un geste, et cette phrase unique et ce geste unique étaient restés imprimés dans ma mémoire. Ainsi, assis sur le muret du Janicule, je regardais au-dessous de moi et je me demandais : quel est le lieu exact où a été tué Jules César ? Quel est le pont des Horaces et des Curiaces ?

J'ai passé une petite demi-heure à rêvasser, puis je me suis levé parce que j'avais froid. C'était une façon comme une autre de combler le vide qui s'était creusé à l'intérieur de moi.

Puis, pendant que du Janicule je redescendais vers le Trastevere, j'ai commencé à sentir quelque chose d'étrange entre mon diaphragme et mon estomac. C'était comme si quelqu'un pointait un doigt dessus et l'y appuyait avec force. Plutôt qu'un doigt, c'était une vis à expansion, parce que la gêne s'étendait en rayonnant.

À présent, une multitude de gens sortaient des maisons,

il y avait des petits groupes partout, des gens qui s'étrei-
gnaient et s'embrassaient ; tous avaient la mine échauffée
et étourdie de ceux qui sortent d'une longue réunion de
famille. Pendant cette trêve, les conflits, les haines, les
petites jalousies avaient été noyés dans l'absorption fréné-
tique de nourriture et d'alcool. C'était l'abrutissement dû
aux libations, et non la naissance du Sauveur, qui provoquait ce simulacre d'amour.

Chez nous, la crèche était sévèrement interdite, si je voulais en voir une, je devais me rendre à l'église en cachette.
Une fois — je devais avoir sept ou huit ans — en revenant
de la crèmerie, je m'étais faufilé à l'intérieur de l'église.
C'était l'après-midi, la crèche se trouvait sous l'autel et la
nef était déserte, bien que nous fussions à quelques jours
de Noël. L'Enfant Jésus était déjà dans la mangeoire,
Joseph et Marie le regardaient avec une expression affectueuse, la même expression que le bœuf et l'âne. Tout était
paix, tranquillité. En regardant l'enfant, je me suis
demandé s'il savait ce qui l'attendait. Un jour, cette ten-
dresse disparaîtrait, et sur cet enfant s'abattraient la
méchanceté et la bêtise des hommes. J'ai été assailli par
une grande tristesse. « Toi, m'avait dit Andrea, tu es de
ceux qui pleurent pour chaque feuille qui tombe. » Cela me
mettait en rage, mais il avait raison.

Je pensais tout cela en fendant la foule bien nourrie, et
la tristesse, au lieu de me quitter, augmentait démesuré-
ment. La douleur, entre diaphragme et sternum, était si
forte que je n'arrivais presque pas à respirer.

Mon père et ma mère avaient-ils fêté Noël ? Je les voyais
déjeuner, assis à la table de Formica recouverte d'une
nappe au point de croix brodée par ma mère, ils mangeaient
en silence tout en regardant dans le vide, dans deux direc-
tions opposées. Après le *panettone*, mon père se laisserait
tomber comme un poids mort dans son fauteuil devant la
télévision allumée ; il aurait juste le temps de dire : « Rien
que des conneries » avant de s'affaler, endormi. Derrière

lui, ma mère laverait la vaisselle, puis elle se retirerait dans la chambre pour faire des mots croisés.

Est-ce que je lui manquais ? Je ne pouvais répondre à cette question ; très probablement, je n'étais qu'un poids dont elle s'était débarrassée. Mais je me trompais peut-être, en ce moment précis elle s'était peut-être enfermée dans la salle de bains pour regarder des photos de moi, elle était assise sur le couvercle du water et caressait les pages de l'album, comme si elle caressait ma peau de nouveau-né.

Je me suis alors aperçu que le vide à l'intérieur de moi ne me rendait ni imperméable, ni léger. C'était un vide-aimant, un vide fragile et malheureux. Un vide qui attirait à l'intérieur de lui toutes les pensées que je n'aurais jamais voulu avoir. Face à ces pensées, je me sentais terriblement seul, terriblement exposé.

Désormais, les réverbères étaient allumés et la tramontane soufflait. Les troupeaux humains avaient regagné leurs maisons respectives et les rues étaient de nouveau désertes, des emballages vides et des papiers gras roulaient, à la hauteur des pneus de voitures. La tristesse n'était plus un sentiment mais presque un état physique, je la sentais se dégager de moi comme je sentais se dégager le mépris de mon père, autrefois.

Je suis arrivé au ponte Sisto en marchant lentement et, une fois arrivé là, je me suis mis à regarder en contrebas.

À cause des pluies des jours précédents, le fleuve roulait, impétueux, et il était si jaune que par moments, plutôt qu'à un cours d'eau, il ressemblait à un torrent de boue. J'avais abandonné ma mère et je me sentais en faute, dans la fureur de ma fuite je n'avais pas emporté une seule photo d'elle. Elle n'avait rien fait pour me rendre la vie plus facile, mais je me sentais quand même en faute.

Sur le pont, j'ai pensé à un ancien locataire de Mme Elda qui, tous les matins, allait pêcher dans le Tibre. Je n'arrivais pas à croire que des poissons puissent vivre dans cette pourriture, et un jour je lui ai demandé : « Qu'est-ce que vous pêchez ? » Il m'a montré ses prises. Ces poissons étaient des tanches, qu'il mettait dans la baignoire remplie d'eau courante. Ce n'était pas un aquarium improvisé, mais un lieu où les poissons se purgeaient avant d'être mangés ; ils étaient quatre ou cinq, ils flottaient à la surface de l'eau, avec leur ventre grisâtre tout gonflé.

Alors, je me suis dit que même ceux qui ont grandi dans la boue peuvent faire marche arrière à un certain moment, ils peuvent se purger, se purifier et revenir à l'innocence originelle. Mais c'était quoi, la pureté originelle ? Peut-être n'est-ce que cela, l'état de celui qui n'a pas encore été touché par la douleur.

Pendant que je regardais les remous troubles qui se formaient et se dissipaient sous mes yeux, ma mémoire a remonté le temps. Les mois et les années passaient à rebours, et j'étais déjà corrompu. Jusqu'à quand ai-je vécu dans l'innocence ? me demandais-je, et je n'arrivais pas à me répondre. Mes jours étaient parcourus par l'obscénité nue du mal. La mort de mon camarade n'avait été que l'instant où cet état était devenu visible, mais depuis longtemps déjà la corruption vivait à l'intérieur de moi, elle était une veine plus sombre dans la blancheur du marbre.

En rentrant chez moi, j'ai revu le visage de ma mère. Elle était jeune et elle sanglotait, assise sur le lit. Moi, j'avais un peu plus d'un an, j'étais en face d'elle et je lui effleurais la jambe. Je disais « maman » et elle, au lieu de sourire ou de me répondre, elle continuait à pleurer. Quelque chose faisait pleurer même les grandes personnes. À cet instant précis, ma confiance dans le monde s'est effritée. J'étais une petite plante poussée sur un rocher saillant qui, sous la poussée d'une force inconnue, était en train de s'ébouler.

Dans l'appartement, Mme Elda était déjà allée se coucher. Je me suis fourré dans mon lit, je me sentais épuisé, j'avais chaud et froid, comme si j'allais avoir de la fièvre. Je me suis endormi presque tout de suite. Je marchais dans une plaine envahie par le brouillard. Je ne savais pas comment j'étais arrivé là ni où j'allais. Je me suis dit : ce doit être la plaine du Pô ou le Polesine, et une boule de feu est apparue devant moi. Pendant un instant, j'ai cru que c'était un pneu, mais il n'y avait ni fumée, ni odeur de brûlé. Je me suis approché et j'ai vu qu'il s'agissait d'une boule de ronces. Elle brûlait sans dégager de chaleur. J'avais un bâton à la main, je l'ai tendu vers cette boule. Dès que je l'ai effleurée, il s'est produit un phénomène étrange, les ronces ont commencé à se dérouler. Elles se déroulaient toutes seules. Pendant qu'elles se déroulaient, je me suis aperçu que ce n'étaient pas des ronces mais du fil barbelé ; sur les pointes se trouvaient des flammèches plus hautes. La boule se déroulait et courait vers l'avant, comme pour m'indiquer un chemin. Alors je l'ai suivie, et au bout de quelques pas, il s'est produit une chose encore plus étrange. Les flammes se sont éteintes et à leur place sont apparues des perles. Des perles brillantes, extrêmement lumineuses. Un fil qui paraissait interminable. Mais soudain, tout s'est arrêté. Je n'étais plus dans une plaine, mais au bord d'un précipice. L'une après l'autre, les perles étaient englouties au fond. Je me suis approché pour regarder. À cet instant, quelqu'un m'a appelé. La voix venait d'en bas et il y avait un écho, elle s'éteignait en arrivant à la surface. Je l'ai reconnue tout de suite. Je me suis agenouillé sur le bord et j'ai crié : « Andrea ea ea ea... »

Je me suis réveillé en pleine nuit, brûlant de fièvre. J'ai pris une aspirine et je me suis recouché. Dans mon demi-sommeil, j'ai pensé : la splendeur des perles naît d'une blessure. Voilà ce que j'étais, un pêcheur de perles. Depuis que j'étais né, je n'avais rien fait d'autre que plonger dans les abîmes les plus profonds, pour ramener le trésor à la surface.

II

La fièvre a duré jusqu'au début de la nouvelle année. Federico est rentré juste à ce moment-là. Il avait un peu grossi.

« Tu n'es pas allé chez toi ? » m'a-t-il demandé en me voyant errer dans la chambre en pyjama.

J'ai répondu : « Je n'ai pas de chez moi. »

Son apparition ne m'a pas trop irrité. Au fond, l'observer était un moyen comme un autre de me distraire.

Pendant ma convalescence, j'ai découvert que, pour lui, les études universitaires n'étaient qu'une activité de façade. Son véritable travail consistait à rester pendu au téléphone. Il possédait un agenda aussi grand et aussi épais que la Bible d'un prêcheur, de presque chaque page dépassaient des feuillets avec des notes complémentaires. Le matin, il se réveillait assez tard et, tout de suite après son café, il se collait au téléphone. Nous avions le téléphone en duplex et cela l'exaspérait. Souvent, sans même s'habiller, il allait sur le palier et frappait chez les voisins pour faire libérer la ligne. Grâce au téléphone, Federico obtenait des invitations à déjeuner, à dîner et à des soirées. Son rêve était de travailler dans le milieu du cinéma et de la télévision. Il me l'a confirmé lui-même, un jour où il était particulièrement loquace.

« L'université, c'est pour mon père, sinon il me coupe les vivres. Mais en réalité, je suis un artiste.

— Un artiste ? lui ai-je demandé. De quel genre ? »

Il a écarté les bras.

« Un artiste de la Renaissance, de tous les genres. »

Après l'Épiphanie, je suis retourné travailler, la fièvre était tombée.

Un soir, alors que je rentrais, j'ai trouvé Federico en train de m'attendre. C'était curieux, il n'était presque jamais dans la chambre à cette heure-là.

« Pourquoi ne me l'as-tu pas dit ? » a-t-il demandé, sans même me dire bonjour.

J'ai aussitôt rougi. « Dit quoi ? ai-je fait à voix basse.

— Que tu écrivais, et que tu écrivais comme un dieu.

— Tu as lu mon texte ?

— Je ne voulais pas être indiscret, mais mes yeux sont tombés sur la première page et je n'ai pas pu m'arrêter de lire.

— Tu te moques de moi ?

— Mais non, je parle sérieusement, c'est un chef-d'œuvre. »

Tout à coup, j'ai senti une bouffée de chaleur. C'était comme si, à l'intérieur de moi, quelque chose fondait, le sang courait très vite, sa chaleur envahissait doucement chaque partie de mon corps. J'aurais dû être furieux de cette indiscrétion, mais j'étais assez honnête pour savoir que, d'une certaine façon, j'en étais complice. J'avais moi-même laissé le manuscrit en évidence, sur mon bureau.

Federico avait vraiment l'air enthousiaste, il s'échauffait en parlant, allait jusqu'à citer des passages de mémoire. À la fin, alors que nous étions en pyjama, il a dit :

« Ce serait un crime de laisser un tel roman au fond d'un tiroir. Il faut trouver un éditeur, le publier tout de suite. »

Oui, mais comment ? Je ne connaissais absolument personne.

« Ne t'en fais pas pour ça, la semaine prochaine nous irons chez Neno. Lui, il t'aidera. »

Les jours suivants, j'ai découvert que Neno était un scénariste célèbre, qui avait même été candidat aux Oscars. Il avait également publié quatre ou cinq romans et deux recueils de poèmes, tous unanimement salués par la critique. « Neno, avait dit Federico, est un homme extraordinaire. Il a tout ce qu'il veut : argent, succès, talent. Il pourrait se moquer de tout le reste, mais au contraire, dès que cela lui est possible, il donne un coup de main aux autres. Tous les lundis, il ouvre sa maison à ceux qui veulent lui rendre visite, amis ou inconnus, peu importe. »

J'éprouvais de nouveau la même sensation que lors de mon arrivée à Rome : ma vie se déroulait au mieux, sans aucun effort. Neno recevait le lundi, et le lundi était justement mon jour de repos. Ces coïncidences ne pouvaient être qu'un signe du destin.

Le seul souci, c'était ma garde-robe.

Dans l'armoire, j'avais deux pantalons à pattes d'éléphant, trois chemises et deux pulls, plus un petit blouson avec une doublure amovible, en poil synthétique. Comment me présenter devant mon mécène, ainsi vêtu ?

Le dimanche, je me suis donc rendu à Porta Portese. Là, sur un éventaire, j'ai déniché une belle chemise blanche qui ressemblait à celle de Foscolo. Je l'ai achetée et je suis rentré à la maison, triomphant.

Mais le lendemain soir, en m'habillant, je me suis rendu compte du désastre. Ce n'était pas une chemise d'homme, mais de femme : sur le devant se dressaient deux pyramides amidonnées dans lesquelles des seins auraient dû prendre place. J'ai essayé d'aplatir avec les mains les pyramides en question, mais c'était un tissu synthétique trop résistant, au bout d'une seconde les protubérances étaient de nouveau tendues vers l'avant. Désormais, il était trop tard pour une solution de rechange et j'ai donc enfilé mon pull à losanges marron et violets, le seul propre, décidé à ne l'ôter sous aucun prétexte.

À neuf heures, nous sommes sortis. Neno habitait non

loin de chez nous, dans un grand hôtel particulier entre la piazza Navona et le Panthéon.

« Comment dois-je me comporter ? ai-je demandé en chemin.

— Comme tu voudras, m'a répondu Federico, tu verras, chez Neno, tout est informel. »

Il m'a cité une longue liste de noms, des gens qui, tous, étaient passés un jour chez Neno et qui, grâce à lui, avaient connu le succès.

À côté de l'interphone, il n'y avait que des chiffres et pas de noms. Federico a appuyé sur le huit et la lourde porte s'est ouverte.

L'appartement était au quatrième étage, et pour y arriver, on empruntait un immense escalier de pierre ; les parois étaient couvertes de fresques et dans chaque niche trônait le buste d'un personnage de l'Antiquité romaine.

Nous sommes entrés dans l'indifférence générale ; çà et là, on voyait des petits groupes, les manteaux avaient été entassés sur un grand fauteuil. Federico a jeté le sien sur le tas et je me suis débarrassé de mon petit blouson. Puis, quelqu'un, dans un groupe, l'a appelé et il s'est précipité vers eux pendant que je restais planté au milieu de la pièce sans savoir quoi faire.

Il n'avait eu raison que sur un point : là, tout était informel, personne ne vous regardait ni ne vous demandait qui vous étiez et ce que vous vouliez. Les personnes présentes donnaient l'impression de très bien se connaître. Il y avait plusieurs petits groupes qui discutaient avec animation. Le rassemblement autour de Neno était plus dense ; je l'ai tout de suite reconnu, c'était le seul à avoir les cheveux longs et gris, il était assis dans un grand fauteuil, dans le mol abandon du Roi Soleil.

Je suis resté debout une dizaine de minutes, à mi-chemin entre l'entrée et le salon, puis je me suis dit que le mieux était peut-être de m'approcher de la bibliothèque et de me mettre à regarder les livres avec intérêt. J'ai passé une bonne demi-heure dans cette posture, sans aucun résultat, si ce n'est qu'il m'est venu un appétit féroce. Il était déjà dix heures. J'ai donc décidé de me diriger vers le buffet qui se trouvait juste en face. Si la nourriture correspond au mobilier, me disais-je, il ne doit y avoir que du saumon, du caviar et du champagne millésimé.

Mais devant le buffet, ma déception a été terrible. Ce qui était exposé dans les assiettes en plastique était largement inférieur aux piques-niques que nous faisions avec mon grand-père : il y avait des petits cubes de mortadelle et quelques tartines de *bruschetta* sèche, un saladier en plastique rempli de chips industrielles, que le contact prolongé avec l'air avait ramollies, et des restes de pâtes froides. Les boissons, présentées elles aussi dans des gobelets en plastique, consistaient en deux grosses bouteilles de Frascati, fermées par des bouchons-couronne.

J'ai regardé autour de moi avec circonspection ; presque personne ne mangeait, ils étaient tous autour de Neno. Ils discutaient, ou plutôt ils jacassaient comme des oies dans une basse-cour. Neno avait les jambes croisées, les semelles de ses chaussures avaient des trous si profonds que l'on voyait ses chaussettes. Au bout d'un moment, il a ouvert les mains pour apaiser les eaux, sa voix dominant les autres.

« À mon avis, a-t-il dit, il faut revoir la dialectique de l'ensemble. Nous devons nous demander si dans une société qui connaît une mutation aussi rapide que la nôtre, ce que nous faisons a encore un sens. Bref, a-t-il ajouté après une pause savamment calculée, l'artiste existe-t-il encore, peut-il exister, ou l'artiste est-il la collectivité ? »

J'ai failli avaler de travers le cube de mortadelle que je venais de mettre dans ma bouche. Qu'est-ce qu'il était en train de raconter ? Est-ce que l'artiste existe encore ? Et alors moi, j'étais quoi ? Qu'est-ce que je faisais là ?

« L'art est l'expression de la bourgeoisie. La fin de la bourgeoisie est la fin de l'art, a proclamé un type particulièrement excité.

— Ou la naissance d'une forme d'art différent, a ajouté un autre, assis aux pieds de Neno.

— Justement, a repris ce dernier, l'époque de l'art comme expression de l'individu est finie. L'artiste pris isolément, malheureux et privilégié, n'a plus de raison d'être. À présent, c'est la collectivité qui doit exprimer une sensibilité...

— Et le réalisateur ? a demandé une voix, du fond de la salle.

— Bonne question, a répondu Neno. Même le réalisateur n'a plus de sens, pour la simple raison qu'un film est l'œuvre d'art la plus collective qui soit. Si vous réfléchissez attentivement, c'est un peu comme les cathédrales de jadis : imaginez combien d'artisans, d'ouvriers ont participé à leur construction...

— Esclaves de l'Église capitaliste !

— Bien sûr, esclaves de l'Église, mais des esclaves sans lesquels l'édification de tels chefs-d'œuvre n'aurait pas été possible... et le cinéma, eh bien, c'est la même chose. L'épopée de la bourgeoisie est finie, on nous a exhibé sa décadence dans les moindres détails, jusqu'à la nausée, une autre épopée est en train de naître ; le réalisateur-despote, dépositaire d'une certaine vision du monde, n'existe plus. De tous côtés surgissent des collectifs, dans les écoles, dans les usines... Le réalisateur en tant que figure sociale doit évoluer dans ce sens. À mon avis, ce qu'il vous faut devenir, c'est... oui, voilà, vous devez vous transformer en sismographes, vous devez circuler et enregister les vibrations de la révolution, comme si vous étiez des aiguilles hypersensibles... »

Je n'avais pas bu de Frascati à bouchon-couronne, mais j'avais quand même le tournis. Comment était-ce possible ? Neno écrivait des livres, et il disait qu'il était désormais impossible d'en écrire. En outre, il parlait de la révolution. Il en était sans doute tombé amoureux à travers des livres : en effet, il avait déjà cité deux fois le président Mao, et son chat portait le même nom. Le seul inconvénient — mais il l'avait peut-être oublié, ou bien il l'igno-rait — c'est que ce ne sont pas les mots qui font la révolution, mais la fureur des gens qui, toute leur vie, ont mangé trop mal ou trop peu et qui, pour avoir ce mal et ce peu, avaient quand même peiné.

Quoi qu'il en soit, que la révolution éclate ou n'éclate pas, cela m'était plutôt égal ; ce qui me mettait dans tous mes états et qui m'avait fait avaler de travers la mortadelle, c'était le fait que l'artiste n'existe plus. Je m'étais donné tellement de mal pour en devenir un, je savais que j'en étais un et je ne pouvais plus l'être, on ne réaliserait plus de films et on n'écrirait plus de livres... Alors, qu'est-ce que j'étais venu faire en ce monde ?

Ce n'était pas vrai, les artistes n'étaient pas que des bourgeois. Les artistes, me disais-je au fond de moi, sont comme les champignons, ils naissent çà et là dans la forêt, semés par les spores. Quelques-uns naissent riches, d'autres naissent pauvres et doivent travailler, mais cela, c'est seulement un malheur et ça n'a rien à voir avec l'art ; Jack London était le fils d'un astrologue ambulant, au début il n'avait pas un sou puis il est devenu très riche, il n'a jamais fait de mal à personne, au contraire, avec ses histoires il a rendu beaucoup de gens heureux mais s'il renaissait aujourd'hui, qui lui dirait qu'il ne pourrait plus écrire de livres, qu'il devrait céder plume et papier au col-lectif des ouvriers d'une fabrique de chaussures ?

J'étais plongé dans ces pensées, quand j'ai vu de l'agita-tion au fond de la salle ; d'un signe de la main, Neno était en train de m'interpeller :

« Eh, toi, criait-il, pourquoi joues-tu les individualistes ? Viens ici avec nous ! »

Dès que je me suis approché, il a allongé la main vers mon manuscrit. « Donne-moi ça, a-t-il dit, Federico m'a déjà tout raconté. » Puis, avant même que je m'assoie, il m'a demandé :

« Que penses-tu de Godard ? »

III

Après cette soirée, je n'ai pas fermé l'œil de la nuit.

« Ça s'est très bien passé », ne cessait de me répéter Federico. Mais moi, je sentais que j'avais dû avoir l'air très sot. Sur Godard, en effet, j'avais été trop vague. Je savais que c'était un réalisateur mais je n'avais vu aucun de ses films, si bien que, pendant que tous avaient les yeux fixés sur moi, j'avais simplement déclaré :

« Euh, on peut aimer ou ne pas aimer » — ce qui peut se dire de n'importe quoi.

Après cet exorde, ils avaient repris la parole et commencé à se chamailler sur Godard, oubliant complètement ma présence.

« Le seul conseil que je te donnerais, disait Federico, c'est d'être un peu plus actif. Chez Neno, on peut dire tout ce qu'on veut, on va là pour discuter, confronter des idées. On ne peut pas y aller pour faire de la figuration.

— Mais d'après toi, il le lira ?

— Bien sûr, seulement tu ne dois pas être impatient. Ni impatient, ni envahissant. Il est toujours pris par une foule de choses. Toi, continue à venir tous les lundis et tu verras qu'un jour, peut-être quand tu t'y attendras le moins, il te dira ce qu'il en pense. »

Je ne comprenais pas pourquoi Federico se donnait tant de mal pour moi, au fond c'était seulement le hasard qui nous avait amenés à partager la même chambre, si bien qu'un jour je lui ai demandé :

« Je suis très content que tu m'aides, mais je ne comprends pas pourquoi tu le fais.

— Comment, tu ne comprends pas ? m'a-t-il répondu, interdit ; c'est plus qu'évident : toi, tu sais écrire et, moi, j'ai des connaissances : pour percer, nous pourrions former un couple parfait. Si tu fais bien attention, beaucoup de gens célèbres travaillent à deux, il y a même des gens qui écrivent des livres à quatre mains ; moi je pourrais devenir un réalisateur célèbre et, toi, tu serais mon scénariste, tu comprends ? C'est une occasion unique, parce que ce qui manque à l'un, l'autre le possède. Avec quatre jambes, on va toujours plus loin qu'avec deux... »

Les propos de Federico m'avaient rassuré. Au fond, il connaissait ce milieu beaucoup mieux que moi et il avait probablement raison, je n'avais qu'à me fier à son expérience.

Par une heureuse coïncidence, juste la semaine qui avait suivi la soirée chez Neno, durant le vernissage d'une exposition, Federico avait rencontré un important fonctionnaire de la télévision, un de ceux qui, dans son agenda, étaient signalés par quatre étoiles, comme les grands hôtels ; voyant son regard désolé vers la cohue du buffet, il s'était sacrifié : jouant des coudes, il avait réussi à lui apporter un verre de mousseux. Le fonctionnaire lui en avait été tellement reconnaissant qu'après ils avaient bavardé comme de vieux amis pendant presque deux minutes.

Quand j'étais rentré du restaurant, je l'avais trouvé complètement surexcité. Il n'arrêtait pas de se lever et de s'asseoir sur le lit, en disant :

« C'est gagné ! Tu comprends ? C'est gagné ! »

Nous avons commencé à travailler la nuit même. J'étais assis au bureau et il tournait en rond à travers la chambre. L'histoire que nous étions en train d'écrire devait servir à réaliser un film pour la télévision. À mon avis, elle était assez confuse, mais aux dires de Federico, les ingrédients étaient mêlés avec un tel talent que le succès était assuré.

Naturellement, elle avait pour décor les Marches. « Pas à Fermo, avait dit Federico, trop autobiographique, disons à Osimo. » C'était l'histoire d'un père autoritaire qui avait un fils, un fils unique qui devait hériter de son entreprise. Celle-ci consistait en une chaîne de boulangeries dispersées dans toute la région ; le père avait commencé comme simple pétrisseur et en quelques années, grâce à son habileté, il était devenu le roi des petits pains. C'était un personnage plutôt mesquin, plus attaché aux choses matérielles qu'aux idéaux. « Bref, avait dit Federico, le représentant type de la vieille génération. » Dès les premières scènes, on comprenait que son fils se fichait comme d'une guigne des produits du four à pain : à la différence de son père, il avait des idéaux ; quand il était enfant, il avait même envisagé d'entrer au séminaire afin de partir comme missionnaire. Heureusement, en grandissant, il avait compris que la religion était l'opium du peuple et ainsi, il avait décidé d'abandonner les boulangeries et de devenir sociologue, métier que son père n'appréciait pas du tout. Bien entendu, il y avait aussi une jeune fille, Patricia, la fille d'un pêcheur de San Benedetto al Tronto, « un zeste de *La terre tremble*, avait dit Federico en faisant trembler sous ses pas le sol de la chambre, ça fait toujours bien. » Corrado, le jeune homme, aime cette jeune fille et réciproquement, sa famille à elle l'adore, chaque fois qu'il va déjeuner chez eux ils lui préparent des brochettes de gambas. C'est le gendre idéal. Jusqu'au jour funeste où il se présente chez eux pour demander la main de Patricia et leur annonce fièrement qu'il a rompu avec son père, à cause de sa passion pour la sociologie. Enfer, damnation et feux d'artifice ! Le père de la jeune fille profère des jurons dans son terrible dialecte local et lance des coups de pied partout, la mère pleure, les deux jeunes gens s'enfuient main dans la main, car l'amour est bien plus fort que les calculs mesquins. Ils se réfugient à Rome, et pendant qu'il suit des études, elle travaille comme serveuse. Entre-temps, à Osimo, dans la maison du père, apparaît un fantôme (quelques années avant, un film sur les phénomènes paranormaux avait remporté un grand succès). C'est le fantôme d'une quadrisaïeule un peu sorcière. Des choses bizarres commencent à se produire, les petits pains ne lèvent plus correctement, des miches explosent, d'autres restent aussi plates que des pizzas. Personne ne comprend rien à ces diableries, jusqu'au moment où la quadrisaïeule écrit sur le carrelage en marbre du salon, avec de la farine : « CECI EST LA VENGEANCE. »

Pour rédiger ce scénario, entre doutes et remaniements, il nous a fallu une quinzaine de jours. Nous travaillions tous les soirs, après mon service et ses réceptions. Federico dictait l'histoire et moi je l'enrichissais de détails poétiques. Il n'avait pas été facile de trouver le titre. À la fin, après deux jours de recherches, nous avions opté d'un commun accord pour *Le Levain de la révolution*.

Le lendemain matin, Federico est allé faire des photocopies dans un magasin et il a tiré trois exemplaires, un pour le fonctionnaire, un pour Neno et un pour nous.

« Ce n'est pas la peine de téléphoner au fonctionnaire, a-t-il dit ensuite, il ne reconnaîtra probablement pas ma voix et il ne se souvient sans doute pas de mon nom. »

D'après lui, il n'y avait qu'une seule chose à faire. Se rendre là-bas, à la télévision, et lui remettre notre texte en mains propres.

C'est ainsi que le lundi suivant, de bonne heure, nous avons pris un bus sur le Lungotevere. Federico portait un complet en velours, avec un pull à col roulé et un imperméable kaki ; moi, mon blouson doublé de poil synthétique, comme d'habitude.

Nous n'étions pas encore sortis de la maison qu'il avait déjà dit : « Nous sommes bien d'accord : toi, tu viens juste faire une promenade. Il ne t'a jamais vu, si je t'emmenais tout de suite à l'intérieur, dès le premier jour, ça ferait sûrement mauvais effet. J'aurais l'air de vouloir t'imposer ou d'être arrogant, bref, tu vois ce que je veux dire... »

Sa proposition ne m'avait pas offensé. Au contraire, elle m'avait soulagé, j'avais déjà assez souffert chez Neno pour ne pas vouloir réitérer cette expérience.

C'était une journée grisâtre et poisseuse ; le long du Tibre les voitures étaient arrêtées sur plusieurs files, le feu qui réglait la circulation sur le pont était en panne et un agent canalisait les voitures. Nous avons attendu le bus une quarantaine de minutes, par moments il tombait une petite pluie, légère et grasse comme de l'eau de vaisselle. Quand le bus 280 est enfin arrivé, les portes se sont ouvertes sur un véritable enfer : je n'avais vu ce genre de scène que dans certains tableaux modernes où la tête se trouve d'un côté et les jambes de l'autre, complètement à l'opposé.

« On ne peut pas entrer... » ai-je dit à Federico.

Il ne m'a pas écouté, et avec la souplesse d'une anguille, il s'est faufilé à l'intérieur. Il n'y avait pas assez de place pour moi, je suis donc resté sur la marche, les portes à soufflet se sont refermées comme une pince sur la moitié de mon corps.

Pour arriver à l'immeuble de la télévision, nous avons mis plus d'une heure : le bus avançait par à-coups, chaque étape de la progression se payait par un très long arrêt ; si nous avions fait le trajet à pied, nous serions sûrement allés plus vite et nous aurions absorbé moins de mauvaises odeurs.

Quand nous sommes enfin descendus, Federico m'a expliqué quelle technique il utiliserait. Pénétrer dans l'immeuble de la télévision n'était pas chose aisée, il fallait franchir un barrage, et pour ce faire, montrer les lettres de créance, c'est-à-dire les papiers en règle, et le rendez-vous devait être confirmé de vive voix par quelqu'un des étages supérieurs.

Il était évident que le fonctionnaire, en entendant nos noms, ne nous ferait jamais monter, pas par méchanceté mais simplement parce qu'il ne nous connaissait pas.

112

C'était un obstacle sur lequel butaient tous ceux qui voulaient pénétrer là-dedans ; c'est pourquoi Federico, qui n'était pas né de la dernière pluie, y avait pensé à l'avance.

Cela s'était passé durant l'été, dans une guinguette de banlieue, où l'on dansait le bal musette — Federico adorait ce genre de chose. Dans cette guinguette, il avait fait la connaissance d'une fille plutôt laide ; mais à l'entendre, ce n'était pas lui qui avait fait sa connaissance, c'était elle qui lui avait littéralement sauté dessus. Les choses en seraient restées là si après le bal, en buvant un verre, elle ne lui avait pas dit qu'elle était secrétaire à la télévision ; il n'avait pas laissé passer une telle aubaine et avait immédiatement noté son numéro de téléphone. Elle en avait été flattée. « Tu comprends, disait Federico, ça n'arrive pas tous les jours, à un boudin comme elle, que quelqu'un comme moi lui demande son numéro de téléphone. » Et donc, cette fille était devenue son joker personnel, chaque fois qu'il avait besoin d'entrer dans l'immeuble de la télévision, elle lui ouvrait la porte. « Malheureusement, avait-il ajouté, elle est la secrétaire d'un type de l'administration et elle ne peut pas nous être utile, mais il faut savoir se contenter de ce que la chance nous offre ; si l'on demande trop, elle pourrait se lasser. Tu sais ce que c'est, non ? Trop, c'est trop. »

Entre-temps, nous étions arrivés devant l'immeuble ; il était entièrement vitré, sans une seule antenne. Derrière les grilles de fer, on voyait un pauvre cheval agonisant. Il avait sans doute été abattu par une arme à feu parce que la partie postérieure de son corps gisait sur le sol et, la tête levée vers le ciel, il hennissait de douleur.

En le voyant, je me suis demandé qui diable pouvait travailler là-dedans, si, en guise de symbole de leur travail, ils choisissaient l'agonie d'un cheval ?

À ce moment-là, Federico m'a dit :

« Toi, tu m'attends ici ; je n'en ai pas pour longtemps. »

En face de l'immeuble, il y avait un jardin public sec et plein de papiers. Il avait cessé de pluvioter ; je me suis

113

assis là et j'ai allumé une cigarette, puis j'en ai fumé encore trois, à la quatrième j'ai décidé de rentrer.

Au fond, je ne me souciais guère de la destinée de notre scénario ; comme on le disait à l'école, « ça n'était pas mes oignons » ; j'avais juste donné un coup de main, sans plus. La seule chose qui me tenait à cœur, c'était les perspectives économiques que ce coup de main pouvait m'offrir. J'en avais assez de faire la plonge et de gagner à peine de quoi survivre. Désormais, j'avais envie d'une chambre à moi, d'un vélomoteur pour me déplacer, d'un manteau. Et puis, j'étais un peu perplexe quant aux méthodes de Federico, je n'aurais jamais eu le courage d'agir ainsi ; mais lui, il avait plus d'expérience, il naviguait dans ce milieu depuis quatre ans : il ne me restait qu'à me fier à lui.

Federico est rentré à la maison à cinq heures, aussi pâle que si on l'avait privé d'air. Dans cette pâleur, toutefois, on entrevoyait une pointe de satisfaction.

« Et alors ? lui ai-je demandé.

— Fantastique ! J'ai réussi.

— Tu lui as donné le scénario ?

— Ne t'emballe pas. J'ai réussi à le voir.

— C'est-à-dire ?

— De onze heures à trois heures, je suis resté en faction. J'ai bien fait, à trois heures moins cinq il est sorti de son repaire. Je suis allé à sa rencontre et je lui ai dit : "Bonjour, comment allez-vous ?" Il m'a regardé, surpris ; alors je lui ai rappelé l'épisode du vernissage. Il a dit : "Ah, oui..." et à ce moment-là, j'ai eu la présence d'esprit de lui tendre la main. Je lui ai dit : "Je m'appelle Federico Ferrari."

— Et lui ?

— Lui, il me l'a serrée en disant : "Enchanté." »

J'étais stupéfait. « Et tu as attendu toutes ces heures rien que pour ça ? »

Tout en enlevant ses chaussures, Federico avait poussé un soupir de suffisance.

« On voit bien que tu viens de province et que tu ne sais pas comment fonctionne le monde. »

Cet après-midi-là, assis au bord de mon lit, j'avais donc appris comment fonctionnait le monde, tout au moins ce monde-là. L'important était d'y entrer. Une fois à l'intérieur, on se livrait à quelque chose qui tenait à la fois de la chasse au trésor et du guet, il fallait avoir un nom important inscrit dans son agenda et, si possible, rencontrer directement le nom en question, par exemple passer une soirée ensemble chez des amis ou être assis côte à côte pendant la présentation d'un livre, des choses de ce genre, épidermiques ; l'essentiel était que votre visage s'imprime bien dans la mémoire du fonctionnaire. « Naturellement, si tu avais quelque chose d'autre entre les jambes, avait-il précisé à ce moment-là en ricanant, la route serait très différente, ce ne serait pas une route, mais une autoroute. On a même l'impression que certains, dans les hautes sphères, ont un bureau spécial, si tu effleures un bouton, paf, il se transforme en lit. Là-haut, ils ne font rien d'autre que baiser... »

Plus Federico m'expliquait les choses, plus je me rendais compte qu'il ne s'agissait pas d'une chasse mais d'une guerre d'usure, une fois repérée la bonne porte, il fallait se rendre là-bas durant des jours et des jours, des semaines et des mois, monter la garde quotidiennement, sans relâche, dans l'espoir que tôt ou tard, l'objet de votre désir fasse un signe et dise : « Entrez. »

« Il est évident qu'il existe des raccourcis pour nous aussi, avait conclu Federico, sinon, où diable serait l'égalité ? Mais c'est un domaine aussi délicat que des sables mouvants. Il faut flairer, évaluer, quand tu déplaces un pion il ne faut pas te tromper, tu dois avoir compris de quel côté se trouve ce qui t'intéresse et, une fois que tu l'as compris, tu dois aussi deviner à quel courant politique appartient ta cible. Mais cela ne suffit pas, il te faut aussi des espions qui te disent si elle est en danger de disgrâce ou pas. Làdedans, tout est en équilibre instable et du jour au lendemain, cet équilibre peut être bouleversé. La meilleure solution serait d'avoir deux cartes, deux espaces de référence :

comme ça, de quelque côté que souffle le vent, tu l'as toujours en poupe. Tu comprends ? Si tu veux arriver à entrer là-dedans, tu dois te constituer un bon jeu, et aujourd'hui, tu devrais me remercier, parce que si j'ai passé toutes ces heures là-bas, c'est aussi pour toi. »

Ce soir-là, j'ai pensé que ce que m'avait décrit Federico ressemblait beaucoup aux coutumes de la Rome antique. La vie au forum et celle de la télévision étaient à peu près les mêmes, il y avait les puissants et les quêteurs, pour comprendre qui était qui, il suffisait de regarder dehors : là où des gens faisaient la queue était le pouvoir.

Neno se trouvait à Paris pour un congrès. Bien que plusieurs semaines se fussent écoulées, il ne m'avait encore rien dit de mon livre : ce qui m'importait par-dessus tout, c'était qu'il ne lui ait pas déplu.

IV

Les mois ont passé. En mars, c'était déjà le printemps ; dans les quelques jardins publics de la ville, les arbres étaient couverts de fleurs jaunes, dont le parfum était si intense qu'il vous montait à la tête.

Ma situation était toujours la même, je travaillais aux cuisines et, le lundi, j'allais aux soirées de Neno. Il ne m'avait adressé aucun mot, aucun signe, et je commençais à me demander si le livre n'était pas passé directement de son étagère à la poubelle. Mon soupçon est devenu une quasi-certitude, un lundi : de toute la soirée, Neno ne m'avait même pas accordé un seul regard. Federico continuait à galoper. Il galopait jusqu'au cheval agonisant et, toute la journée, montait la garde devant les portes.

De temps à autre, tôt le matin, il téléphonait à son père et ils passaient une bonne demi-heure à se chamailler. Son père en avait assez de lui envoyer de l'argent et voulait qu'il rentre à la maison, qu'il travaille dans l'entreprise familiale (qui n'était pas une boulangerie mais une petite fabrique de chaussures) et Federico l'insultait, disant à son père qu'il ne comprenait rien, que nous serions idiots de tout laisser tomber juste avant le grand saut.

Quand il rentrait dans la chambre, il était d'une humeur massacrante :

« Tu en as de la chance d'être orphelin ! » me disait-il chaque fois, avant de se fourrer sous les couvertures.

Durant ce mois-là, j'ai même essayé d'écrire à ma mère. C'est arrivé une nuit où j'étais très triste, ma vie était en panne et je n'arrivais plus à lui trouver une direction. J'avais l'impression d'être au point mort, l'attente d'une réponse m'avait usé, m'ôtant jusqu'au désir d'écrire autre chose.

L'odeur du printemps me troublait, me donnait envie d'être ailleurs ; j'avais la nostalgie de mes longues promenades dans le Carso, j'étais sûr qu'il m'aurait suffi d'une journée là-haut, à marcher dans la solitude, au milieu des champs brûlés par l'hiver et des premiers crocus, pour avoir les idées claires et tout comprendre.

En ville, je n'arrivais pas à trouver d'endroit qui me fasse le même effet ; partout où j'allais, trop de choses me sollicitaient, des choses trop belles ou trop laides. Ce « trop » m'empêchait d'avoir des pensées profondes.

Dans les rues, je ne marchais plus avec l'assurance des premiers mois, je n'étais plus un jeune chien qui explore son territoire, je me traînais avec le pas indolent et perplexe d'un vieux cabot. Bien sûr, c'était le printemps qui provoquait ces troubles, mais il y avait aussi autre chose. À force de marcher, à force de flairer, j'avais fini par perdre toute trace du chemin que je cherchais.

Je ne savais pas encore, dans cette errance, que le destin me réservait pour bientôt un tournant inattendu.

Comme par un fait exprès, c'est arrivé le 1er avril. La douceur de l'air incitait de nouveau les gens à sortir nombreux. Le restaurant était archiplein, je n'avais pas le temps de finir une pile d'assiettes qu'il en arrivait une autre, les portes à deux battants qui séparaient la cuisine de la salle à manger s'ouvraient sur un rythme de théâtre de boulevard. De temps en temps, un client à la recherche des toilettes entrait par erreur et c'était toujours moi qui lui disais : « La première à gauche en sortant... » Pour ne pas perdre de temps, je le disais sans même lever la tête.

C'est ainsi que ce jour-là, lorsqu'une voix masculine m'a demandé les toilettes, j'ai dit, sans regarder qui c'était : « La première à gauche en sortant, l'interrupteur est juste derrière la porte », mais au lieu de tourner les talons et de suivre mes conseils, le type s'est planté devant moi.

« Tiens, quelle surprise ! »

J'ai levé les yeux : Neno me faisait face. Il portait une veste en velours élimé et avait les yeux brillants, comme s'il avait bu. Je n'ai pas su quoi dire, à part « Bonsoir.

— Qu'est-ce que tu fiches ici ? »

À mon avis, c'était une question oiseuse, sinon bête ; ce que je faisais était on ne peut plus évident : je faisais la plonge, pour un salaire de misère. Mais j'ai été poli.

« Je suis employé ici », ai-je répondu.

Il est resté là un moment à se balancer, appuyé à la porte, puis il a marmonné :

« Bon, on se voit bientôt », avant de prendre la direction des toilettes.

Je n'ai rien dit à Federico. D'une part, j'avais un peu honte d'avoir été découvert, d'autre part, mon sixième sens me disait qu'il valait mieux se taire.

Le lundi suivant, j'ai catégoriquement refusé d'aller chez Neno, il me semblait que tous reconnaîtraient sur moi l'odeur du détergent et de la Javel ; et donc, dès que Federico a commencé à se préparer, je lui ai dit :

« Vas-y seul, ce soir je suis fatigué.

— Il n'en est pas question. Tu viendras et si tu ne veux pas venir, je t'y obligerai à coups de pied. Neno a téléphoné ce matin et il a beaucoup insisté. Il veut que tu y soies. »

Je suis allé là-bas comme un âne à la meule, tête basse et à pas lents. Federico, par contre, était euphorique — à vrai dire, je ne l'avais jamais vu dans un autre état. Il était persuadé que Neno avait enfin lu notre scénario et que non seulement il l'avait lu, mais qu'il avait été enthousiasmé par celui-ci : et il nous avait convoqués tous les deux ce soir-là pour se réjouir avec nous et nous dire de laisser tomber la télévision car il avait déjà un contrat tout prêt avec un producteur ; à chaque pas, les projets mégalomanes de Federico s'amplifiaient, tandis que de mon côté la mauvaise humeur augmentait.

Dès qu'il m'a vu, Neno est venu à ma rencontre et m'a accueilli chaleureusement, m'entourant les épaules d'un bras, et pendant toute la soirée, il ne m'a pas lâché un seul instant. Il voulait tout savoir de moi, on aurait dit que rien au monde ne l'intéressait plus que ma vie et mon opinion sur tout. Au début, à vrai dire, j'étais plutôt embarrassé, je n'étais pas habitué à tant d'attention, puis, après quelques verres de Frascati, je me suis senti un peu mieux.

Au bout de deux heures j'allais très bien, il était agréable de parler et d'être écouté, je n'avais jamais eu autant d'adultes autour de moi, aussi captivés par chaque propos qui sortait de ma bouche.

Je parlais, parlais, parlais, plus rien ne m'arrêtait, je sentais que mes joues étaient pourpres, tout comme mes oreilles, mais cela m'était complètement égal : pour ces gens, j'étais important et rien d'autre ne comptait.

J'ai été l'un des derniers à quitter l'appartement ; quant à Federico, je l'avais perdu de vue depuis notre arrivée. Alors que je m'apprêtais à partir, deux heures du matin ont sonné ; Neno était à côté de moi.

« Tu as écrit un chef-d'œuvre, m'a-t-il dit. Si tu m'y autorises, je t'aiderai à le publier. »

V

Neno paraissait vraiment enthousiasmé par mon manuscrit. Il y avait des années, m'avait-il dit ce soir-là, qu'il n'avait lu quelque chose d'aussi fort et d'aussi frais, d'aussi novateur, d'aussi antiacadémique.

« On voit bien que tu ne sors pas d'une université, avait-il poursuivi, ici, on sent le désespoir à l'état pur, sans filtres d'aucune sorte. Il n'y a ni médiation intellectualiste, ni complaisance, il n'y a que le hurlement et la révolte d'une vie en marge, une vie sans horizons et sans consolation. »

J'étais resté bouche bée. J'avais balbutié un « merci ».

« On peut se tutoyer », m'avait-il dit, en me serrant fort le bras.

En l'espace d'une semaine, nous étions devenus des amis intimes, il m'emmenait partout avec lui, me présentait en disant : « Bientôt, tu entendras parler de ce garçon. » Quel que fût le sujet dont on parlait, il me demandait : « Et toi, Walter, qu'est-ce que tu en penses ? »

Moi, je continuais à rougir, beaucoup les premières fois, puis, à mesure que le temps passait, de moins en moins. Au début, je trouvais même qu'il exagérait, au fond je n'avais écrit qu'un premier roman très autobiographique ; mais à force d'entendre des compliments, j'ai fini moi-même par y croire : tous s'étaient enfin aperçus qu'il y avait en moi une supériorité, et j'étais content qu'elle soit reconnue et respectée.

À la fin du mois, il m'a annoncé que mon livre serait publié par un éditeur de Rome.

Plein d'euphorie, j'ai écrit à ma mère au début du mois de mai ; je trouvais généreux de ma part de renouer nos relations avec une bonne nouvelle. J'ai rempli trois pages entières où je lui expliquais que j'étais venu à Rome parce que je sentais que j'avais quelque chose d'important à accomplir. Tout s'était déroulé très rapidement, et il était probable qu'avant le mois d'août elle entendrait parler de moi dans les journaux, non parce que je consommais de la drogue ou buvais trop d'alcool, comme elle le croyait, mais parce que je deviendrais un écrivain. Je concluais en lui disant que je ne lui envoyais pas mon adresse parce que, d'ici peu, je quitterais la chambre que je louais pour aller vivre seul dans un appartement.

Eh oui : parmi tous les rêves que je faisais à cette époque, il y avait celui concernant l'argent, et ce n'était pas un rêve négligeable.

Je n'avais jamais eu d'argent. Jusque-là, dans le bien comme dans le mal, ma concentration avait été intérieure : je ne m'étais même pas aperçu que je n'avais pas de voiture ou de chaîne stéréo, l'argent et tout ce qu'on pouvait obtenir grâce à lui était le dernier de mes soucis ; je ne jugeais pas les gens d'après ce critère et je refusais d'être jugé d'après ce même critère. Ainsi, n'ayant jamais pensé à l'argent, je n'en connaissais pas les dangers ; c'est à cette époque que j'ai découvert sa force discrète et toute-puissante. Dans le monde des apparences, il y avait une trame invisible, et cette trame était constituée par l'argent. Tout était à vendre et l'on pouvait corrompre n'importe qui ; avec quelques billets de banque en plus, j'aurais pu acheter, moi aussi, ma sécurité mondaine. Avec de beaux vêtements, mes débuts auraient été différents.

Quand j'avais commencé à fréquenter les soirées de Neno, mon premier souci avait été justement celui de ma toilette. Je savais que ma tenue n'était pas adaptée à une soirée élégante, que je n'avais aucun goût. C'est ainsi que j'avais acheté cette malheureuse chemise romantique, qui d'ailleurs n'était pas celle de Foscolo, mais celle de sa fiancée. Après la chemise, dans mes tentatives pour améliorer un peu la situation, j'avais encore fait deux ou trois achats. Federico, en les voyant, avait été horrifié :

« Où as-tu pêché ces horreurs ? Tu es encore plus péquenod qu'avant. »

J'avais été très mortifié. C'est peut-être idiot à dire, mais j'avais encore plus honte de mes chaussures que de mes éventuelles lacunes culturelles. Je n'avais aucun doute quant à mon intelligence, mais j'en avais beaucoup sur mon apparence. Je me sentais comme un escargot qui transporte avec lui sa maison : cette maison était l'appartement où j'avais grandi, l'odeur perpétuelle de cuisine et de pipi de chat dans l'escalier, l'haleine avinée de mon père et les broderies au petit point de ma mère. J'étais convaincu que, dans mon aspect extérieur, on pouvait lire toute cette misère.

Ce qui avait contribué à me brouiller les idées dès le début, c'était les vêtements de Neno : le premier soir, j'avais remarqué les trous dans ses chaussures, puis ceux de ses pulls, sans parler de ses vestes archiusées aux coudes et de ses pantalons en velours, tellement râpés qu'ils n'avaient plus de côtes sur le derrière. À quelques trous près, tous les autres l'imitaient.

Je ne comprenais pas : si eux sont si mal habillés, me disais-je, pourquoi devrais-je avoir honte de mon petit blouson en poil synthétique ? À l'époque, j'essayais de raisonner avec un semblant de logique. Je pensais : « Neno et ses amis sont sûrement plus riches que moi et ils se promènent avec des pièces sur le cul, moi je suis moins riche, je n'ai pas de trous mais j'ai quand même honte de mon aspect. » Un dimanche matin, tout en me promenant piazza Navona, j'ai enfin compris : la différence essentielle ne consistait pas dans les trous, mais dans le matériau qui les entourait.

Cette illumination m'est venue pendant que je regardais les gens qui buvaient des apéritifs au soleil ; il fallait des monceaux d'argent pour s'asseoir aux terrasses de ces bars. Non loin de là, devant le porche de l'église, il y avait un mendiant ; il portait des chaussures en similicuir, d'une horrible couleur aubergine. Il était facile de tracer la ligne de démarcation. En cas de mauvaise qualité, les souliers usés deviennent rapidement des souliers percés, alors que s'ils sont de bonne qualité, le cuir s'ennoblit. Ainsi, grâce aux chaussures, on pouvait facilement diviser le monde en deux catégories. Cette loi était également valable pour les pulls : entre l'usure du cachemire et celle de l'acrylique, il y avait un abîme. Bref, ces trous portés avec désinvolture ne signifiaient qu'une chose : je vis dans le bien-être depuis si longtemps que je n'y fais plus attention. Je dois penser à des choses beaucoup plus importantes.

Au début du mois de juin, j'ai signé le contrat pour le livre ; l'éditeur était sympathique, il avait une barbe et portait toujours une écharpe autour du cou, il parlait sans arrêt. Sa maison d'édition n'existait que depuis quelques années et il était spécialisé dans les œuvres d'écrivains sauvages, c'est-à-dire des gens qui faisaient tout autre chose dans la vie et qui soudain, de but en blanc, se mettaient à écrire.

La Vie en flammes — c'était le titre de mon roman — sortirait en septembre. J'étais un peu déçu que personne ne m'ait jamais parlé du paiement ; mais je me disais qu'au fond, c'était là une question secondaire, l'essentiel était que mon livre soit imprimé : à partir de ce moment, c'était sûr, toutes les portes s'ouvriraient devant moi.

L'été s'annonçait, un été léger, je n'avais plus qu'à en jouir comme d'un cadeau inespéré. Et c'est effectivement ce que j'ai fait.

Tous les lundis, j'allais régulièrement dîner dehors ; dès l'arrivée des premières chaleurs, les restaurants avaient ouvert leurs terrasses, c'était merveilleux de rester là, sous les étoiles, avec la brise d'ouest qui vous caressait les cheveux et qui rendait tout plus facile ; c'était merveilleux de manger et de boire de bonnes choses, de parler avec des gens qui savaient qui j'étais.

Puis, vers deux ou trois heures du matin, avant de rentrer chez moi, je me promenais jusqu'à l'aube ; la lumière et l'air étaient doux, la ville déserte m'accueillait avec son extraordinaire beauté, je longeais les Forums puis le Colisée. Parmi l'herbe fraîche du petit matin, des merles cherchaient leur nourriture, les chats sortaient des ruines en s'étirant. Toute cette harmonie extraordinaire, toute cette histoire était là pour moi, j'en faisais partie.

Les heures durant lesquelles je ne travaillais pas au restaurant, je les passais à dormir.

Federico était rentré chez ses parents pour les vacances. J'étais heureux dans la solitude de ma chambre, je gardais les volets fermés, les bruits qui venaient de l'extérieur me tenaient lieu de montre : quand j'entendais crier les hirondelles, je savais qu'il était l'heure de se lever. Même la plonge me pesait beaucoup moins, je la faisais avec le détachement de celui qui sait qu'il est là par erreur.

Le 31 juillet, je suis allé déjeuner à Fiumicino, avec Neno et toute la bande. Le lendemain ils partaient tous, lui pour sa maison de campagne, les autres pour diverses destinations.

Début août, le restaurant aussi a fermé pour congés. La ville s'est brusquement vidée de ses habitants et de ses voitures. Je marchais dans les rues désertes avec la même légèreté que l'année précédente, pour la première fois de ma vie je me sentais réellement en vacances. Cela signifiait observer chaque chose de l'extérieur, être vacant, dispenser la compassion bienveillante de celui qui se sait déjà à l'abri.

Après le crépuscule, je parcourais la ville à pied et en autobus. Parfois, en cours de journée, je prenais le vieux

125

métro et j'allais jusqu'à Ostie : là, le sable était noir et la mer avait la même couleur jaunâtre que le Tibre.

De temps en temps, j'allais au cinéma ou bien, me promenant au soleil, je cherchais refuge dans la fraîcheur des églises désertes.

Les dix-neuf années de mon existence précédente étaient totalement effacées. Je n'étais plus curieux de savoir ce qu'était le vide ou la mort, ni s'il existait un principe du bien qui agit en l'homme ; toutes les questions que je m'étais posées avaient disparu. Il n'y avait plus d'ordre ni de désordre, ni le gouffre du néant qui s'ouvre entre les choses. À la plage, je regardais l'horizon et l'horizon ne me disait rien. Je me demandais comment je m'habillerais le soir de la présentation, j'imaginais la jalousie de mes anciens camarades de classe.

Le ver qui me taraudait depuis toujours était remonté à la surface. Strate après strate, terreau et détritus avaient recouvert le feu qui brûlait en dessous.

De l'ère du magma incandescent — sans m'en apercevoir et sans le moindre effort de volonté — j'étais passé à l'époque des pelures. Pelures de pomme, de poire, coquilles de noix, peaux de bananes. Ce qui m'intéressait, c'était ce qui se trouvait à l'extérieur.

J'avais oublié que les pelures peuvent être glissantes, qu'il est très facile de poser le pied dessus et de s'étaler par terre.

Le livre sortit fin septembre.

Pour la présentation, chez Neno, il y avait une foule de gens importants. Quant à moi, j'avais enfin appris à m'habiller correctement. Derrière Campo dei Fiori, j'avais découvert un petit magasin de vêtements d'occasion, uniquement en cachemire et en tweed. Avec très peu d'argent j'avais composé un ensemble parfait avec des trous partout, et l'idée ne m'effleurait même pas de les cacher.

Tout le monde m'entourait, me complimentait.

Il y avait longtemps, disaient-ils, qu'ils n'avaient lu

quelque chose d'aussi extraordinaire, vraiment, avec ce livre, la littérature entamait une renaissance. Et puis, ils voulaient tout savoir : si je faisais toujours la plonge et si par hasard le héros n'étais pas une sorte d'alter ego, si je buvais moi aussi du matin au soir. Moi je disais oui, évidemment, il s'agissait d'un récit autobiographique.

À un certain moment, près de la cheminée, une discussion très vive a éclaté. Quelqu'un disait avoir trouvé des échos nietzschéens dans mon récit, alors qu'un autre n'était absolument pas d'accord, la force impétueuse qui émanait de ce texte, son caractère absolu dérivaient uniquement du fait que j'étais un romancier sauvage. C'était la même chose pour London : même s'il avait toujours été socialiste, il connaissait les œuvres de Spencer comme les pasteurs protestants connaissent la Bible.

Je me sentais étourdi. Étourdi mais pas malheureux, tout cela était nouveau pour moi, mais normal. Ces jours-là, j'ai même eu droit à des interviews ; quand je les ai lues, j'ai été déçu, j'avais parlé avec fougue des heures durant, et l'image de moi qui ressortait était celle d'un ivrogne de province.

Le matin, je faisais le tour des librairies du quartier, afin de m'assurer que le livre était exposé. « Comment marche-t-il ? demandais-je aux employés en le leur montrant, et ils me répondaient invariablement : — Eh bien, il n'a pas encore démarré. »

Je commençais à être assez inquiet quand, par l'intermédiaire de Neno, un producteur de cinéma se manifesta.

« Cette histoire pourrait faire un film magnifique », avait-il dit, et peu après, il avait signé un contrat d'option sur les droits.

Mes rêves étaient en train de devenir réalité, j'avais un bout de papier entre les mains et ce bout de papier me garantirait plus d'argent que je n'en avais jamais eu de toute ma vie.

Je pouvais enfin quitter mon emploi, cesser de faire la plonge. Le patron du restaurant ne sembla pas très affligé, il me paya mon mois, oubliant l'indemnité de départ. Après tout, je travaillais au noir.

Fin octobre, j'ai aménagé dans un nouvel appartement ; ce n'était pas un attique comme je l'aurais espéré, mais un sous-sol dans le Tuscolano, dans une de ces rues qui portent des noms de consuls romains ; après tout, ce n'était qu'un logement provisoire. L'appartement comprenait une chambre, une petite salle de bains sans fenêtre et une petite cuisine, aveugle elle aussi. La chambre était éclairée par une sorte de meurtrière qui courait le long du trottoir.

Par chance, le téléphone était déjà installé : ainsi, je pouvais appeler le producteur et être appelé sans courir les cabines téléphoniques. Le tournage du film devait débuter les premiers mois de la nouvelle année ; avant, il fallait écrire le scénario. J'attendais d'être convoqué d'un jour à l'autre.

Le premier à m'appeler a été Federico, il avait eu vent de mon succès et avait peur que je l'oublie.

« Souviens-toi que tu me dois une faveur, avait-il dit avant de raccrocher.

— Ne t'en fais pas, avais-je répondu, je ne suis pas un ingrat. »

J'étais d'une bonne foi absolue : dès que le producteur m'appellerait, je ferais appel à Federico pour qu'il collabore au scénario.

Mais le producteur se taisait.

Au bout de dix jours de silence, j'ai décidé de l'appeler. C'est sa secrétaire qui m'a répondu en me disant que son patron était sorti. Le lendemain matin il était en réunion, et le surlendemain, il se trouvait à l'extérieur de Rome.

Entre-temps, quelqu'un de la radio m'avait téléphoné, il avait lu mon livre et voulait m'interviewer. Je me suis donc rendu aux studios d'enregistrement. La rencontre a été très cordiale, le journaliste était un homme attentif et calme ; il avait préparé l'entrevue et m'a posé des questions intelligentes auxquelles j'ai répondu avec naturel, comme si j'étais habitué depuis toujours à parler dans un micro.

« Pourquoi ne collaborez-vous pas avec nous ? » m'a-t-il demandé à la fin.

J'aurais aimé le faire, il était agréable d'être là, dans ce monde ouaté et paisible, malheureusement je ne pouvais pas. J'ai décliné sa proposition, disant que j'étais très accaparé par mon film.

C'était vrai sans être vrai. C'était vrai, parce que j'avais entre les mains le contrat d'option, mais ce n'était pas vrai parce que j'étais inactif, convaincu de n'avoir plus que quelques jours, voire quelques semaines à attendre.

Début décembre, le producteur ne s'était toujours pas manifesté.

Et donc, un matin, j'ai enfourché le vélomoteur que j'avais acheté entre-temps et je me suis rendu dans ses bureaux. Au bout de deux heures d'attente, il m'a reçu, aimable et souriant comme la première fois.

« Il y a eu des difficultés, m'a-t-il dit, des contretemps, mais tout est en train de s'arranger. Toi, réfléchis à des noms d'acteurs, comme ça nous les réservons, sans risquer de les rater au moment du tournage. »

VI

Une année passa.

Le tournage du film ne débuta jamais, il n'y eut même pas de contrat pour le scénario. Les premiers mois, ma ténacité à chercher un producteur fut assez forte, puis elle s'affaiblit et, en s'affaiblissant, elle se transforma en dépression. Je ne comprenais pas que l'on puisse se conduire ainsi : au fond, s'il y avait des problèmes, n'aurait-il pas mieux valu m'en parler ?

En attendant, j'avais même acheté un répondeur. C'était une sorte d'oracle, dès que je rentrais je me précipitais pour voir si par hasard il ne clignotait pas.

Il ne clignotait jamais ; même Federico ne se manifestait plus, il avait trouvé « le bon espace de référence » et avait désormais un emploi stable à la télévision. Je l'avais appelé deux fois et il avait été très évasif, comme s'il avait eu peur que je lui demande quelque chose.

L'argent de l'option et celui que j'avais mis de côté quand je faisais la plonge était presque épuisé, et je ne savais pas comment en gagner.

Je suis allé chez mon éditeur — je n'avais pas encore vu l'ombre d'une lire — et je lui ai donc demandé de me verser mon dû. Il a éclaté de rire ; tout en riant, il m'a donné une tape affectueuse sur l'épaule.

« Allons donc, tu ne sais pas que les livres ne font pas vivre ? »

Puis, il m'a montré des relevés auxquels je n'ai rien compris.

« Regarde, a-t-il ajouté en m'indiquant certaines lignes à l'aide d'un crayon, tu n'as même pas vendu trois cents exemplaires, la semaine prochaine ceux qui restent iront au pilon. C'était un beau livre, tu sais, dommage que personne ne s'en soit aperçu, j'ai perdu pas mal d'argent mais je ne le regrette pas. »

J'étais pris à la gorge, si bien qu'au début du mois de décembre je me suis décidé à demander de l'aide à Neno ; à l'entendre, j'avais commis une grande erreur en lâchant mon travail au restaurant. Si je voulais être écrivain, je pouvais très bien faire la plonge : « Les expériences vécues, voilà ce qui compte. » À la fin, il m'a tout de même donné le numéro de téléphone d'un scénariste.

« C'est quelqu'un qui travaille sans arrêt. Il n'écrit pas vraiment, il scénarise les contrats des comiques. » Comme je ne comprenais pas, il m'a fourni des explications : « Je veux dire par là qu'il écrit ces cochonneries démentielles, taillées sur mesure pour les comiques qui font recette. Les producteurs sont toujours pendus à ses basques, et donc, il a besoin de jeunes gens qui l'aident. Appelle-le de ma part et tu verras, il te trouvera quelque chose. »

Le scénariste des comiques s'appelait Orio et habitait aux Castelli ; il m'avait donné rendez-vous presque tout de suite. Craignant d'arriver en retard, j'ai pris un autocar qui partait quatre heures avant le rendez-vous.

Le village était en réalité un gros bourg abîmé, quelque chose à mi-chemin entre une banlieue industrielle, une crèche napolitaine et un bidonville. Tout était anarchique, mal construit, négligé. Les rues étaient faiblement éclairées par de tristes décorations de Noël. Plus je marchais, plus mon malaise augmentait. Au fond, me disais-je, il ne se passe rien de grave, tu vas rendre visite à un scénariste qui te donnera du travail. Et pourtant, je me sentais comme prisonnier d'un cauchemar dont j'aurais voulu me réveiller au plus vite.

La villa, m'avait expliqué Orio par téléphone, était à une dizaine de minutes du centre. Il fallait tourner à droite après le terrain de foot communal, à gauche devant une décharge de matériaux de construction et on était arrivé, il n'y avait que sa maison, impossible de se tromper. En chemin, je me demandais : comment diable peut-on choisir de vivre dans un endroit pareil ?

À quatre heures pile, j'étais devant « La dolce vita » : c'est ce qui était écrit sur un carreau de céramique au-dessus de la sonnette. Au-dessous, dans un autre petit carreau peint à l'aquarelle, on voyait un homme qui dormait béatement dans un hamac.

Il n'y avait pas de jardin à proprement parler, mais une étendue de gravier d'où pointaient quelques rares cyprès. Au fond, on entrevoyait une maison en tuf, les fenêtres des deux étages étaient ornées de fer forgé à volutes. Je me suis approché. Orio m'attendait sur le pas de la porte, la main tendue, si bien que j'ai dû parcourir les derniers mètres à toute allure.

« Entre, assieds-toi », m'a-t-il dit en me serrant la main.

Il souriait, mais c'était un sourire qui ne me plaisait pas : contrairement à ses lèvres, ses yeux ne souriaient pas. Il n'était pas grand, son visage bouffi avait une pâleur malsaine, ses yeux étaient aqueux et ses joues flasques ; il portait une grosse veste d'intérieur élimée, un pantalon de velours qui pendait sur son derrière et il était chaussé de pantoufles trouées.

Il m'a fait asseoir dans un fauteuil très raide, le sol était en marbre clair, sans aucun tapis pour le réchauffer. Entre lui et moi, il y avait une petite table avec un bouquet de fleurs séchées, sombres et poussiéreuses, on aurait dit des plantes rescapées d'un incendie.

« Ainsi, a-t-il dit doucement en me fixant, c'est donc toi Walter... Eh bien, Walter, qu'est-ce que tu me racontes ? »

En guise de carte de visite, j'avais apporté un exemplaire

de *La Vie en flammes* ; je l'ai tiré de mon sac et le lui ai donné.

« Tenez, je vous ai apporté ceci. »

Il a pris le livre comme s'il prenait la carcasse d'un rat mort, a ouvert la première page, a parcouru quelques lignes puis l'a retourné, a lu la quatrième de couverture, a secoué la tête, poussé un soupir et me l'a rendu.

« Je te remercie de cette attention, mais je n'en veux pas. »

Je suis resté paralysé, je n'aurais jamais imaginé une telle réponse. J'étais immobile et, pendant ce temps, mes pensées couraient à toute vitesse. Il a été grossier, me disais-je, donc je peux l'être moi aussi, maintenant je me lève et je le gifle puis je lui donne aussi un coup de pied dans son cul flasque, vieux connard merdeux et puant. Je pensais tout cela et mon sang bouillait mais je restais immobile, je ne pouvais pas le faire, je n'avais pas un sou et cet homme était le seul qui pouvait m'en procurer. Et donc, tout en grimaçant un sourire, j'ai parlé comme les pauvres types qui vendent des encyclopédies en faisant du porte à porte.

« Pourquoi non ? ai-je répondu. C'est un très beau livre. »

Il a éclaté de rire, il riait de façon moqueuse, en exhibant ses dents et le corps secoué ; on aurait dit une hyène.

« Écoute, Walter, a-t-il dit à la fin, je veux être sincère avec toi, tu m'es sympathique : peux-tu imaginer combien de jeunes gens se sont assis avant toi dans ce fauteuil ? Si tu n'arrives pas à l'imaginer, je vais te le dire : cent, deux cent, je ne me rappelle plus exactement. Ils étaient — ou plutôt, vous êtes — tous les mêmes. Vous venez de province, vous voulez faire du cinéma, vous êtes convaincus d'être des artistes, peut-être même des génies, et pour me démontrer ce que vous valez, vous arrivez tous avec un livre ou un scénario à la main. Tu vas penser que je suis méchant mais tu te trompes, regarde autour de toi dans ce salon : qu'est-ce que tu vois ? Des bibliothèques, des bibliothèques du sol au plafond, des bibliothèques dans lesquelles il ne reste pas une seule étagère vide, et tu sais ce qu'il y a dans ces bibliothèques ? Rien que des classiques. Voilà pourquoi je ne veux pas de ton livre, tout comme je n'ai jamais voulu des autres. Vous, vous écrivez pour démontrer que vous êtes de belles âmes, et moi, je me moque totalement de vos belles âmes. Si dans trente ans quelqu'un dit encore que ton petit livre est un chef-d'œuvre, peut-être le lirai-je et que lui ferai-je une place, mais pour l'instant il ne m'intéresse pas. Tu as besoin de travailler ? Eh bien je te ferai travailler, mais oublie la poésie, le jeune Werther et tout le reste... »

Cet après-midi-là, Orio m'a au moins appris deux choses : qu'il n'était pas un bouledogue mais une hyène, et que quand il commençait à parler, il ne s'arrêtait plus. Il parlait sans arrêt, il semblait amoureux de son propre aboiement.

Pendant ce temps, moi, je pensais aux saprophytes, dans trente ans il n'aurait pas lu mon livre parce qu'il serait devenu leur pique-nique. Pauvres bêtes, il leur faudrait dévorer cet homme répugnant. J'entendais ses mots en bruit de fond, un terme qui revenait souvent était « la croûte », il devait beaucoup lui plaire, il n'arrêtait pas de répéter : « Quand on doit gagner sa croûte, on ne peut pas faire la fine bouche... » La croûte par-ci, la croûte par-là. Ça devait être un peu la même chose que mon père avec la guerre, il y avait le même mépris dans leur voix, le même désir d'humilier.

Quand la grande horloge du salon a sonné six heures, je me suis levé en disant : « Je regrette, mais il faut absolument que je parte, sinon je vais rater le dernier car. » Il a griffonné un numéro de téléphone sur un feuillet.

« Il s'appelle Massimo, a-t-il dit, c'est un de mes plus fidèles collaborateurs. Dans un mois, on devrait commencer à tourner un film avec un comique. Appelle-le dès que tu seras à Rome. »

Sur le pas de la porte, il m'a serré la main. « J'espère

que tu ne t'es pas fait de moi une idée negative. Par ailleurs, j'aime mieux faire comme ça, détruire les illusions dès le début. Après, s'il y a un véritable talent derrière, il sortira tôt ou tard. Un jour, tu me remercieras. »

Je lui ai serré la main chaleureusement.

« J'en suis sûr, ai-je répondu, et tout en m'éloignant dans l'allée, je lui ai crié : Merci pour tout ! »

Dans l'autocar, le chauffage était en panne. Nous sommes restés longtemps bloqués sur le périphérique à cause d'un carambolage. Le malaise que j'avais ressenti dans cette maison me poursuivait encore, c'était un genre de malaise que je n'avais jamais éprouvé, je n'arrivais pas à lui donner un nom. Quand je suis arrivé chez moi, ce malaise a pris une forme étrange, j'étais là, seul, et en même temps j'avais l'impression qu'avec moi il y avait une autre personne. J'étais moi et je n'étais pas moi. Ça ne me plaisait pas du tout d'être deux.

Massimo devait avoir une trentaine d'années, peut-être un peu plus, et il était plutôt cordial. Nous nous sommes rencontrés dans un bar piazza Venezia, les bus et les voitures faisaient un bruit assourdissant, j'avais du mal à comprendre ce qu'il me disait. Quand nous nous sommes dit au revoir, j'ai pensé que le bruit de fond de cette expérience avait été la gêne.

La rencontre suivante s'est déroulée chez lui ; nous étions quatre, il m'a présenté aux autres et j'ai serré des mains avec le plus de sympathie possible. Le film du comique bien connu devait être prêt dans un mois, nous n'avions pas beaucoup de temps. À part Laurel et Hardy et Charlie Chaplin, je ne connaissais pas d'acteurs capables de déclencher le rire, je ne savais pas comment on provoquait le rire des spectateurs.

Mais avant tout, il fallait discuter de l'intrigue.

« Il y a lui, avait dit Massimo en guise de préambule, et puis il y a deux actrices débutantes, deux grandes pétasses... »

Pendant plus d'une heure, je suis resté silencieux et j'ai écouté. On aurait dit une réunion de camionneurs survoltés par trop d'heures d'autoroute. Figues, cons, culs et nénés se succédaient avec la régularité de pierres milliaires. De temps à autre partaient de grands éclats de rire ; pour feindre un sourire, j'ai dû rassembler toutes mes forces.

Je me sentais revenu au temps du collège, quand autour de moi mes camarades racontaient des histoires cochonnes. La plupart du temps, je n'arrivais même pas à en comprendre le sens, toute l'histoire restait suspendue dans mon esprit, comme ces questions apparemment sans réponse que les maîtres orientaux lancent à leurs disciples. Je me souviens de l'une d'entre elles, j'ai dû l'entendre vers la fin de l'école primaire : un monsieur est en train de se raser sur son balcon, c'est une journée ensoleillée et sur le balcon du dessous se trouve une belle femme, le rasoir échappe aux mains du monsieur et un instant après, une poire tombe dans la main de la dame du dessous. Pendant des années, j'ai été tourmenté par cette poire en transit. Je n'arrivais pas à en saisir le sens.

Les bons mots de mes camarades de travail me faisaient le même effet. J'écoutais et je faisais semblant de rire. Ne comprenant pas ce qu'il y avait de drôle, j'étais incapable d'ouvrir la bouche pour sortir moi aussi quelque chose de spirituel. Massimo s'en est aperçu et a dit :

« Eh, Walter, pourquoi tu ne dis rien ? Ici, qui ne parle pas ne travaille pas. »

J'ai bredouillé quelques mots, j'étais nouveau et je devais comprendre comment fonctionnait tout cela et, au moins pour cette fois, je m'en suis tiré.

Le sujet du film était assez simple : l'héroïne, Jessica, était une jeune fille plantureuse et gaie, infirmière dans un village de vacances sous les tropiques. Naturellement, presque tous les estivants étaient des hommes et les quelques femmes présentes avaient légèrement tendance à être lesbiennes et étaient très jalouses de leurs maris. Après un panoramique sur le village, la première scène était la suivante : le héros, c'est-à-dire le comique, se rend à l'infirmerie pour une petite coupure à l'intérieur et en haut de la cuisse. L'infirmière, très experte en couture, commence aussitôt à recoudre la plaie avec du fil et une aiguille, puis, ne trouvant pas de ciseaux, elle se penche pour couper le fil avec ses dents...

Lorsque la première partie a été esquissée, il était l'heure de dîner.

« On se fait une bonne platée de spaghettis ? » a demandé Massimo.

Pendant le dîner, j'ai compris que derrière cette camaraderie et cette bonne volonté, chacun aiguisait ses lames. Orio était le squale et eux le banc de rémoras qui lui nageaient autour. Des rémoras qui rêvaient, une fois devenus grands, de devenir des squales. Il aurait suffi de quelques notions de biologie pour comprendre qu'il s'agissait d'un rêve. Déjà, pour que change la forme d'un museau, il faut des centaines de générations, alors, quant à transformer, en une seule vie, une bouche en forme de ventouse en une mandibule avec six rangées de dents...

Heureusement, pensais-je pendant le dîner, tout en enroulant les spaghettis autour de ma fourchette, je ne suis pas comme eux. Je ne veux être ni scénariste, ni réalisateur. Je ne suis qu'un écrivain qui a besoin d'un peu d'argent pour survivre et pour travailler tranquillement à ses œuvres. J'avais besoin de respirer. Là-dedans, la respiration était cette distance.

Massimo habitait à Torrevecchia, moi au Tuscolano. C'était le mois de décembre, il faisait un froid de canard, j'ai mis trois quarts d'heure pour arriver chez moi en vélomoteur. Pendant la nuit, j'ai rêvé que je traversais l'océan Arctique en canoé, simplement vêtu d'un maillot de bain et d'un tee-shirt.

Le lendemain, pendant l'après-midi, il y a eu une réunion et il en a été de même le surlendemain. Sur mon vélomoteur, j'essayais d'imaginer les dialogues. Le dernier soir a eu lieu la répartition, chacun avait un passage du plan à développer chez lui. C'était Massimo qui décidait, il m'a attribué la scène du bungalow, je devais décrire tout ce qui se passait dans les chambres à coucher. Au moment de nous saluer, il m'a dit : « Si tu as des doutes, des problèmes, téléphone-moi, ces jours-ci je ne bouge pas de Rome. »

À vrai dire, j'avais déjà un problème : celui de la machine à écrire. Jusque-là, j'avais toujours écrit à la main. J'ai mis deux jours pour trouver quelqu'un qui en louait au tarif le plus économique. Puis, je me suis enfermé dans mon réduit, et pendant une semaine entière, j'ai vécu sous les tropiques, en compagnie de Jessica et des autres personnages.

Deux jours avant Noël, je suis retourné chez Massimo afin de lui remettre les scènes. Quelques heures après, il m'a rappelé.

« J'ai lu ton travail, a-t-il attaqué avant même de dire allô, d'une voix qui hésitait entre paternalisme et irritation. Ce n'est pas cela du tout. Tu aurais dû me le dire avant, par honnêteté, il n'y a pas de quoi avoir honte, nous t'aurions donné un passage approprié...

— Mais, ai-je répondu, tu savais bien que c'était mon premier travail...

— Ce n'est pas ça, c'est que dans les scènes de cul, il n'y a aucun réalisme. Avant de coucher ensemble, les personnages perdent des heures à regarder les étoiles et quand ils couchent on n'y comprend rien, ce serait un pique-nique que ça reviendrait au même, tu comprends ? Ce n'est pas cela que réclame le public, il paye et il veut voir ce pour quoi il a payé... Bref, Walter, je n'aime pas tourner autour du pot. Tu aurais dû me dire tout de suite que tu es pédé, que tu n'as pas la sensibilité adéquate pour écrire ce genre de scène. On t'aurait donné la scène de la tantouze et tout aurait été pour le mieux.

— Tantouze ? Pédé ? ai-je répondu, presque sans voix. Qu'est-ce qui peut te faire penser ça ? Je me suis peut-être trompé, d'accord, mais j'ai dû me tromper par manque d'expérience, les premières fois, ça peut arriver. Qu'est-ce que le cul a à voir là-dedans ?

— Ça va, ça va, ne t'énerve pas. De toute façon, aujourd'hui, je dois remettre le texte à Orio. C'est lui qui prendra une décision. »

Le matin du 25 décembre, à sept heures un quart, le téléphone a sonné. Pendant un instant, dans mon demi-sommeil, j'ai pensé que c'était ma mère qui m'appelait pour m'adresser ses vœux. La chambre était humide et glacée, j'ai quitté à contrecœur la chaleur des couvertures pour aller jusqu'au récepteur. À l'autre bout du fil, il y avait la voix arrogante d'Orio, il ne m'a dit ni bonjour ni joyeux Noël ni est-ce que je dérange ni c'est Orio. En scandant bien ses mots, il s'est contenté de dire :

« Jeune homme, je croyais avoir été clair : Werther et tout le reste, tu peux les jeter aux chiottes. Ce que tu as écrit, c'est de la merde. Mais quoi, tu penses que les gens qui ont devant eux une belle nana restent là à contempler les étoiles ? Mais tu vis où ? Tu te prends pour un écrivain mais tu ne l'es pas. Si tu l'étais vraiment, tu vivrais de tes bouquins et tu ne viendrais pas chez moi pour gagner ta croûte. Et si tu as besoin de gagner ta croûte, ça veut dire que tu es un raté. Moi je te la donne, parce que je suis généreux, mais toi tu dois la gagner, tu dois faire ce que je te dis, ce que réclament les gens. Et tu sais ce qu'ils réclament, les gens ? Ils veulent de la baise, des scènes de cul, des parties de jambes en l'air du début à la fin. Et quand il n'y a pas de baise, on doit au moins voir palper des culs, tripoter des seins, compris ? Et ne me sors pas la rengaine des clichés. Le public vit de clichés, de masques, et comme c'est lui qui paye, nous, on leur en donne, c'est clair ? Souviens-toi que les bons sentiments n'ont jamais fait croûter personne. Je devrais t'envoyer promener, mais comme c'est Noël et que moi, je tiens aux jeunes, je te donne une deuxième chance : dans cinq jours, je veux que tu aies tout réécrit comme je te l'ai dit. »

À ce moment-là, la communication s'est interrompue ;

j'avais les pieds bleuis par le froid et je n'avais pas pu placer un seul mot. Dehors, les cloches commençaient à sonner pour annoncer la naissance du Sauveur. Je mè suis habillé et à huit heures j'étais déjà dans la rue, j'ai tourné plus d'une heure avant de trouver un kiosque à journaux ouvert : il fallait à tout prix que j'achète des revues pornographiques, j'avais besoin de trouver l'inspiration, et au plus tôt.

Le dernier jour de l'année, j'ai remis mon travail, je l'avais truffé de toutes les vulgarités possibles et imaginables copiées à partir des revues. Orio ne s'est pas manifesté, j'ai donc pensé qu'il était content.

Personne ne m'avait encore parlé d'argent, il n'y avait pas même un bout de chiffon qui ressemblât à un contrat. Désormais, ma situation était désespérée, depuis un mois je ne mangeais que des pâtes assaisonnées à la margarine.

J'ai laissé passer l'Épiphanie, puis j'ai appelé Massimo.

« Et pour l'argent, on s'arrange comment ? lui ai-je demandé, allant droit au but.

— Eh, tu es bien pressé ! » a-t-il répondu en riant, ce n'est pas la manne céleste.

Puis il m'a expliqué que le producteur n'avait pas encore lu le scénario, il ne paierait Orio que lorsqu'il l'aurait lu et approuvé, puis Orio le paierait lui, et lui nous payerait, nous.

« Mais quand ? » ai-je demandé anxieusement.

Massimo a été évasif. « Je ne sais pas, ça dépend, a-t-il répondu, appelle-moi dans une semaine ou deux, et je pourrai te dire quelque chose. »

Après deux mois de sollicitations continuelles, j'ai reçu un million de lires, j'étais heureux comme un chien à qui son maître a jeté un os. Le jour même, j'ai rempli le frigo, payé les factures en retard et fait refaire les freins de mon vélomoteur. Le sentiment que j'éprouvais n'était guère différent de celui qu'éprouve un gagnant au Loto ; j'étais sûr d'avoir imprimé à ma vie un virage positif. Bien vite, un autre travail arriverait, puis un autre encore, ce n'était d'ailleurs pas si difficile, il suffisait de se boucher le nez et d'oublier que l'on avait une tête. Avec mon train de vie, cet argent me suffirait pour un bon moment ; avant l'été, j'aurais sûrement assez de temps et d'autonomie financière pour écrire un autre livre.

L'état de satisfaction dans lequel j'étais plongé fut de très courte durée. Un mois s'était écoulé et plus personne ne s'était adressé à moi, mes petites réserves s'amenuisaient. Donc un matin, j'ai pris mon courage à deux mains et j'ai téléphoné à Massimo. Je ne savais pas encore que, dans ce métier, il n'y a jamais rien de sûr, personne ne vous demande jamais, personne ne vous gratifie jamais. On ne peut espérer une certaine continuité qu'en s'humiliant dans une servilité acharnée. Pour obtenir un autre travail, j'ai dû faire la navette pendant trois mois, entre les Castelli et Torrevecchia.

J'ai fini par m'en tirer. Le film était du même genre que le précédent sauf qu'à la place de l'infirmière il y avait une femme-flic. Deux garçons avaient disparu du groupe, et sur ces disparitions régnait la loi du silence ; j'ai compris, à travers des demi-mots et des allusions, qu'ils essayaient de voler de leurs propres ailes.

« Vois-tu, m'a dit Massimo un jour où nous étions seuls, travailler avec Orio, c'est se trouver sur un canot de sauvetage ; ce n'est pas confortable, mais il y a des vivres et de l'eau. Quand tu es là-dedans, tu sais que tôt ou tard passera un navire de croisière et qu'il te hissera à bord. Même si la tempête se déchaîne tu ne coules pas, Orio est le seul à survivre aux changements de courant. Si une révolution éclatait, il trouverait le moyen de rester à sa place, il a toujours une carte dans chaque poche, des amis partout, pour chaque "espace de référence". Parfois, je l'admire pour cela, je ne sais pas comment il fait, on dirait vraiment un prestidigitateur. Si tu pars de ton côté, qu'est-ce qui se passe ? Tu plonges, tu fais deux ou trois brasses, durant ces quelques mètres tu crois être libre, puis les requins

141

arrivent et tu es fichu. Est-ce que ça en vaut la peine ? Je ne sais pas... »

Pour une raison mystérieuse, Massimo m'avait pris en sympathie : sans doute étais-je juste assez désarmé et niais. Ma spécialité, c'étaient les scènes de transition, celles dont personne ne voulait se charger.

J'ai travaillé ainsi quelques années, toujours pour la même somme et même moins, assez régulièrement. Une série de petits films pour la télé, l'avance sur recettes d'un débutant incapable et arrogant, deux autres films comiques. Les mois passaient et je payais toujours à temps les factures et le loyer. Désormais, je ne demandais guère plus à la vie.

Le sixième été, j'avais économisé suffisamment d'argent pour pouvoir me concéder des vacances. Après *La Vie en flammes*, je n'avais plus rien écrit, je sentais que le moment était venu de le faire. Récemment, j'avais eu entre les mains un livre de Dino Campana, il y avait des années qu'une œuvre poétique ne m'avait frappé à ce point.

Je suis allé à Marradi en train. J'étais convaincu que ce lieu, le lieu où avait vécu le poète, favoriserait mon inspiration. J'ai trouvé une chambre très facilement, il n'y avait qu'un seul hôtel, vieillot et entièrement vide. Dès mon arrivée, je suis allé faire une promenade. L'air était frais, le matin, il y avait eu un gros orage ; autour du village s'étendaient des petits champs, des haies, des bosquets de chênes et de châtaigniers. Venant de Rome, j'étais presque gêné par la pureté de l'air. Je me suis arrêté devant un hêtre imposant, la partie de son tronc exposée au nord était couverte d'une mousse veloutée. Depuis combien de temps n'ai-je pas regardé un arbre ? me suis-je demandé. Je l'ai regardé et il ne m'a rien dit.

Le lendemain matin, je suis resté dans ma chambre et je me suis assis devant ma machine à écrire. Je n'avais en tête aucune histoire ni aucun personnage, pour commencer j'ai écrit mon prénom, puis j'ai allumé une cigarette. Après toutes ces années de travail, je n'avais plus peur de la page blanche.

Le premier jour, j'ai écrit vingt pages et encore quarante les jours suivants, les mots se succédaient avec une extrême facilité. Au bout d'une semaine, j'ai rassemblé mon travail et je l'ai lu. J'étais convaincu qu'il était très beau, alors qu'il ne l'était pas. Il n'y avait pas une seule phrase que je puisse reconnaître comme vraiment mienne. J'ai essayé de continuer mais je me sentais inquiet, je fumais sans arrêt, le moindre bruit me dérangeait, je ne savais pas qui racontait cette histoire ni pourquoi il fallait la raconter. Je barbouillais feuillet sur feuillet uniquement pour tuer le temps ; l'air de la colline ne me faisait aucun bien, j'étais plus pâle et plus nerveux de jour en jour. J'avais encore à l'esprit le bonheur avec lequel j'avais écrit *La Vie en flammes*. Je n'arrivais pas à comprendre pourquoi ce miracle ne se reproduisait pas. Mon inquiétude augmentait et j'étais incapable de lui donner un visage ou un nom.

Une nuit, dans le triste lit de la pension, j'ai rêvé d'Andrea — cela ne m'était pas arrivé depuis une éternité. Nous nous trouvions sur une plage, en hiver, une plage triste, comme Ostia ou Fiumicino, la mer et le ciel avaient pratiquement la même couleur, un gris diffus dans lequel il était presque impossible de distinguer l'horizon. Andrea tournait le dos à la mer, il était assis sur une barque en cale sèche et j'étais en face de lui, sur un tronc. Ce n'était pas l'Andrea dont je me souvenais, il avait les bras abandonnés le long du corps et les épaules un peu voûtées comme si quelque chose l'accablait, il gardait les yeux fixés sur moi sans jamais les baisser et son regard avait une expression que je ne parvenais pas à déchiffrer. Ses yeux étaient vert acier, plus que des yeux c'était un miroir, ils réfléchissaient la lumière triste du paysage environnant. Tout en l'appelant par son prénom, j'ai tendu la main, mais avant que je n'arrive à l'effleurer, il a tourné la tête vers l'horizon et a disparu. Je suis resté seul sur la plage. Autour de moi, il n'y avait que le fracas de la mer.

Je me suis réveillé bouleversé, accablé par un sentiment de solitude profond comme la mort ; de l'extérieur venait le cri strident des martinets qui annonçaient le jour. Qui suis-je ? me suis-je demandé devant la glace. Je ne le savais plus. Andrea était venu rendre visite à Walter, mais entre-temps, Walter avait disparu. Il n'était devenu ni un artiste ni un aigle, il se traînait au milieu de tous les autres, tout en bas de la pyramide. Walter était un ver, un ectoplasme, une méduse. Il l'était devenu le jour où, au lieu de cracher à la figure d'Orio, il lui avait dit : « Merci pour tout. »

Le matin même, j'ai fait mes valises et je suis rentré à Rome.

Plusieurs fois, au cours de l'été, j'ai cru apercevoir Andrea. Cela se produisait dans la rue, ou dans la chaleur d'une salle de cinéma bondée. C'étaient des visions soudaines, qui faisaient battre mon cœur plus vite. Il battait ainsi sous l'effet de l'émotion, mais aussi de la peur. Comment pourrais-je résumer ces années ? Avec quels mots raconter la dérive de mes illusions ? Je ne les aurais pas trouvés et je ne voulais pas les trouver, désormais j'étais là et je devais avancer.

Au début du mois de septembre, j'ai rappelé Massimo. Je tombais toujours sur son répondeur, pendant un moment j'ai pensé qu'il n'était pas encore rentré de vacances : au fond, il n'avait pas de raison de ne pas me répondre, nous nous étions quittés en bons termes. Quelques semaines après, j'ai appelé Orio ; c'est lui-même qui a décroché, il ne quittait jamais sa villa de tuf.

« Je peux venir vous voir ? lui ai-je demandé.

— Viens quand tu veux », a-t-il répondu.

Avant de partir pour les Castelli, je me suis arrêté dans un magasin de produits gastronomiques pour lui acheter un cadeau. En effet, les autres garçons du groupe m'avaient expliqué qu'il n'aimait pas que l'on arrive chez lui les mains vides. Il se dévouait tellement pour nous, il aimait que ce dévouement soit reconnu par de menus cadeaux. J'ai acheté un petit pot avec trois truffes noires. Quand je le lui ai donné, il s'est contenté de remarquer : « Celles-ci n'ont pas beaucoup de goût. Par rapport aux blanches, on dirait du carton. »

Puis, nous avons parlé de tout et de rien. Entre tout et rien, je lui ai dit que j'avais besoin de travailler. Je cherchais Massimo depuis un mois et je n'arrivais pas à le joindre.

« Travailler, travailler, a-t-il répété, est-ce que tu as une idée du nombre de gens qui ont besoin de le faire ? Il n'y a qu'une seule croûte et tout autour, désormais, une armada de rats, tous affamés, tous avides de mordre dedans. Les choses changent et personne ne s'en aperçoit, ils restent tous là, bouche ouverte, attendant que la pâtée tombe dedans. Téléphone-lui encore, m'a-t-il dit avant de prendre congé de moi, on devrait démarrer un ou deux petits boulots aux environs de Noël, insiste. La vie n'appartient pas à ceux qui renoncent, à ceux qui se chient dessus. »

J'ai donc insisté et au bout de quelques jours, Massimo m'a répondu sur un ton détaché.

« Il n'est pas tout à fait sûr que ces petits boulots démarrent. Rappelle-moi dans quelques jours.

— Dans combien de jours ?

— Quand tu en auras envie. »

En attendant que quelque chose arrive, j'ai commencé à errer à travers la ville ; je sortais le matin et rentrais le soir, je dévorais des dizaines de kilomètres pour me libérer de ma peur et de ma colère. Désormais, Rome m'apparaissait très différente de quand j'étais arrivé, ce n'était plus le grand théâtre où se jouaient les rêves, mais une ville tentaculaire, destructrice comme toutes les autres, Moloch comme toutes les autres. L'air sentait mauvais et, à chaque pas, on était menacé par les voitures, les trottoirs étaient remplis de gens qui marchaient, le regard sombre, les voitures noires des hommes politiques passaient continuellement en flèche de tous côtés, suivies par les hurlements des escortes, les palais tombaient en ruine, les rues étaient pleines de trous. En contraste avec tout cela, on voyait s'ouvrir partout des restaurants de luxe, des boutiques de marchandises totalement futiles ; aux feux rouges, des étrangers lavaient les vitres de votre voiture malgré vous, les mendiants augmentaient, des jeunes, des vieux, des femmes, des Italiens, des étrangers, des gitans, ils vous réclamaient de l'argent même si vous aviez la tête d'un crève-la-faim.

Je ne m'en suis aperçu qu'à ce moment-là, mais il était évident que ce changement couvait depuis longtemps. Je n'avais pas l'habitude de lire les journaux et je ne possédais que la radio.

Pendant que je m'intéressais aux développements de mon avenir immédiat, plusieurs gouvernements s'étaient succédé. Durant cette période d'attente, en regardant autour de moi, je me suis rendu compte que le paysage n'était plus le même. Ce qui s'était passé n'était pas une révolution, mais quelque chose de plus sournois et insaisissable, c'était une sorte de gaz toxique, invisible et inodore. Il s'était mêlé à l'oxygène en doses de plus en plus importantes et s'était infiltré dans les poumons. Des poumons, il s'était introduit dans le sang. Du sang, il avait gagné le cerveau. Lentement, sans que personne s'en aperçoive, jour après jour, mois après mois, il avait intoxiqué tout le pays. Au début, à vrai dire, certains avaient senti des picotements aux yeux, mais ces picotements pouvaient être attribués à mille autre causes, si bien que le poison avait continué à se répandre, dans une indifférence totale. 68 était passé depuis un bon bout de temps, il était derrière nous depuis plus d'une quinzaine d'années. 68 était passé, mais pas sa queue, sa longue queue de paon bariolée. La bête était déjà loin et sa queue balayait encore la poussière de la basse-cour. Cette queue avait amené avec elle des années de brouillard, le brouillard des jours sans nuages. Dans le brouillard, il s'était passé toutes sortes de choses, des bombes avaient explosé, des trains avaient sauté. Dans le brouillard, il y avait des grondements et des piétinements, des fuyards et des poursuivants, les rafales et les coups sourds des barres de fer et des matraques. Le brouillard recouvrait tout, la seule chose qu'il ne pouvait recouvrir, c'était le sang, il coulait sur l'asphalte en ruisseaux épais et sombres, imprégnait les trottoirs et les abribus, les halls des immeubles et les parkings. Il courait partout, tel un fleuve en crue qui a franchi les digues.

Entre-temps, presque personne ne s'était aperçu que, derrière le brouillard, il y avait un escalier, les quelques personnes qui l'avaient vu avaient gardé le secret. Cet escalier conduisait en haut, et de haut, on pouvait voir ce qui était invisible. En bas, au-dessous, s'étendait un pays fatigué, un pays trop souvent dupé. La grisaille dominait, les continuelles réunions électorales qui ne menaient nulle part. Les promesses étaient toujours de grandes promesses, et le résultat à peine supérieur à un paquet de pâtes. Après chaque élection, on interrompait les travaux que l'on venait de commencer. Des routes et des autoroutes restaient ainsi suspendues dans le vide, les écoles sans fenêtres, les chaussures dépareillées dans les armoires. Le pays était un pays vieux, gouverné par une ribambelle de bureaucrates, petits, opaques, bourboniens. C'étaient eux qui tiraient les ficelles. Au-dessus de tout cela, il y avait un joug oppressant, les bombes et les explosions l'avaient tout juste éraflé. Ce pays était un pays prématurément vieilli, il fallait faire quelque chose pour le changer. Il fallait le rendre agile, vif. Il fallait le rendre européen, brillant. Il fallait le moderniser.

Les années quatre-vingt étaient arrivées. Des années arrogantes, aussi déterminées qu'un brise-glace, aussi vaines et trompeuses que la charrette qui emmenait Pinocchio au Pays des Joujoux. Au passage du navire, les sirènes retentissaient, on avait hissé le grand pavois. Il avait l'air joyeux et accueillant, comme un bateau de croisière. Il passait, et derrière lui, laissait l'odeur de l'argent.

Au sommet de l'échelle, les riches ne ressemblaient pas à des ogres mais à des gens comme il faut, ils disaient de belles phrases et étaient pleins d'espoir, ils souriaient toujours et étaient bronzés même en hiver, pour chaque chose ils avaient le mot juste et la bonne solution. Ce qui leur tenait à cœur, plus que leur propre vie, c'était le bonheur des gens. Et le bonheur consistait en une seule chose : posséder.

Il est facile de lutter contre un ogre, mais pourquoi lutter contre quelqu'un qui veut votre bonheur ?

Ce n'étaient pas des ogres, mais des bonimenteurs de foire, il aurait fallu un peu de silence pour comprendre que leur marchandise était avariée. C'est peut-être pour cela que le silence avait disparu du pays.

En peu de temps, beaucoup de chaînes de télévision étaient nées. Il était désormais possible de voir des émissions à toute heure de la journée, même les journaux ne parlaient presque plus que de télévision. À l'intérieur du tube cathodique se trouvait une sorte de pays de Cocagne : c'était l'idée qui était martelée du matin au soir. Vivre comme nous avions vécu jusque-là était une erreur, l'argent était le but de toute existence et rien n'était plus stupide que de peiner pour en avoir. Il suffisait d'allumer son téléviseur et de deviner combien de haricots il y avait dans un bocal. Si le présentateur hurlait, cela signifiait que vous étiez devenu millionnaire.

La péninsule était traversée par un seul hurlement, il suffisait de respirer pour gagner, la manne tombait partout, à gros flocons. Il n'y avait plus de distinctions de classe ni de culture, il n'était pas important de savoir des choses, il suffisait d'être patient et d'attendre à la queue leu leu. Tôt ou tard on devenait riche. Et pendant que les pièces de monnaie tombaient du ciel comme la pluie sur un théâtre de marionnettes, dans les coulisses, les messieurs de l'escalier vidaient le véritable coffre-fort, les poignées de millions qui brillaient sur l'écran n'étaient que la montre de gousset qui sert à hypnotiser le chaland.

De temps à autre, les arbres fruitiers sont attaqués par la pourriture : pendant un certain temps tout va bien : la floraison a été abondante et la douceur du climat laisse espérer un excellent résultat. De la fleur naît le fruit, le fruit se développe. Ils sont si nombreux que leur poids fait ployer les branches. Mais un matin, à l'improviste, on s'aperçoit que quelque chose est en train de changer, certains fruits sont devenus plus foncés, leur consistance n'est plus celle d'avant, dès qu'on les touche ils tombent sur le sol. On se dit que c'est un phénomène naturel, pour ne pas surcharger ses branches, l'arbre a peut-être voulu se défaire d'un excédent de poids. Mais quand on apporte l'échelle et les paniers, on se rend compte qu'il n'y a rien à cueillir, en une seule nuit, les fruits qui étaient si beaux se sont transformés en petits sachets noirs et pourris. L'arbre était malade et on ne s'en était pas rendu compte. La pourriture a lentement progressé, jour après jour, gagnant toutes les parties comestibles de la plante.

Mais la pourriture, les moisissures, les innombrables parasites attaquent les plantes si ces dernières se trouvent déjà en situation de déséquilibre, si la terre est trop acide ou trop alcaline, si elle a reçu trop de pluie ou pas assez, ou si elle est dangereusement exposée aux souffles glacés du vent.

Ainsi, en songeant aux plantes, j'ai acquis la conviction que, d'une certaine façon, l'horreur de ces années était déjà à l'affût. Elle s'était préparée en silence, durant la longue période qui l'avait précédée, il y avait eu un déséquilibre dans la composition du sol et personne ne s'en était aperçu, sauf les messieurs de l'escalier, c'est pour cela qu'ils avaient l'avantage. Ils avaient actionné un soufflet pour aider les spores à s'éparpiller.

Au début de la décennie, tout se passait encore en sourdine, les gens distraits — comme moi — pouvaient même

149

ne rien remarquer. En surface, il n'arrivait que des petits signaux, des avertissements difficiles à saisir, comme la modification du champ électrique avant un tremblement de terre.

Ainsi, cet été, pendant que j'étais à Marradi, tâchant d'écrire un livre, puis à Rome, enveloppé dans une nuée de mauvaise humeur, le jeu des chaises musicales avait eu lieu, ce jeu où je perdais toujours, quand j'étais adolescent. Quelqu'un s'était assis sur mon petit escabeau ; peut-être était-il moins compétent que moi, moins expert de toute façon. La seule chose qui le rendait supérieur à moi était la carte qu'il avait en poche.

Une dictature s'était instaurée. Une dictature souriante et bronzée. Elle n'utilisait ni prévarications physiques, ni meurtres, ni intervention de troupes armées ; le filet grâce auquel elle tenait le pouvoir était celui des faveurs. C'était comme lorsqu'on est à une table de jeux : la première condition pour participer était d'avoir un pion d'une certaine couleur.

Il ne s'agissait pas d'une intuition personnelle : Massimo lui-même me l'avait déclaré sans détours quand j'avais réussi à le joindre, au bout d'un mois.

« Est-il possible que tu sois aussi endormi ? m'a-t-il dit. Tout le monde s'est décarcassé et toi, tu es toujours là, planté comme un piquet, tu me regardes avec des yeux de chien battu comme si ta pâtée ne dépendait que de moi. Réveille-toi, Walter, trouve-toi un espace de référence ! »

J'ai alors pensé à Federico, c'était le seul qui pouvait m'aider. Chez moi, dans mon agenda de deux ans plus tôt, j'ai cherché son numéro de téléphone ; au bout d'un moment, une jeune femme m'a répondu.

« Ferrari n'habite plus ici, a-t-elle dit.

— Vous ne savez pas où je peux le trouver ? »

Elle ne connaissait pas son nouveau numéro personnel. « Si vous êtes un ami de longue date, m'a-t-elle dit, essayez d'appeler à la télévision.

— Il y travaille toujours ?

— Comment, vous ne l'avez pas vu ? Il présente une émission de variétés. »

J'ai cherché Federico pendant deux semaines environ. Il fallait franchir plusieurs obstacles : secrétaires, attentes au bout du fil, sorties de son bureau, réunions imprévues, standardistes désagréables. Mais j'ai fini par y arriver. En entendant mon nom, Federico s'est écrié :

« Walter, quelle surprise ! Qu'est-ce que tu me racontes de beau ? »

« De beau, rien du tout », aurais-je voulu lui dire ; mais je me suis contenté de répondre : « J'aurais besoin de te voir. »

Il m'a invité à venir dans l'immeuble du cheval agonisant, car désormais, c'était là qu'il passait le plus clair de son temps.

« Je viens quand ? » ai-je demandé.

Il m'a répondu la même chose qu'Orio : « Quand tu veux. »

Après quelques jours de guet à la sortie de son bureau, j'ai enfin réussi à l'intercepter. Il sortait d'une réunion aux étages supérieurs, il paraissait heureux de me voir.

« Entre, m'a-t-il dit, on va bavarder. J'ai juste quelques minutes. »

J'étais assis d'un côté du bureau et lui de l'autre, ma place était celle des postulants ; je regardais autour de moi et j'éprouvais un vague sentiment d'irréalité. Federico n'avait que quelques années de plus que moi, il ne devait pas avoir trente ans. Il avait été le premier à trouver mon livre très beau, il m'avait présenté Neno pour qu'il m'aide à le publier, ensemble, nous avions écrit *Le Levain de la révolution*, je me souvenais encore des disputes qu'il avait avec son père, au téléphone. Jusqu'à un certain moment, nos routes avaient été parallèles, puis elles s'étaient séparées. Lui, il avait pris une autoroute et moi, un petit chemin de terre.

En ce moment, je me trouvais devant lui, tout comme

lui, quelques années plus tôt, s'était trouvé devant le fonctionnaire du vernissage. Qu'avait-il dit à cette occasion ? Je n'arrivais pas à l'imaginer. Quant à moi, je n'y suis pas allé par quatre chemins, je n'avais que quelques minutes et donc, je lui ai dit :

« J'ai besoin de travailler. »

Il s'est frotté les mains. « Bien, envoie-moi ton curriculum, je verrai ce que je peux faire. »

Un mois plus tard, j'ai reçu un petit contrat comme assistant au doublage, pour une série américaine.

Comme d'autres fois déjà, j'ai eu l'impression de ne plus toucher terre. Au fond, j'étais content qu'il ne m'ait offert aucune carte en guise de référence ; il me connaissait assez bien. Au moment de déplacer un pion, avec une précision masochiste, j'aurais choisi la mauvaise case : c'est pour cette raison qu'il avait préféré me faire l'aumône, au lieu de m'impliquer dans un jeu qui me dépassait. Il y avait eu cette bifurcation dans nos vies, l'autoroute et le petit chemin. Ce que je ne savais pas encore, c'est que mon chemin de terre ne débouchait pas en rase campagne, mais au bord d'un ravin.

Durant la décennie suivante, la couche de terre s'est encore amenuisée, la pluie et le vent avaient érodé l'espace du sentier. Chaque fois qu'il était sur le point de s'ébouler dans le précipice, un petit travail arrivait. Grâce à ces quatre sous, je faisais encore quelques mètres. Ce n'était pas une promenade ; plutôt une roulette russe. J'entendais le coup dans le barillet, j'ignorais quand il partirait. Il n'y avait aucun point devant moi, aucun point où m'asseoir et me reposer. Ce qui me poussait vers l'avant, c'était l'inertie du désespoir.

Quand on n'en a pas du tout, l'argent provoque dans l'esprit une sorte de fascination, il élimine toute autre pensée qui ne soit pas liée à son existence. Même la nuit, on se réveille pour faire ses comptes. Espérons qu'il n'arrive pas ceci ou cela, se dit-on, parce que ceci ou cela serait une catastrophe. Et ceci ou cela ne sont rien d'autre qu'un tuyau qui casse ou une rage de dents imprévue. De véritables catastrophes, que l'on n'a même pas la force d'imaginer.

S'il existe vraiment des riches qui pensent à l'argent, cela veut dire qu'ils sont malades, qu'ils sont assez pervers pour se plonger dans la claustrophobie de l'arithmétique sans en avoir nul besoin.

Ces années-là, je n'ai pensé à rien d'autre qu'à l'argent ; le combat était incessant, le téléphone débranché, l'électricité coupée, les pénalités, la réinstallation du réseau, le frigo éternellement vide. Je vivais en marchant contre le vent ; le vent, c'étaient les nécessités économiques et mon impuissance à les satisfaire. Le sifflement de cette tempête m'a ôté toute imagination, toute joie, la capacité de regarder autour de moi, de me réjouir.

À l'époque d'Orio, j'étais le domestique qui arrive à la fin du banquet et qui, de la main, ramasse les miettes restées sur la nappe. Puis je suis devenu un chien, un chien errant et famélique qui se présente quand la fête est finie, et il se fourre sous la table dans l'espoir de trouver quelques morceaux de nourriture. Je mendiais des restes, il y en avait juste assez pour ne pas mourir de faim, et ils n'étaient jamais assez copieux pour me faire vivre avec la dignité d'un être humain. C'était cela, la cruauté de ceux qui me les jetaient.

Après cinq ou six ans de galère, Orio aussi m'avait congédié en me disant : « Je ne veux plus te voir, tu es trop pauvre, trop triste. Dès que tu entres, je me sens déprimé. »

Ma mère était morte depuis quelques mois, je n'avais même pas pu lui dire adieu. Presque sans m'en rendre compte, je me suis remis à boire, pas tous les jours mais occasionnellement. Quand je n'en pouvais plus, j'achetais une liqueur dont la date de consommation était périmée et je la buvais devant la télévision. Je n'avais pas d'amis, pas de fiancée, pas de famille. Je ne m'étais jamais soucié de retrouver Andrea, et lui-même ne s'était jamais manifesté.

Je n'avais personne au monde, si j'étais mort dans mon sous-sol on ne m'aurait découvert que plusieurs jours plus tard, à cause de l'odeur. Personne ne m'aimait et je n'aimais personne. Je n'arrivais pas à comprendre à quel moment ma vie avait changé. Où était le vol d'aigle que m'avait prédit Andrea ? Ma carrière avait commencé avec Federico ; à présent, il était de plus en plus puissant alors que, moi, j'étais de plus en plus près de devenir un clochard.

Je me disais : c'est le destin qui m'a rogné les ailes. Si je ne l'avais pas appelé ainsi, j'aurais dû admettre qu'à un certain moment de ma vie j'avais mis le pied sur une peau de banane que je n'avais pas su éviter. Bien sûr, j'aurais pu chercher un autre genre de travail. J'avais même essayé, j'avais fait le tour des restaurants, mais plus personne ne voulait de plongeur italien. Il y avait des étrangers, ils étaient beaucoup plus pratiques, coûtaient moins cher et quand un contrôle avait lieu, on les expédiait à la cave. Je n'avais pas de diplôme, aucune qualification, pas de père propriétaire d'un magasin ou d'une entreprise familiale ; dans mes rêves d'adolescent, je n'avais jamais imaginé que la vie agissait avec un réalisme aussi impitoyable. On peut jouer si on a les épaules couvertes. Si on est nu, le jeu peut devenir tragédie.

J'ai commencé à penser au suicide. Me suicider ou devenir clochard, c'étaient les deux côtés d'une même médaille. En me réveillant après une nuit de cuite, j'ai décidé de m'ôter la vie. Mais d'abord, je voulais saluer ma mère ; je n'étais pas sûr que nous nous reverrions dans l'au-delà.

À l'aube, j'ai pris mon vélomoteur et j'ai rejoint l'entrée de l'autoroute ; à cette heure, il passait surtout des camions. J'ai eu de la chance, on m'a pris quatre fois et je suis arrivé à Mestre. De Mestre à Trieste, ça a été plus difficile, les voitures et les poids lourds filaient sans s'arrêter. Au bout de deux heures, l'un d'eux a stoppé.

Je suis arrivé sur le haut plateau vers onze heures du soir ; le camionneur se rendait en Hongrie, je lui ai demandé de me laisser un peu avant les premières maisons, je n'avais pas envie d'être vu. Je me sentais étourdi, l'esprit confus. Ces sept ou huit cents kilomètres qui me séparaient de Rome m'avaient donné l'impression de me déplacer non pas dans l'espace, mais dans le temps.

Dans notre quartier, quelque chose avait changé, il y avait beaucoup de nouveaux édifices. À la place du réparateur de bicyclettes se trouvait un magasin de hi-fi. Là où se trouvait le cinéma trônait maintenant un supermarché à prix discount.

Le cimetière était fermé. J'ai regardé autour de moi, le muret de pierre était plutôt bas, l'escalader ne posait aucun problème. Une fois à l'intérieur, j'ai eu un moment d'hésitation, je ne savais pas quelle direction prendre, je marchais courbé, lisant les noms sur les tombes, à la lueur des bougies votives. Quand il n'y avait pas de bougie, je me servais de mon briquet.

Cette méthode m'a réservé plusieurs surprises. Durant ces années-là, pas mal de gens s'en étaient allés. Là-dessous, il y avait ma première institutrice et le directeur de la fanfare, la propriétaire de la boulangerie et une de ses petites-filles, morte à l'âge de six ans. Quand j'ai enfin trouvé la tombe de ma mère, je me suis agenouillé à côté, j'ai caressé la pierre tombale comme si c'était sa joue. Les vapeurs de l'alcool s'étaient dissipées, je me sentais vide et fragile. Terriblement vide, terriblement fragile. La femme qui m'avait mis au monde était là-dessous, elle s'en était allée et je ne lui avais pas donné le baiser d'adieu.

Je pleurais et j'étais furieux de mes propres larmes — des larmes de crocodile, bruyantes, inutiles, théâtrales. C'étaient des larmes sur moi-même, à cause du remords qui, bientôt, provoquerait ma mort. Je pleurais tout en répétant son nom. Je ne caressais plus la pierre tombale : je me cognais la tête dessus.

L'air sentait le méthane. On entendait, au loin, le bruit continuel des camions sur la grand-route. Plus près, un petit-duc chantait, il devait être caché dans un cyprès, il lançait un sifflement, puis se taisait. Le sifflement restait suspendu, avec sa tristesse. Rien ne recommençait, jamais. Ma vie n'avait été qu'un petit feu d'artifice. La poudre d'explosif était à l'intérieur de moi, quand on m'avait mis à feu j'étais parti, à la fin de ma trajectoire j'avais rempli l'air avec quelques couleurs, la lumière avait été très brève et à basse altitude. Après les étincelles, il n'était resté que l'obscurité profonde de la nuit.

Dès que le ciel, vers l'orient, s'est teinté de clair, je me suis éloigné du cimetière comme un animal sauvage, je suis descendu par les pentes du monte Radio et, de là, j'ai atteint la gare.

Le soir, j'étais de nouveau à Rome, dans mon sous-sol. Mon répondeur clignotait, en mon absence, quelqu'un avait appelé. On me proposait un tout petit travail ; le lendemain matin, j'ai téléphoné pour dire que j'acceptais. La mort pouvait attendre, je ne voulais pas crever là-dedans comme un rat. En cela au moins, je serais grand, je me rendrais au sommet d'une montagne, comme pour une randonnée. Puis, de là-haut, je m'élancerais dans le vide.

Cette décision me procurait une étrange légèreté. Je commençais à voir les choses avec le détachement de celui qui sait qu'il partira bientôt. Pour avoir une tête de gagnant, je n'ai pas bu ce soir-là et je me suis couché de bonne heure.

Devant les bureaux de la télévision, à la barrière d'entrée, il y avait beaucoup de monde. Parmi ces gens, j'ai croisé le regard de Neno. Cela faisait plusieurs années que je ne l'avais pas vu, ses cheveux étaient devenus blancs et ils étaient moins longs. Il portait un manteau en cachemire bleu et des chaussures anglaises noires, très brillantes. Il avait l'air content de me voir.

« Comment ça se passe pour toi ? m'a-t-il demandé, puis, sans attendre ma réponse : Tu as l'air en forme, tu sais, vraiment en forme... »

Pendant que la file avançait, il m'a demandé si j'avais

écrit autre chose. Alors, j'ai menti, je lui ai dit que, justement, j'étais en train de finir un nouveau livre. Tout en
marchant, nous sommes arrivés devant le guichet. Neno a
retiré son laissez-passer et moi le mien ; nous étions atten-
dus à des étages différents. Comme l'enfer, cet immeuble
était divisé en plusieurs cercles, plus bas on se trouvait,
moins on existait.

Je l'ai accompagné jusqu'à l'ascenseur. Avant de me
quitter, il a dit : « Ce soir je donne un dîner, est-ce que tu
viendrais ?

— Pourquoi pas ? » ai-je répondu.

Désormais, je pouvais accepter n'importe quoi sans
craindre d'en sentir le poids.

La maison était toujours la même, les meubles aussi,
mais dès que je suis entré, je me suis aperçu que l'atmosphère était très différente de celle dont je me souvenais.
Autour des canapés, il n'y avait plus la foule bariolée des
jeunes, ni la superposition de leurs voix au cours des discussions. En même temps que les jeunes, le buffet aussi
avait disparu ainsi que les assiettes en plastique, les cubes
de mortadelle et la bouteille de Frascati à bouchon-couronne.

À leur place se trouvaient des couples d'âge mûr qui
semblaient être des entrepreneurs, des politiciens, des jour-
nalistes célèbres. Neno me les a présentés un à un. Pendant
que je leur serrais la main, il leur disait : « Walter est un
jeune homme très talentueux. »

Au Frascati avait succédé le Brunello de Montalcino,
il trônait sur une nappe immaculée, entouré d'assiettes en
porcelaine, de bougeoirs et de verres en cristal. A présent,
il y avait un serveur originaire d'un pays lointain. Il portait
une livrée à boutons dorés — je croyais qu'on ne portait
ce genre de tenue qu'au cinéma — et passait entre les
invités, offrant des apéritifs.

Même le nom du chat Mao avait changé d'origine :
j'avais moi-même entendu Neno expliquer à un invité

qu'elle était strictement linguistique. Il s'appelait ainsi parce que, au lieu de faire « miaou » comme tous les chats, il faisait « Mao » dès qu'il voyait sa boîte de croquettes.

Je me sentais comme un chien dans un jeu de quilles. Avec ces gens, j'avais encore moins de points communs qu'avec ceux d'avant. Je savais que Neno ne m'avait invité que pour la symétrie des couverts et pour ajouter un peu de folklore à sa soirée. De temps en temps, en effet, pour me tirer de mon silence, il me demandait devant tout le monde :

« Tu n'as rien écrit de nouveau ? »

Je balbutiais alors : « Je suis en train de travailler » et je rougissais, car je n'ai jamais su mentir.

Les nouveaux amis de Neno ne parlaient que de trois choses : de politique, de nourriture et de vin. Ces sujets m'étaient tous indifférents, et je n'y connaissais rien. Je savais quelle était la margarine la moins chère, pas quelle était la meilleure année pour le Brunello de Montalcino. Par contre, Neno se passionnait pour ces discussions, comme il se passionnait autrefois pour les discussions sur les œuvres d'art réalisées par les collectifs ouvriers.

Il était évident que lui aussi, à un moment donné, était monté dans le char des puissants, reniant ce qu'il avait proclamé les années précédentes.

Je ne me sentais pas indigné, je ne le méprisais pas. Depuis longtemps déjà, j'avais renoncé à comprendre beaucoup de choses. La lutte pour survivre absorbait une bonne part de mon énergie : je ne me souciais guère de la cohérence ou de l'incohérence des autres. Dans cette maison, il y avait des lumières tamisées et de très belles nappes, on mangeait des choses que je n'aurais eu l'occasion de manger nulle part. Après le dîner, on dégusterait de l'excellent whisky, les autres continueraient à parler et, moi, je continuerais à regarder le bout de mes chaussures et à me taire. Voilà tout.

À table, Neno m'avait fait asseoir à côté d'une femme qui devait avoir une dizaine d'années de plus que moi, elle était mince et élégante, avec de longs cheveux aux reflets cuivrés flottant sur ses épaules. Je l'avais déjà remarquée un peu plus tôt, quand, à voix basse, elle avait dit à Neno d'excuser l'absence de son mari, retenu par une réunion de travail imprévue.

Avant même que soient servis les hors-d'œuvre, la conversation avait porté sur la politique. Sur la nappe blanche, devant moi, je voyais les mains de la femme, elle les bougeait avec une grâce ennuyée, tantôt elle effleurait une fourchette, tantôt le pied du verre, tantôt, de l'index, elle écrasait de la mie de pain. C'est elle qui m'a adressé la parole en premier, tout en inclinant légèrement la tête de mon côté :

« Cela vous est complètement égal, à vous aussi ? »

J'ai répondu : « Ma foi, je ne m'intéresse pas beaucoup à ce genre de choses. »

Elle a bu une gorgée de vin, puis, en me regardant fixement, elle a chuchoté : « J'ai lu *La Vie en flammes*, c'est un livre qui m'a beaucoup frappée. »

À l'instant même, ce sont mes joues qui se sont enflammées, mon dos est devenu glacé et j'ai commencé à transpirer. J'avais complètement oublié ce livre, c'était comme un squelette dans une armoire. Sans m'avertir et sans que j'aie pu le soupçonner d'avance, elle a ouvert le battant et me l'a placé sous les yeux, déroulant ses vertèbres.

« Vraiment ? ai-je répondu, puis, en hésitant : Mais il y a longtemps qu'il est sorti.

— Le temps n'a aucune importance, a-t-elle répondu. S'il n'en était pas ainsi, nous ne lirions plus le *Don Quichotte* ni l'*Odyssée*. »

Puis, en me regardant droit dans les yeux, elle a ajouté : « Vous ne pensez pas ? »

Autour de nous, la conversation était déjà devenue une empoignade. Les opinions au sujet du gouvernement étaient divergentes, et chacun des deux camps était sûr d'avoir raison.

« Quel ennui, m'a chuchoté ma voisine ; puis, elle m'a demandé, toujours dans un souffle :

— Quels sont vos auteurs préférés ? »

Soudain, il m'est arrivé la même chose que quand j'étais en classe : le vide, le vide absolu. Elle, elle me regardait en souriant, dans l'attente d'une réponse, et moi je cherchais désespérément un nom. Pour secourir ma mémoire, j'ai bu une autre gorgée de vin. Je voulais un nom, un nom quelconque. À la fin, le nom est arrivé.

J'ai dit : « Kafka est grand, sur le même ton que si j'avais parlé d'une équipe de foot.

— Je m'en doutais », a-t-elle dit en guise de commentaire, et elle est aussitôt entrée dans d'infimes détails concernant la correspondance avec Felice Bauer. Elle citait tantôt un extrait, tantôt un autre, parlait de l'amour et de la richesse de l'impossible, pendant que j'acquiesçais en silence.

Pendant toute la soirée, nous avons parlé à voix basse pendant que les autres hurlaient à tue-tête. Après Kafka, d'autres noms me sont venus à l'esprit, j'ai cité Rilke, Melville et Conrad et bien d'autres. Elle me regardait, sans cesser de sourire.

« Je vois que nous avons vraiment les mêmes goûts », a-t-elle dit quand nous nous sommes levés pour nous asseoir sur un canapé.

Neno s'est approché de nous. « Vous n'avez pas daigné nous accorder un seul regard. De quoi parliez-vous ?

— De littérature, a-t-elle répondu. Nous nous sommes découvert beaucoup de passions communes. »

Un homme plutôt corpulent est passé près de nous et a déclaré, avec un sourire sarcastique :

« Peut-être ne vous êtes-vous pas encore aperçus que la littérature est morte. Après Musil, personne n'a été capable d'écrire un vrai livre.

— Ma foi, tu te trompes, a-t-elle dit, ce garçon en a écrit un très beau. »

Le gros homme m'a dévisagé d'un air suffisant.

« Et il parlait sans doute de lui et de ses malheurs. Exact ?

— Eh bien, dans un certain sens, oui, ai-je répondu doucement.

— Voilà ce qu'est devenue la littérature aujourd'hui. Un vivier d'autobiographies insipides. Les jeunes ne lisent plus, mais ils nous empestent avec leurs banalités. Et ils prétendent faire œuvre d'art ! »

La femme aux cheveux roux est venue à mon secours.

« Explique-moi, en quoi ton dernier roman serait-il de l'art ? »

Les lèvres de l'hommes se sont crispées en un sourire nerveux.

« Mais je ne parlais pas de moi. Et puis, mon livre est une métaphore.

— Une métaphore ? a-t-elle répliqué. Je ne m'en étais pas aperçue. Pour moi, c'est l'histoire d'un quinquagénaire en crise qui poursuit une jeune fille aux yeux de biche. »

L'homme lui a tapoté la joue.

« Toujours aussi provocatrice, hein ? Mais même si tu as de beaux yeux, je ne tomberai pas dans ton jeu. »

Là-dessus, il a rejoint les autres invités et s'est assis sur un autre canapé.

J'en ai profité pour m'esquiver.

« Il faut que je parte. Au revoir tout le monde », ai-je dit, dans l'indifférence générale.

Et je suis sorti.

La tramontane soufflait encore plus fort que l'après-midi, le bus était presque vide, il n'y avait qu'une femme de couleur noire, plutôt grosse, et un ivrogne qui parlait tout seul. Je regardais par la fenêtre et je me sentais bizarre. J'avais le cœur étreint par un effarement proche de la peur et, en même temps, j'étais léger comme cela ne m'était jamais arrivé.

Pendant que des sachets en plastique voletaient derrière la vitre, j'ai pensé que je n'avais aucune raison de me sentir ainsi. Au fond, que s'était-il passé ? J'avais bavardé un peu, voilà tout. Il y a trop longtemps que je vis comme un ours, me suis-je dit, il suffit que quelqu'un m'accorde un brin d'attention pour que je plonge dans le désarroi.

Ce sentiment n'a pas disparu, même quand je suis arrivé chez moi. Je me tournais d'un côté et j'étais enveloppé dans une chaleur jusque-là inconnue. Je me retournais de l'autre et je tombais dans un froid glacial, je claquais des dents et me pelotonnais sur moi-même, essayant vainement de me réchauffer.

Je me suis endormi très tard. Quand le téléphone a sonné, j'ai pensé que c'était l'aube. J'ai empoigné le récepteur rageusement :

« Qui est-ce ? » ai-je crié.

Au même instant, j'ai vu l'heure : il était midi moins le quart. A l'autre bout du fil, c'était elle.

« Bonjour, a-t-elle dit, tu dormais ? »

De ce coup de fil est née une invitation à déjeuner. Je devais me rendre chez elle le lendemain, mais je ne savais même pas comment elle s'appelait. J'aurais pu le demander à Neno, mais j'aurais eu l'air de quoi ? La veille au soir, il me l'avait présentée.

Je me suis habillé, je suis allé acheter des fruits. Le vent avait cessé et dans le ciel brillait un grand soleil froid. Pendant que je parcourais la centaine de mètres me séparant du marché, je me suis rendu compte que le malaise de la veille se transformait en véritable agitation.

Je marchais rapidement, tout en me parlant à moi-même. Il n'y a pas de quoi s'agiter, me disais-je, ce sera un déjeuner mondain comme tant d'autres, on mangera très bien, puis je rentrerai à la maison, il n'y a là rien de dramatique. Je me disais cela et je savais que je mentais.

J'ai passé l'après-midi à la recherche d'une tenue adéquate. Désormais, les trous étaient passés de mode.

J'ai parcouru trois fois la via Appia dans les deux sens. Heureusement, les soldes d'après Noël avaient déjà commencé. J'ai fini par trouver un pull à col roulé, qui me semblait adapté pour la circonstance. Je ne voulais pas avoir l'air d'un clochard, ni d'un provincial qui arbore sa tenue du dimanche.

Ce soir-là, je me suis couché tôt et je n'ai pas fermé l'œil. Vers trois heures du matin, j'ai décidé que je n'irais pas. Il faisait froid, je pouvais feindre sans problème une grippe soudaine ou une autre maladie. Aux environs de quatre heures, je me suis rendu compte que non seulement j'ignorais son nom, mais aussi son numéro de téléphone. Tout ce que je possédais, c'était une adresse griffonnée sur un feuillet.

À cinq heures, je me suis levé, j'ai préparé un café, allumé la télévision et une cigarette. Sur l'écran est apparue une femme plutôt robuste, habillée en bohémienne. Sur la bande-annonce était écrit : *Les étoiles vous parlent*, et en effet, la femme parlait d'horoscopes. Elle avait l'accent des faubourgs romains et prononçait les phrases très lentement. Qui sait pourquoi elle parle ainsi, me suis-je demandé, peut-être les silences servent-ils à écouter les étoiles, ou peut-être a-t-elle sommeil. À un certain moment, en caressant sa boule de cristal, elle a dit « Vierge », mon signe, et elle a ajouté : « Avec le solstice d'hiver, Vénus est entrée dans votre signe... » Elle a continué ensuite avec la Balance, le Scorpion, le Sagittaire... et avec cette cantilène en bruit de fond, je me suis enfin endormi.

Quand j'ai rouvert les yeux, la bohémienne était toujours là, en train de lire les tarots. Il était déjà huit heures du matin, elle répondait à une femme qui était en ligne. Elle a retourné une carte et a dit : « Tour, ma chérie, malheurs en perspective. »

Cinq heures plus tard, j'étais devant son interphone.

J'ai eu un instant de panique, car au lieu des noms, il n'y avait que des chiffres. J'ai regardé le feuillet où elle avait écrit huit, ce doit être le dernier étage, me suis-je dit, et tout de suite après, j'ai sonné. J'ai monté les marches quatre à quatre, quand je suis arrivé en haut, j'étais hors d'haleine. La porte était entrouverte, j'ai frappé légèrement. « Entre donc », a répondu une voix à l'intérieur.

Je suis entré et j'ai dit : « Me voici. »

Elle portait une robe de chambre moelleuse. Sur le sol, il y avait de la moquette et elle marchait sans faire de bruit. Elle m'a appliqué deux baisers sur les joues, comme si nous étions de vieux amis.

« Assieds-toi, a-t-elle dit ensuite. Il fait froid dehors ? »

L'appartement avait une baie vitrée donnant sur les Forums, et il était très petit. Plus qu'à une maison où l'on vit, il ressemblait à une tanière ou à un nid, tout était douillet, confortable, tout invitait à la détente.

Je me suis assis dans un fauteuil à fleurs, elle m'a offert un apéritif. J'examinais discrètement tout ce qui m'entourait ; à sa main gauche, j'avais vu une grosse alliance et pourtant, ici, il n'y avait aucune trace de mari.

Nous étions seuls. J'étais si tendu que je commençais à avoir un peu mal à la tête. C'était comme si j'avais eu un réseau de cordes en métal autour des tempes. Ce devaient être des cordes de guitare ou de violon, chaque fois que je respirais, quelqu'un, avec une clé, les serrait un peu plus.

Nous avons parlé de tout et de rien, c'est-à-dire de la circulation en ville et du temps. Puis, nous sommes passés à Neno et à la façon dont j'avais fait sa connaissance. Je lui ai parlé de la chambre louée chez Mme Elda, et de Federico.

« Il a pris un chemin différent du mien, lui ai-je dit, à présent, il est présentateur de shows tout en paillettes.

— Federico Ferrari ? a-t-elle hasardé.

— Oui.

— J'espère vraiment que tu ne l'envies pas », a-t-elle dit en guise de commentaire.

Je me suis empressé de démentir. « Oh, non, bien sûr. Dès le début, nous étions différents. »

Nous avions commencé à parler du cinéma allemand, citant les auteurs que nous aimions et ceux que nous n'ai-

164

mions pas, quand soudain une sonnerie a retenti dans la cuisine.

« Excuse-moi, le four », et elle a disparu derrière la porte.

Elle est revenue, tenant un plat en Pyrex. Tout en me dirigeant vers la table, j'ai regardé autour de moi :

« C'est charmant ici, ai-je dit, mais c'est à peine plus grand que chez moi. Ce doit être difficile d'y vivre à deux. »

Elle a éclaté de rire. Elle riait, la tête inclinée en arrière, un peu comme les cigognes quand elles lancent leur cri.

« Ici, c'est seulement mon studio. Avec mon mari, j'habite aux Parioli. »

Dans le plat en Pyrex, il y avait des cannellonis. Il me semblait peu probable qu'elle les ait cuisinés elle-même. À la première bouchée, j'ai eu la confirmation qu'ils venaient tout droit d'un traiteur. En ce qui concerne la nourriture, pas de chance, me suis-je dit. Au même instant, elle a posé sa fourchette.

« Parle-moi de ta ville », a-t-elle chuchoté en me regardant droit dans les yeux.

Mon mal de tête s'est brusquement aggravé. Elle m'avait pris pour qui, pour un guide touristique ? J'ai avalé, je me suis essuyé la bouche avec ma serviette puis, d'un air neutre, j'ai demandé :

« Dans quel sens ? »

Elle a souri. À présent, elle ne ressemblait plus à une cigogne, mais à une grosse chatte.

« Ce doit être une ville très intéressante. Fais-la-moi connaître avec tes yeux. »

Alors, j'ai démarré comme un dépliant publicitaire.

« Elle se trouve face à la mer, ai-je commencé, et derrière elle s'élève le haut plateau du Carso. Le climat est assez doux, sauf l'hiver, quand souffle le vent. Son nom latin était Tergestum mais il semble que ses origines, plus anciennes, soient slaves. Trg, qui veut dire "place", parce qu'on y faisait beaucoup de commerce. C'est Marie-Thérèse d'Autriche qui l'a voulue aussi grande. C'était la seule ville de l'Empire située au bord de la mer... »

J'ai continué ainsi pendant une dizaine de minutes, pêchant dans mes vagues souvenirs d'école primaire. Pendant ce temps, les cannellonis se refroidissaient dans mon assiette, et elle, elle me fixait toujours. À un certain moment, elle a avancé la main, l'a posée sur la mienne.

« Ce ne sont pas tes yeux », a-t-elle chuchoté.

J'ai senti les capillaires de mes joues se dilater, tels des fleuves en crue ; j'avais les mains froides et la tête brûlante.

« Euh, ai-je balbutié, c'était une sorte d'introduction. Je voulais te donner quelques points de repère. »

Sa main était toujours sur la mienne. J'avais l'impression qu'elle y exerçait une pression plus forte. Elle a poussé un soupir presque imperceptible, puis elle a dit :

« Pourquoi ne me parles-tu pas de Rilke ? »

Alors, je me suis mis à lui parler du château des *Elégies de Duino*, qui se trouvait non loin de chez moi. « À bicyclette, il doit falloir une demi-heure pour y aller, et si on pédale vite, un peu moins. Tout à côté, il y a un "bar blanc", c'est-à-dire un endroit où on ne mange que du fromage et où on ne boit que du lait. Pour faire une halte, l'endroit est parfait. »

Le plus étrange dans tout cela, je l'avoue, c'est que, lorsque j'habitais là-bas, je n'avais pas la moindre idée de qui était Rilke. Je connaissais le bar blanc, mais pas les *Elégies*. Je les ai découvertes à Rome, à l'époque de la bibliothèque. J'avais d'abord lu les *Cahiers de Malte Laurids Brigge* : j'étais littéralement tombé amoureux de Malte Laurids Brigge. J'aurais même pu dire, comme Flaubert, « Malte, c'est moi. » Après Malte, j'ai découvert les poèmes : *Tout ange est terrible* est devenu l'un des fondements de ma vie. Mais la poésie, je la connaissais déjà. Pas les vers, mais l'âme la plus cachée à l'intérieur des choses. Je crois qu'elle avait vibré en moi, dès l'instant où j'étais venu au monde : j'avais ouvert les yeux et je m'étais senti différent. Je voyais des choses que personne d'autre n'était en mesure de voir, et cependant je savais que je n'étais pas fou. Peut-être le deviendrais-je un jour...

Je parlais, je parlais, et entre-temps, la béchamel avait formé sur les cannellonis un voile opaque autour duquel surnageait le gras. Elle, elle n'avait jamais cessé de m'écouter, elle ne m'avait pas interrompu, toujours attentive. Dès que je m'arrêtais pour reprendre haleine, elle disait : « Continue. »

Je lui ai tout raconté, absolument tout. Je ne lui ai pas parlé de ma mère ni de la cuisine en Formica ni de mon père ivrogne, mais de Hölderlin et de la découverte de l'alcool, de la mort de mon camarade de classe et de sa gomme qui était restée dans ma poche, des tourbillons de vide que je voyais apparaître et disparaître entre les choses, du diable, dont personne ne savait qui c'était, mais qui existait. Justement, c'était lui peut-être qui de temps à autre, pour se moquer de nous, s'affublait du masque aimable de Dieu. Je parlais des fantômes qui me harcelaient la nuit et de ceux qui me poursuivaient le jour, de mon amitié avec Andrea et de la façon dont il m'avait ouvert les yeux. Je lui racontais les longues files de camions remplis d'animaux, qui franchissaient la frontière, et de la manière dont on les conduisait à l'abattoir. De ces cris que l'on ne pouvait entendre, de ces regards que l'on ne pouvait soutenir.

« J'ai grandi avec ces cris en bruit de fond, ces yeux braqués sur moi, hurlais-je presque, à la fin. Tu comprends ? Nous sommes tous là-dedans, dans ces camions, dans cette douleur innocente ! Tout est comédie, on rit, on danse, on fait mine d'être intelligent et derrière la scène, le camion est prêt. Tu ne le vois pas, mais il est là. Il est caché par les décors, les bâches. Il nous attend, son moteur tourne déjà... Il est toujours prêt à partir, il n'y a que ça, le parcours de l'étable à l'abattoir... Tu sais quoi ? ai-je dit ensuite, en baissant la voix. Le seul sentiment authentique, chez moi, est la fureur. Vu de l'extérieur, j'ai peut-être l'air d'un type tranquille, mais il n'en est rien. La fureur face aux questions sans réponse : c'est le seul sentiment que je reconnaisse comme vraiment mien.

— Je le sais, Walter. On le devine dès la première ligne. La vie en flammes, c'est la tienne... »

À cet instant, un campanile sonnait l'heure. Il était quatre heures, et je me sentais l'esprit confus, comme si j'avais bu et fumé en même temps ; la tête me tournait, et j'avais une perception fausse de la distance me séparant des objets. Je sentais mes oreilles incandescentes, mes joues aussi étaient des braises, mes yeux devaient être brillants, j'avais sans doute un peu de fièvre. Dans le silence rythmé par les coups de cloche, je regrettais déjà d'avoir trop parlé. « Mais bon sang, qu'est-ce qui m'a pris, me disais-je, à présent je suis comme un tatou privé d'écailles, même un enfant pourrait me blesser avec une petite spatule à beurre. » C'était la première fois que je parlais deux heures durant, en roue libre.

Quand l'écho des cloches s'est éteint, il s'est fait un grand silence. Quelque part dans la maison, un robinet fuyait.

« Regarde cette lumière », a-t-elle dit en s'approchant de la fenêtre.

Je l'ai rejointe, elle me dépassait d'une tête. La lumière était vraiment magnifique. Devant nous s'étendait le Palatin et, au-dessus, toutes les nuances du ciel, à l'ouest le bleu foncé de la nuit, vers l'est le bleu devenait azur, un azur si blanc que l'on aurait dit de la glace, puis la glace devenait de l'or, un filet orangé, à peine perceptible, teignait l'horizon, un orangé qui était presque du rose, et ce rose se reflétait sur les ruines des Forums. Devant les ruines se détachaient deux palmiers et, au-dessus des palmiers, on voyait une petite lune recourbée, comme celle des Turcs. À côté de la lune brillait une grosse étoile ; je l'ai indiquée du doigt à mon hôtesse, dont j'ignorais toujours le nom :

« Regarde cette étoile, là-haut...

— Ce n'est pas une étoile, c'est une planète, a-t-elle répondu. C'est, l'étoile du berger, Vénus lucifère. »

En disant ces mots, elle a reculé un peu. Nos corps se frôlaient. Elle dégageait un parfum très intense.

« Pourquoi "lucifère" ? ai-je demandé, avec ses cheveux dans ma bouche.

— La lumière est en train de disparaître, a-t-elle chuchoté, il faut aller au lit. Il n'y a que de là que l'on voie bien la fin du coucher de soleil. »

Quand j'étais enfant, ma mère avait une marmite en acier inoxydable, que l'on appelait « atomique ». Je n'ai jamais réussi à comprendre quel rapport il y avait entre cette marmite et la fameuse guerre atomique dont mon père me menaçait toujours. Peut-être lanceraient-ils ces marmites des avions, peut-être les enterreraient-ils par millions dans le sous-sol. Ce qui était sûr, c'est que cette marmite m'effrayait, dans la pénombre de la maison, elle sifflait comme un train à vapeur et elle était toujours sur le point d'exploser. Pour me guérir de ma terreur, ma mère, un jour, m'avait fait toucher la valve. « Tu vois, m'avait-elle dit, si la vapeur sort petit à petit, rien n'explose. »

La marmite « atomique » m'est revenue en mémoire dès que je me suis assis au bord du lit. J'ai pensé aux cours par correspondance, est-ce qu'on y apprend vraiment quelque chose, comme on le dit ? Par exemple, si quelqu'un suit un cours pour être capitaine, apprend-il vraiment à manœuvrer le bateau à l'intérieur du port ? Je me suis demandé cela, et puis rien d'autre.

Je l'entendais répéter mon prénom, et comme je ne connaissais pas le sien, je ne disais rien. Trois ou quatre fois, le téléphone a sonné.

Désormais, dehors, il faisait noir et nous étions toujours ensemble. Plus le temps passait, plus ses yeux étaient lumineux. Elle avait un petit grain de beauté à la base du cou et, jusque-là, je ne m'en étais pas aperçu. L'avant, l'après étaient complètement effacés, j'étais là, je serais là, toujours.

Mais tout à coup, elle a secoué la tête et s'est levée en disant :

« Je dois aller à un cocktail avec mon mari », et elle a disparu dans la salle de bains.

VII

Quelqu'un avait dû verser du poison dans mes veines, ce n'était plus du feu mais une substance toxique. Je n'arrivais plus à tenir en place nulle part. Je m'en étais déjà aperçu ce soir-là, en rentrant chez moi, je n'avais plus aucune envie de rester enfermé.

Je suis ressorti malgré le froid intense. Les rues du quartier étaient complètement désertes. J'ai vu un cinéma et je suis entré. C'était un film que l'on donnait à l'occasion de Noël, avec des acteurs comiques. Autour de moi, tout le monde riait. Moi, je ne voyais même pas les images sur l'écran, je n'arrêtais pas de penser, mais ce n'étaient pas mes pensées habituelles, l'infini ou le mal en étaient exclus. Il n'y avait que la femme sans nom, son odeur, son corps.

J'aurais voulu passer la nuit avec elle, mais elle était partie à un cocktail avec son mari. Qui sait si elle aussi, au cocktail, pensait à moi et à mon odeur ? Sur ces pensées pesait une sensation d'effarement ; dans ma hâte, j'avais oublié de lui demander son numéro de téléphone, j'ignorais son nom. J'étais dépendant de son bon vouloir, je ne savais pas quand je la reverrais. Je ne savais pas si je la reverrais.

À partir de ce soir, le téléphone est redevenu mon instrument de torture ; l'anxiété avec laquelle j'attendais sa sonnerie était très différente de celle avec laquelle j'attendais l'appel du négrier.

Le lendemain matin, je suis sorti tôt et j'ai fait des courses, je voulais m'assurer une autonomie prolongée en matière de nourriture et de tabac. Puis, une fois le frigo rempli, j'ai commencé à attendre. Toutes les demi-heures, je soulevais le récepteur ; par-dessus tout, je craignais de l'avoir mal raccroché.

Andrea m'avait dit qu'on ne doit pas toucher les femmes, même avec une fleur : cela ne signifiait pas qu'il ne fallait pas les frapper, mais qu'entre elles et nous il devait y avoir une distance supérieure à celle de la tige d'une rose.

« Si l'on a un projet précis, me disait-il, il ne faut pas s'approcher d'elles sous peine de s'égarer en chemin. Les sens, avec leur voluptueux désordre, représentent une sorte de dérive pour le héros. Il suffit de penser à Ulysse et aux Sirènes. Qu'a-t-il fait lorsqu'il les a entendues chanter ? S'est-il jeté à la mer, ou s'est-il fait attacher à un mât avec des cordes robustes, les oreilles remplies de cire ? Chaque fois que tu entendras ce chant, avait conclu Andrea, réfléchis à ces mots. »

À l'époque, Andrea avait enfoncé une porte ouverte. Même si je n'avais pas les idées très claires, j'éprouvais une sorte de méfiance à l'égard des relations qui devaient se produire entre les deux sexes.

À l'âge des premières expériences, j'avais été aussi solitaire qu'un ours dans la taïga. Une camarade de classe m'avait souri deux ou trois fois : au lieu de m'intriguer ou de m'exciter, ces sourires m'avaient plongé dans un grand malaise. Je n'ignorais certes pas comment se passaient ces choses, les modalités de l'accouplement entre mammifères sont toujours les mêmes. Ce qui me terrorisait, ce n'était pas l'acte éventuel, mais tout ce qui l'entourait — ses boutons trop près des miens, sa main froide qu'il me faudrait tenir entre les miennes, les langueurs poisseuses volées sous la pénombre d'un réverbère, les pointes et les moqueries de la compagnie et, *dulcis in fundo*, qui sait, un déjeuner avec ses parents.

171

Cet ensemble de choses m'avait empêché de faire le premier pas. L'appel de la chair était bel et bien là, mais l'horreur de vaincre était beaucoup plus forte. « Qui fait pour soi fait pour trois » était une excellente devise pour aller de l'avant.

Après ces premières lueurs, il y avait eu l'époque de la poésie et de l'alcool. Deux aventures assez intenses pour effacer le reste. Mes pensées volaient toujours vers l'absolu, à une altitude supérieure. S'il n'avait existé qu'un seul genre humain, neutre, je m'en serais parfaitement accommodé.

Vers l'âge de seize ans, à vrai dire, j'ai un peu vacillé. Étant donné que mon père m'appelait toujours « pédale », je me suis demandé s'il y avait vraiment en moi quelque chose de commun avec cet objet. Mais cette crainte a été de courte durée : qu'ils appartiennent à l'un ou à l'autre sexe, les corps ne m'intéressaient pas, un point c'est tout. J'étais d'accord avec Andrea : l'amitié était le sentiment le plus grand.

« Dans l'amitié, disait-il, il n'y a ni brouillards, ni doubles fonds. Le plaisir des sens est loin, il ne reste que celui de l'esprit, et l'esprit tend vers le haut. On peut mourir pour sauver un ami, alors que la plupart du temps, c'est un amant qui te fait mourir. Il aspire ton énergie et tes idées, il exige du plaisir, et après le plaisir, la certitude d'un statut social, et après cela, inévitablement, les enfants arrivent et alors tu es vraiment fichu. Il ne te considère jamais comme une personne, tu n'es qu'une échelle pour arriver quelque part, le bruit rassurant grâce auquel il remplit le vide de ses journées. »

Je pensais exactement la même chose. L'horreur que j'éprouvais à l'égard de l'acte qui m'avait engendré était assez grande pour me pousser à renoncer à cet aspect de la vie.

« Après le coït, on est envahi par la tristesse », disait Andrea.

Je n'avais aucun mal à le croire ; l'idée d'un fils qui

m'aurait regardé avec le même effroi avec lequel j'avais regardé mes parents était une excellente raison pour jurer une chasteté éternelle. La plupart du temps, mettre un enfant au monde ne signifie rien d'autre que perpétuer la chaîne de la douleur. Au fond, me disais-je, cette grande orgie de sexe est une sottise. La Bête choisit des chemins détournés, elle insinue dans le monde le brouillard de la confusion. Il n'est pas dit que tous les hommes doivent être égaux. C'est bon pour les animaux qui possèdent l'instinct, mais pas le jugement. Et même les animaux, d'ailleurs, ne peuvent pas le faire toujours, il y a la saison des amours. Une fois qu'elle est passée, il faut attendre que la terre accomplisse une autre révolution autour du soleil. Chez l'homme seulement, la luxure est perpétuelle. Ce devrait être la raison qui donne un sens aux choses, mais contre l'instinct, la raison est toujours perdante, et le monde avance ainsi, avec son cortège inévitable de misères et de regrets.

« Et là aussi, disait Andrea, la pyramide nous aide, car dans sa partie inférieure, l'instinct l'emporte. Au fur et à mesure que l'on monte, l'instinct est bridé, le mensonge qui dit que le sexe fait du bien à la pensée s'effondre ; il n'existe aucune vision ample, aucune grandeur sans détachement de la chair. Ce n'est pas pour rien que les religions prêchent toujours la chasteté. L'énergie qui ne sort pas conserve intact et rend puissant, il n'y a pas de voile devant les yeux, le chant des sirènes te laisse indifférent, tu es libre, la chaîne de l'attachement ne fait plus partie de ta vie. C'est à toi de choisir, ou ceci, ou la boue de la porcherie. »

Pour Andrea, la seule possibilité d'évasion de cette solitude chaste était la rencontre avec une femme qui, grâce à ses dons naturels, était parvenue au sommet de la pyramide.

« C'est extrêmement rare, disait-il, parce que les femmes, à cause de leur physiologie particulière, tendent à rester en bas. La plupart des femmes sont prisonnières de leurs humeurs, elles vivent entre fluctuations hormonales et désirs primaires. Mais quand cela ne se produit pas et qu'elles arrivent à s'élever, on trouve des personnages extraordinaires, très supérieurs à la plupart des hommes. Entre elles et les anges, la différence est minime. Ce sont des êtres féminins, mais imprégnés de vertus viriles, elles connaissent l'amitié, la fidélité, la pureté et tous les sentiments les plus nobles. C'est seulement à leurs côtés que l'homme peut connaître le bonheur de l'accomplissement. Deux volontés qui s'unissent dans un seul projet, comme Dante et Béatrice, comme Lancelot et Guenièvre. C'est là le destin d'un amour supérieur. »

En ce qui me concernait, je m'étais résigné, depuis longtemps déjà, à ne pas faire partie de cette cohorte d'élus. Je savais que, dans le milieu où je vivais, on chuchotait ce que l'on chuchote toujours quand on ne comprend pas les choix de quelqu'un, c'est-à-dire que j'étais homosexuel ou impuissant ou les deux à la fois. Le conformisme de la sexualité est l'un des plus difficiles à vaincre. Quant à moi, ces bavardages me laissaient indifférent ; ou plutôt, ils étaient le meilleur moyen d'être considéré hors jeu. J'avais été chaste jusque-là et je le serais jusqu'à la fin de mes jours.

Il existe, semble-t-il, une loi selon laquelle quelque chose de minuscule et d'invisible, comme une vibration, peut détruire d'énormes édifices. Par exemple, si un régiment de soldats frappe du pied à l'unisson, un pont peut s'écrouler en moins d'une seconde. Cette loi n'est pas seulement valable pour les ponts et les arches, mais aussi pour une infinité d'autres choses. Elle l'est aussi pour les cœurs, et pour les grandes digues qu'on élève afin de les protéger.

J'avais rencontré la femme sans nom, et à l'intérieur de moi avait résonné un diapason, il avait vibré en sourdine entre mes veines et mes organes. Son effet avait été celui d'une secousse, d'une accélération, un effet agréable, vivifiant. Il aurait fallu beaucoup plus d'expérience ou beaucoup plus d'imagination pour comprendre que cette vibration avait une fréquence capable de tout détruire.

Je n'avais pas changé d'avis sur ce qu'étaient ou n'étaient pas les relations avec les femmes, mes idées étaient les mêmes que du temps d'Andrea. Le piège avait été les propos sur les « quelques élues ». Pour moi, elle était Béatrice, et effectivement, je l'appelais ainsi durant les longues heures passées près du téléphone, dans l'attente d'un signe.

Trois jours avaient passé et elle ne m'avait pas fait signe. Je restais près du récepteur, aussi épuisé qu'un naufragé. Le téléphone n'avait sonné qu'une seule fois, c'était un homme qui s'était trompé de numéro. Le quatrième jour, je n'avais plus de cigarettes et je suis donc sorti — pour accomplir cette mission, il ne me fallait pas plus de dix minutes.

Au retour, le témoin lumineux clignotait ; j'étais si furieux que j'aurais voulu me cogner la tête contre le mur. Avant d'appuyer sur la touche, je me suis assis sur le lit et j'ai respiré profondément.

« Clic », et aussitôt, sa voix harmonieuse a rempli la pièce. « C'est Orsa, disait-elle, excuse-moi de ne pas t'avoir appelé plus tôt, mais j'ai dû me rendre à l'extérieur de Rome avec mon mari. Demain, je serai tout l'après-midi au studio, passe si tu en as envie. Je t'attends. »

Ainsi, la femme sans nom en avait un tout à coup, et c'était le nom le plus extraordinaire que j'aurais jamais pu imaginer. Orsa était le féminin d'« ours » : cela confirmait, d'une manière merveilleuse, que nous étions vraiment faits l'un pour l'autre. J'appartenais au sommet de la pyramide et elle aussi, notre amour serait grand et éternel comme aucun autre.

Les semaines suivantes, le poison qui avait commencé à circuler dans mes veines s'est substitué au sang, il nourrissait mes poumons, mon cœur, mon estomac. Je ne m'étais pas encore aperçu de son existence, au contraire, je ne m'étais jamais senti aussi bien de toute ma vie, aussi plein d'énergie et de vitalité.

Brusquement, mon regard cynique avait disparu, et avec lui la lucidité absolue avec laquelle je regardais les choses. Les moines qui jettent leur robe aux orties doivent être à peu près dans le même état, l'inexpérience du corps rend totalement vulnérable. On peut discuter des choses de l'esprit pendant des jours, et tomber pour un simple sourire. Saccager nos viscères devient alors un jeu d'enfant.

À l'époque, j'étais très loin de soupçonner l'existence de tout cela. J'avais l'impression d'être assis sur un nuage, je glissais en silence sur toutes les autres choses. Je vivais pour elle, pour nos rencontres, pour les heures et les minutes passées ensemble. Et même quand je restais seul, je ne l'étais pas, je repensais à nos conversations, à nos moments d'intimité plus profonde. Je parlais seul dans ma chambre, et c'était comme si Orsa était là. J'étais convaincu qu'elle aussi vivait la même communion, les mêmes tourments quand elle était loin de moi.

Outre la passion physique, ce qui nous unissait aussi, c'était la passion pour la littérature. Nous avions la même inquiétude quand nous cherchions les mots pour exprimer un monde. Elle, elle aimait par-dessus tout la Mitteleuropa, elle m'enviait un peu d'être né à l'intérieur des frontières qui en subsistaient. Elle avait loué ce studio depuis quatre ans, afin de trouver la tranquillité nécessaire pour écrire un livre.

« Pour créer, disait-elle, on ne peut vivre prisonnier de la routine d'une maison. On a besoin d'un ailleurs qui inspire. » Et en effet, c'était le seul endroit où elle pouvait faire abstraction du reste. « D'ici, avait-elle dit un jour en me montrant le panorama des Forums, toute insulte à la modernité est bannie : c'est pour cela que l'inspiration classique vient tout naturellement. »

Mais elle gardait le secret sur son travail. Une fois seulement, elle s'était un peu confiée, elle avait dit : « Ce sera quelque chose à mi-chemin entre *La Recherche* de Proust et *L'Homme sans qualités* de Musil... »

Pour lui permettre d'écrire, nous ne nous voyions qu'un après-midi sur deux.

Au bout d'un mois, nous avons commencé à passer des week-ends ensemble à l'extérieur de Rome. C'était elle qui conduisait et qui réglait les additions. Nous allions dans de petits hôtels rustiques en Toscane ou sur la côte amalfitaine. Elle ne parlait jamais de son mari, comme s'il n'existait pas ; je m'en inquiétais un peu, cela ne me semblait pas normal. Si bien qu'un jour, je lui ai demandé :

« Et ton mari ? »

Elle a éclaté de rire.

« Quel rapport ? m'a-t-elle répondu. C'est normal. Après quelques années de mariage, on se concède toujours une certaine liberté. »

J'étais conquis par cette assurance. Un jour, il avait même sonné à la porte pendant que nous étions au lit ensemble. « J'arrive dans une minute », avait-elle répondu dans l'interphone, après quoi elle s'était habillée et était descendue comme si de rien n'était. Qui sait, avais-je pensé, peut-être a-t-il lui aussi un studio quelque part, et sa vie est semblable à celle de sa femme. C'était la seule façon, pour moi, de justifier tant d'indifférence ; si j'avais été à la place de son mari, je l'aurais mise en pièces à coups de hache.

Quoi qu'il en soit, une chose était sûre : c'est qu'avec moi elle s'amusait, et avec lui non. Son mari était un homme important, il dirigeait un journal, et la relation qu'elle avait avec lui se réduisait à un rôle de représentation.

Moi, au contraire, j'étais un ours et elle était mon ourse, la seule lassitude que nous connaissions était celle de l'épuisement physique. Un jour, je lui avais dit : « Les plantigrades le font comme ça. » Et à partir de ce moment, elle avait exigé chaque fois un animal différent. Je passais mon temps libre à consulter frénétiquement tous les livres sur ce sujet. C'est ainsi que, semaine après semaine, nous avons parcouru toute l'échelle zoologique, des patelles aux baleines.

Je n'avais jamais été aussi gai de toute ma vie, à chaque instant j'étais parcouru par une étrange euphorie. J'étais euphorique quand nous riions, je l'étais aussi quand, en silence, nous étions allongés côte à côte. Auprès d'elle, mon passé, le poids mort de mon passé avait disparu. Souvent, je me sentais comme un enfant qui vient d'ouvrir les yeux sur le monde. Tout était étonnement, émotion. J'existais à travers le regard d'un autre être humain. Dans ce regard, il n'y avait ni mépris ni irritation, mais de la passion, elle vivait pour moi et moi pour elle. Il y avait l'attente de nos rencontres et leur accomplissement, un mouvement circulaire qui me semblait parfait, parfait et éternel. J'étais convaincu que ce mouvement durerait toujours.

Les semaines et les mois ont donc passé sans que je m'en aperçoive. Un matin je me suis levé, et c'était déjà l'été.

Nous étions en juin, les fenêtres étaient grandes ouvertes ; dehors, le crépuscule enflammait l'air avec des teintes rose-orangé, les hirondelles passaient en flèche avec des cris stridents, entre les ruines des Forums et les toits.

Depuis quelques jours, Orsa était bizarre, je lui parlais et son regard était distant. C'était la première fois que quelque chose s'interposait entre nous. J'ai pensé que son mari lui avait peut-être fait une remarque ou qu'elle se trouvait à un moment particulièrement difficile de la rédaction de son livre.

« Tu sais comment les araignées le font ? lui ai-je alors demandé pour la distraire. La femelle se tient en équilibre au milieu de la toile et le mâle doit la rejoindre, il marche sur les fils comme un équilibriste. »

Je m'étais mis à quatre pattes, telle une araignée, et j'avais déjà commencé à avancer, quand elle s'est passé une main sur le visage, l'air agacé. Sans me regarder, elle a dit :

« Laisse-moi tranquille, j'ai horreur des araignées. »

De toutes les choses que j'avais imaginées à propos de nous deux, il y en avait une seule que je n'avais jamais envisagée : que notre liaison puisse prendre fin. En sortant de chez elle, je m'étais dit que son attitude étrange était peut-être due à une indisposition passagère. Le lendemain matin, elle n'avait pas donné signe de vie ; je l'avais appelée dans l'après-midi et j'étais tombé sur son répondeur. De temps à autre il lui arrivait de devoir sortir avec son mari afin de remplir des obligations mondaines, et elle ne pensait pas toujours à m'en avertir, si bien que je ne me suis pas inquiété.

Nous avions décidé de faire un voyage à Deauville au début du mois de juillet ; j'étais fou de joie à l'idée de passer plusieurs jours avec elle. Toute mon énergie était dirigée vers le moment de notre départ. Ce projet effaçait toutes les ombres.

Mais les jours passaient et le silence se prolongeait.

Au bout d'une semaine, l'anxiété m'a réveillé brusquement, en pleine nuit.

À huit heures du matin, j'ai téléphoné. Je savais qu'à cette heure elle n'y était pas parce qu'elle dormait toujours aux Parioli, mais j'avais envie d'entendre sa voix. J'ai de nouveau essayé à neuf heures, à dix heures et à onze heures. Toujours le répondeur.

À midi, j'étais au pied de son immeuble. De la rue, on voyait la grande fenêtre donnant sur les Forums, les volets étaient ouverts, de même que les rideaux. Je suis allé jusqu'à la grande porte et j'ai sonné, le cœur battant à tout rompre, comme la première fois. Il ne s'est rien passé. Toute la journée, je suis resté là-dessous ; chaque demi-heure, je m'approchais pour voir s'il y avait un signe de vie.

Durant ces déambulations, les pires idées me venaient à l'esprit ; elle avait peut-être eu un accident terrible, ou bien elle était alitée, victime d'une quelconque infection. Pour le savoir, j'aurais dû téléphoner à son domicile, mais je n'en avais pas encore le courage. Si son mari décrochait, que dirais-je ?

À la tombée du jour, je suis rentré chez moi ; je n'avais aucune envie de rester enfermé, j'étais nerveux, agité, mais je me disais qu'elle pourrait avoir besoin de moi, si elle était malade ou hospitalisée, elle serait déçue et triste de trouver mon répondeur.

Cette nuit-là, j'ai fumé un paquet entier de cigarettes et j'ai bu toutes les bouteilles de bière qui étaient dans le frigo. À huit heures du matin, j'ai appelé au studio, puis de nouveau à neuf heures. A dix heures, j'ai rassemblé mon courage et j'ai téléphoné chez son mari. Au bout de quatre sonneries, la voix neutre d'un Philippin a répondu. Je n'ai pas donné mon nom mais j'ai demandé :

« Est-ce que madame est là ?

— Madame pas là, a-t-il répondu.

— Quand pourrais-je la trouver ?

— Je ne sais pas. »

Cetta phrase a fait monter mon anxiété, si bien que j'ai insisté :

« Elle n'est pas à l'hôpital ? »

À l'autre bout du fil, il y a eu un court silence.

« Pas hôpital, a ensuite répondu le Philippin. Madame sortie. »

J'ai raccroché sans même dire au revoir. J'aurais dû être rassuré : au moins, j'étais sûr d'une chose, c'est qu'elle allait bien. Mais si elle se trouvait à Rome et si elle n'était pas malade, pourquoi ne voulait-elle plus me voir ?

Le sentiment d'Othello se frayait en moi un chemin. Je savais que je n'avais aucun droit, un amant jaloux se couvre seulement de ridicule. Partager sa bien-aimée fait naturellement partie du jeu ; et malgré tout, à l'intérieur de moi, je sentais l'anxiété se transformer en fureur.

Je me raccrochais à une dernière hypothèse, celle du travail. Peut-être avait-elle été prise d'une frénésie créatrice.

Pour pouvoir écrire, elle s'était peut-être enfermée chez elle et ne répondait à personne. Au fond, il m'était arrivé la même chose quand j'avais écrit mon livre. L'immeuble aurait pu brûler, je serais resté cloué à ma place.

Je l'appelais toutes les dix minutes, le message était toujours le même. « Je suis momentanément absente, laissez un message après le signal sonore. » À la fin, je me suis décidé ; pendant que je parlais, ma propre voix, mal assurée, résonnait à mes oreilles :

« C'est le plantigrade, ai-je dit, je suppose que les muses sont descendues te parler, et alors, bon travail. Souviens-toi quand même que dans dix jours ce sera la nouvelle lune et qu'avec la pleine lune les ours doivent se retrouver et danser dans la forêt. Appelle-moi. »

J'ai laissé ce message à onze heures. À onze heures dix, assis sur mon lit défait, je me suis rendu compte que, sans elle, je ne savais plus quoi faire de ma vie.

Dehors, c'était une belle journée de soleil. Mon appartement était dans un état lamentable. Depuis des mois et des mois, je ne faisais plus le ménage, la poussière et la saleté avaient formé de tels moutons que, dès que j'ouvrais l'unique porte, ils couraient de tous côtés, poussés par les courants d'air, comme des brindilles dans le désert. Dans un coin traînaient des tas de vêtements lavés et jamais repassés, les meurtrières donnant sur la rue étaient opaques, dans l'évier de la cuisine, des assiettes attendaient depuis si longtemps que la saleté était devenue autre chose et s'était transformée en un tapis de moisissures multicolore.

« Mettre un peu d'ordre, ai-je pensé, pourrait être un excellent moyen de tuer le temps. » Je suis donc allé dans la salle de bains et j'ai pris tout ce qui était nécessaire à un nettoyage radical. Quand j'ai empoigné le balai, j'ai heurté le néon qui éclairait la pièce, et il a grillé. La maison a été plongée dans l'obscurité. En moins d'une seconde, mon zèle ménager s'est transformé en rage, j'ai donné un coup de pied dans le seau d'eau, puis j'ai essayé de casser le balai. Après deux ou trois tentatives ratées, je l'ai pris et l'ai jeté contre le mur, enfin je suis sorti de chez moi en jurant comme un charretier.

Dehors, le temps était aux antipodes de mon humeur. L'air était tiède et les gens dans la rue beaucoup plus détendus que d'habitude. J'ai pris mon vélomoteur, il pétaradait, toussait, émettait de gros nuages de fumée ; avant de le mettre en marche, j'ai dû pédaler longtemps.

Je n'ai aucun but, me suis-je dit en franchissant les carrefours de la Tuscolana ; mais quand j'ai pris l'Appia Nuova, mon vélomoteur, tel un vieux cheval fidèle, a retrouvé le chemin que j'avais l'habitude de parcourir depuis plusieurs mois.

Oui, car entre-temps, tout en cahotant entre les nids-de-poule, une idée m'était venue. Si de chez Orsa on voyait les Forums, le contraire devait se produire en vertu d'une loi naturelle, c'est-à-dire que des Forums, on devait voir son appartement. Comme son lit se trouvait devant la fenêtre, je lui avais même demandé, un jour : « Il ne vaudrait pas mieux tirer le rideau ? »

Elle avait haussé les épaules et avait répondu : « Qu'est-ce que cela peut te faire ? Tout au plus, nous réjouirons quelques touristes. »

Il était donc clair que, pour réussir à la voir, il me suffirait de payer le billet d'entrée et de me rendre sur la colline d'en face. J'ai attaché mon vélomoteur dans la rue des Forums impériaux et j'ai fait la queue derrière une longue file de touristes. Une fois dedans, je les ai même suivis un peu. J'écoutais les explications du guide comme si j'étais l'un d'eux, il parlait en allemand et je ne comprenais rien. À l'intérieur de moi, l'agitation augmentait, je prenais mon temps, afin de ralentir les battements de mon cœur.

Après avoir un peu tournicoté là-dedans, j'ai rassemblé mon courage et j'ai atteint le point d'où l'on voyait tout. Il n'y avait presque personne, les touristes se déplaçaient deci-delà comme des troupeaux en transhumance, l'herbe était pleine de psalliotes et de grandes fleurs jaunes, des merles y picoraient, cherchant des vers à offrir à leur compagne.

J'ai respiré profondément. Ici, tout est paix, me suis-je dit, et je me suis accoudé à la balustrade. Le studio était juste en face, je voyais les murs rougeâtres de l'immeuble et les fenêtres du dernier étage, celle qui se trouvait près de la table était fermée, celle en face du lit, grande ouverte. Orsa était là, allongée, et près d'elle, on entrevoyait la silhouette d'un homme.

Noir, fin de tout.

Au cours de sa vie, un arbre peut essuyer toutes sortes d'intempéries. Orages, trombes d'air, tempêtes de neige peuvent s'abattre sur lui, le frapper, le secouer de tous côtés sans que rien ne se passe. Quand le soleil revient, il est toujours au milieu du pré, avec ses branches majestueuses. Seul le feu peut le détruire, les flammes courent à toute vitesse et, lui, il n'a pas de jambes pour s'enfuir. Autour de lui, tout crépite, les flammes le lèchent puis l'engloutissent, la moindre broussaille devient une torche. À la fin, le feu atteint le tronc, caresse l'écorce et, de l'écorce, il monte jusqu'aux frondaisons, brûle les insectes et les nids, assèche la lymphe, enflamme branches et feuilles. Il avait fallu des décennies pour qu'une graine produise cette forme majestueuse, et en quelques heures, tout meurt. Le grand brasier brûle dans la nuit. Autour, il y a de la lumière et de la chaleur et, au-dessus, après la lumière vient la fumée blanche. On peut voir cette colonne de nuages à des kilomètres à la ronde. Le lendemain matin, au milieu de la clairière, il ne reste qu'un petit tas noir.

Les flammes étaient revenues dans ma vie. Je n'avais pas vu éclater l'incendie. Même si je l'avais vu, cela n'aurait servi à rien, parce que, durant toutes ces années, j'avais oublié que j'étais un arbuste. Je croyais être en ciment, en métal ou en amiante, en quelque chose que le feu ne pouvait attaquer. Quand j'ai commencé à sentir la chaleur, il était déjà trop tard, j'étais moi-même le bûcher. Partout où j'allais, je l'emportais avec moi.

J'aurais pu me rendre au pied de son immeuble et l'insulter, frapper à coups de poing le type qui avait usurpé ma place. J'aurais pu crever les pneus de sa voiture et écrire sur son coffre, avec une peinture fluorescente : « Garce. » J'aurais pu la menacer avec des lettres et des coups de fil anonymes, jusqu'à ce qu'elle ait peur. J'aurais pu utiliser la technique du « un clou chasse l'autre » et trouver une autre femme sur laquelle épancher ma rage.

Je n'ai rien fait de tout cela. Après être sorti des Forums, je suis allé jusqu'à la piazza Venezia. Je suis entré dans un bar et j'ai commandé un whisky.

VIII

Parfois, sur les routes, les animaux sauvages sont éblouis par les phares d'une voiture et cette lumière inattendue les étourdit, pendant un instant ils titubent, perdent le rythme de leurs pas. Bien souvent, cet instant leur est fatal. Où suis-je ? Que se passe-t-il ? se demandent-ils, et l'instant d'après, ils gisent à terre, morts.

C'est ainsi que je me sentais à la fin de mon histoire avec Orsa.

Je n'arrivais pas à me faire une raison, je me demandais de quoi je m'étais rendu coupable et je ne trouvais pas de réponse. À un certain moment, elle m'avait remplacé, comme on remplace les pneus de sa voiture. À vrai dire, je ne me sentais pas usé, et je n'avais pas l'impression que notre relation était usée. C'était elle qui avait pris cette décision. Elle avait écrit le mot « fin » sans me demander si je voulais l'écrire, moi aussi.

Le vide s'était de nouveau emparé de moi. J'étais de nouveau la dépouille du pharaon Toutankhamon, j'errais à travers la ville du matin au soir, je me sentais une chiffe, un épouvantail auquel on avait oublié de dessiner un sourire. Sur mon vélomoteur, je roulais dans le centre-ville et, en banlieue, je n'en descendais que pour entrer dans des bars et mettre du carburant dans mon corps.

Du jour au lendemain, l'alcool, pour moi, était redevenu

185

plus indispensable que l'oxygène. Dans le vide crépitait une soif ardente et, malgré ce feu, j'avais toujours froid. On était en juillet, puis en août et je n'arrêtais pas de claquer des dents, la nuit je me recroquevillais sur moi-même et cela ne servait à rien ; après ces sommeils convulsifs, je me réveillais pâle, bouffi.

En guise de petit déjeuner, à la place du café, je buvais de l'après-rasage. Il y avait un ennemi à l'intérieur de moi et je n'arrivais pas à voir son visage ; même si je ne connaissais pas son nom, j'avais abdiqué face à sa volonté, chaque jour il me disait « fais ceci, fais cela », et j'obéissais. Chacun de ses ordres ne visait qu'à une seule chose : ma destruction.

La ville était chaude, déserte. Le goudron fondait sous la semelle des chaussures et dégageait une forte odeur d'urine. Çà et là, coiffées de petits chapeaux blancs, des colonnes de touristes marchaient, en nage, les jambes gonflées. Ils se pressaient autour des petites fontaines, quand ils en trouvaient une un peu plus grande, ils y plongeaient aussi les pieds. Avec eux, dans les rues, erraient les chiens abandonnés par leurs maîtres. La nuit, ils se rassemblaient par dizaines autour des containers d'ordures et réveillaient les rares habitants avec leurs aboiements, quand ils se disputaient.

Toutes mes connaissances avaient quitté Rome, et même si elles avaient été là, cela n'aurait servi à rien. Je connaissais beaucoup de gens et je n'avais pas un seul ami. Ce n'était ni de la méchanceté ni de la négligence, j'avais simplement fait comme les autres. A Rome, chacun était l'ami de tout le monde, mais un véritable ami était aussi rare qu'un tigre albinos.

Je traînais dans les rues même durant les heures les plus chaudes, la température et l'alcool formaient un mélange meurtrier. La vapeur qui se dégageait des trottoirs rendait flous les contours. Au lieu d'être immobiles, les objets dansaient, on aurait dit des mirages dans le désert. Chaque chose pouvait être ou ne pas être.

Un jour, à deux heures de l'après-midi, j'ai vu ma mère, corso Vittorio. Elle marchait devant l'église de Sant'Andrea della Valle, vêtue de son manteau noir à col de fourrure, celui qu'elle portait la seule et dernière fois où elle était venue me voir. À son bras, son sac du dimanche. J'étais sûr qu'elle m'avait vu parce que, quand j'étais passé, elle avait tourné la tête ; son regard était triste, résigné, peut-être aurait-elle voulu me sourire mais elle n'en avait pas le courage. J'ai fait demi-tour mais quand je l'ai rejointe, elle n'était plus là. Au-dessus de moi, les ailes déployées, planait un faucon crécerelle ; il devait être jeune et inexpérimenté pour voler à une heure pareille, au zénith. Il lançait régulièrement son cri dans les airs, comme s'il cherchait quelqu'un. Ma mère n'était plus, il n'y avait que son vide. Le même vide que pour mon camarade de classe. Dans ma poche, il ne me restait rien d'elle, pas même une gomme à effacer. Quand elle était morte, le chagrin que j'avais ressenti ressemblait à de l'agacement. C'est seulement sur sa tombe, cette fameuse nuit, que je m'étais vraiment rendu compte de sa mort. Je ne verrais plus son visage, je n'entendrais plus ses pas légers se déplaçant à travers la maison. Je ne pourrais plus l'étreindre ni lui demander pardon. La dernière image qui me resterait d'elle à jamais était celle où elle s'éloignait dans le bus tout en me saluant de sa main ouverte, l'étreinte froide et étonnée que je lui avais accordée avant de la quitter. Au fond, elle avait été la seule personne avec laquelle j'avais un peu communié. Pendant quelque temps, au cours de mon enfance, nous avions été une île heureuse, nous deux contre le monde entier. Le monde était mon père. Moi, j'étais sa consolation, sa joie, je l'avais été pour trop peu de temps. Elle était partie et je ne lui avais pas dit adieu. Devant les degrés blancs d'une église, je suis descendu de mon vélomoteur. Les portes étaient ouvertes, à l'intérieur il faisait très frais ; je me suis assis sur un banc et j'ai pris ma tête entre mes mains.

« Mon Dieu, pourquoi permets-tu tout cela ? »

Je l'ai dit, et j'en ai eu honte aussitôt. Mon honnêteté profonde n'avait pas disparu, je savais que ce n'était pas Lui qui avait permis tout cela, mais moi, l'ennemi sans visage qui était en moi, et aux ordres duquel j'obéissais.

À part un vieux sacristain et moi, il n'y avait personne dans l'église. J'ai levé les yeux vers un grand tableau qui représentait une femme avec un enfant dans les bras ; tous deux avaient une expression douce et sereine. Leurs visages n'avaient rien d'inaccessible, elle écrasait du pied un serpent. Elle n'avait l'air ni terrorisée ni dégoûtée, elle l'écrasait avec une assurance tranquille, comme s'il s'agissait d'un mégot déjà éteint, elle devait protéger son enfant du serpent et voilà tout. Ma mère aurait fait la même chose, toutes les mamans du monde en auraient fait autant. Chaque mère se dit : « Mon amour le protégera du mal », mais c'est une pensée aussi fragile qu'une feuille sèche : par des voies invisibles, le mal dévaste toutes les formes de vie. À un certain moment, le fils peut devenir le serpent que sa mère écrasait du pied.

Cette nuit-là, chez moi, j'ai détruit tout ce qu'il était possible de détruire. Quand je n'ai plus rien trouvé à désintégrer, je me suis cogné la tête contre le mur.

Deux jours après, les insectes ont commencé à me persécuter, j'avais des démangeaisons sur tout le corps et je savais que c'était elles qui les provoquaient, de petites araignées noires et véloces. Je les voyais sur mon corps et sur le sol de ma chambre, je me grattais furieusement, en peu de temps j'ai été couvert de croûtes. J'avais cessé de manger. Je sentais à l'intérieur de moi un tube incandescent qui me traversait de part en part, il s'enflammait si je buvais, me brûlait si je ne buvais pas.

Je voulais mourir, mais je n'avais pas le courage de passer à l'acte. Au lieu de m'attacher une pierre autour du cou et de me noyer, je me laissais aller à la dérive, sur un radeau en bois. Par lâcheté, ou à cause d'un espoir très ténu, je voulais mettre un peu de temps entre la mort et moi.

Au début du mois de septembre, la ville s'est à nouveau peuplée de gens et de voitures. Depuis plus d'un mois désormais, j'étais habitué à circuler comme si la rue n'était qu'à moi, j'allais à droite et à gauche sans me soucier de ceux qui me suivaient.

J'ai vu arriver la voiture et j'ai pensé : « C'est fini. » Le choc m'a projeté en l'air, et pendant un moment qui m'a paru très long, j'ai survolé les rails du tramway et l'asphalte.

Puis, il a fait noir. Autour de moi, il n'y avait que des voix.

« Il est venu droit contre moi, ça doit être un drogué.

— Ne le déplacez pas, disait quelqu'un d'autre, appelez une ambulance.

— Quelle tuile, juste le jour de son anniversaire... » a ajouté un troisième. Il devait avoir mes papiers à la main.

Je suis resté dix jours dans le coma.

Quelque part, j'avais entendu parler de gens qui reviennent à la vie après des mois, mais derrière ces histoires il y avait toujours une mère, un ami affectueux, quelqu'un qui tenait la main de l'autre et qui lui parlait sans arrêt, pour qu'il se sente moins seul.

Pour moi, ça ne s'est pas passé ainsi. J'étais seul et je suis resté seul pendant toute la durée du coma. Avec moi, il y avait des machines, un monitor pour mon cœur et un pour mon cerveau, ils avançaient aussi lentement que des chevaux harassés. Les infirmières se succédaient pour les gardes, certaines étaient gentilles, d'autres plus expéditives, elles parlaient de leurs amours ou des disputes à l'intérieur du service. J'avais une vague sensation de ce qui se passait autour de moi, un peu comme lorsqu'on a beaucoup de fièvre et que l'on s'assoupit avec la radio allumée.

Un jour, j'ai entendu un infirmier crier : « Le douze ! »
Le douze, c'était moi. Par conséquent, quelque chose devait aller de travers. Et en effet, dans le noir total, un fil est apparu soudain, un fil mince et très lumineux. Je ne voyais pas celui qui le tirait, je savais seulement qu'au centre le fil était sur le point de se rompre. « Non ! Pas maintenant ! » ai-je crié dans le silence. Ma voix était aussi faible et implorante que celle d'un enfant. Je sanglotais, comme dans les cauchemars. Tout en sanglotant je disais : je serai gentil, gentil pour toujours. Alors, il s'est passé quelque chose de très étrange, celui qui tirait sur le fil a cessé de le faire, en quelques instants le fil s'est transformé en une grosse corde. C'était une corde en or, dans l'obscurité environnante, elle brillait comme un rayon de soleil. Elle doit servir à redescendre, ai-je pensé. Je l'ai effleurée et j'ai ouvert les yeux.

Devant moi se trouvait une infirmière. De sa coiffe verte s'échappaient des mèches de cheveux blonds. Elle m'a souri.

J'ai passé encore trois semaines à l'hôpital. Durant cette période, je n'ai jamais regretté d'être encore en vie, j'ai juste pensé qu'il aurait été beaucoup plus commode d'être mort. J'étais fatigué, terriblement fatigué. De nouveau, ma vie était entre mes mains et je n'avais aucun projet, aucun espoir concernant l'avenir. Je me sentais comme un jardinier dont la serre, durant la nuit, aurait été détruite par des vandales. Partout il n'y avait que gravats, éclats de verre, pots renversés, cassés, plantes saccagées. Il était difficile d'imaginer que là, autrefois, des fleurs avaient poussé.

Et pourtant je savais qu'il y en avait eu, c'était moi qui, un jour lointain, avais planté les graines. Je devais retrousser mes manches et enlever les détritus, recoller les pots, ajouter de l'engrais à la terre et arroser. Puis, attendre patiemment, dans l'espoir que le soleil sortirait bientôt.

Le plus difficile a été de rentrer chez moi.

J'ai ouvert la porte de mon sous-sol et une vision d'horreur s'est offerte à mes yeux : c'était le même chaos que le jour de l'accident. Qu'est-ce que je fais ici ? ai-je pensé, et je me suis laissé choir sur le lit défait. Le répondeur clignotait ; j'ai allongé la main pour écouter. Le coup de fil le plus ancien était celui de Massimo, il me demandait de le rappeler de toute urgence ; puis il y avait deux appels sans message, le quatrième était une voix que j'ai eu du mal à reconnaître, je l'ai réécoutée deux ou trois fois avant de l'identifier. C'était la voisine de mes parents ; elle disait que mon père était hospitalisé depuis des mois dans un hôpital pour malades chroniques, l'appartement était à l'abandon et elle ne savait pas quoi faire ; est-ce que je pouvais prendre un moment et y faire un saut pour mettre de l'ordre ?

Donc, mon père était encore en vie. La nouvelle ne m'a ni ému ni secoué, je trouvais seulement étrange d'entendre une voix lointaine après si longtemps.

Durant mon séjour à l'hôpital, le cours de mes pensées s'était ralenti. Je me sentais comme un animal abruti par la léthargie, chaque ombre qui entrait dans mon champ visuel me faisait sursauter. C'était peut-être une pierre ou un prédateur venu mettre fin à mes jours. Je n'étais pas en mesure de le distinguer. J'étais un animal, et aussi un enfant qui fait ses premiers pas, je ne me fiais pas à mes jambes.

Échapper à la mort, c'est un peu comme une deuxième naissance. Une partie de l'existence s'en est allée, une autre est là, face à laquelle on peut se remettre en jeu. J'ignorais encore les règles de ce jeu, je regardais tous les objets cassés qui traînaient par terre et je comprenais qu'ils appartenaient à la vie qui venait de s'achever. Je ne rappellerais jamais Orio, je ne téléphonerais pas à Neno. Quant à Orsa, elle m'était devenue complètement indifférente.

Je pensais à mon père et je sentais que je n'avais toujours pas envie de le voir, mais j'avais envie d'avoir une chambre en ordre comme quand j'étais enfant, j'avais envie de me lever tôt le matin et d'aller me promener sur les crêtes du Carso. J'avais envie de me sentir un animal fort et vivant. Je voulais courir, me dépenser, me jeter à plat ventre dans l'herbe. Je voulais rester là et respirer avec la terre qui respirait au-dessous de moi.

Durant toutes ces années de confusion, j'avais égaré le regard de la vérité, la seule chose douloureuse qui faisait de moi un être vivant. Je regardais en arrière et je n'arrivais pas à comprendre comment cela s'était passé : tout à coup, ce regard avait dû se détacher de moi comme la peau des serpents qui, au printemps, se détache.

Sans m'en apercevoir, j'étais entré dans la vie d'un autre. La vie que j'avais choisie n'était ni lumineuse ni commode, elle n'était qu'une survie. Pendant plus de dix ans, j'avais vivoté comme vivotent les rats dans un garde-manger abandonné. Une fois que la nourriture est finie, ils attaquent le liège, après le liège le bois, après le bois les fils électriques et tout ce qui est en plastique. Ce qui compte, c'est de survivre, ils consomment n'importe quoi.

J'étais un rat entouré d'autres rats. Les chats étaient Massimo, Orio et leurs semblables. Ils donnaient des ordres, disaient chicotez par-ci, rongez par-là, et nous, nous chicotions et nous rongions, convaincus qu'un jour prochain nous serions élevés au rang de chats.

Ces années de confusion et de douleur n'avaient peut-être servi qu'à cela : à me faire comprendre que je n'étais pas un artiste, mais une personne plus sensible que les autres.

En moins de quinze ans j'avais été renversé deux fois, la première fois par un camion, la deuxième par une voiture. La première fois, j'étais persuadé d'avoir compris ce que j'étais, la deuxième, j'avais clairement découvert ce que je n'étais pas.

Aurais-je pu obtenir le même résultat en moins de temps, avec moins de souffrance ? Je me le demandais tout en rangeant mes quelques affaires dans mon sac, et je ne savais que répondre.

Inexplicablement, j'étais encore en vie, et c'était déjà beaucoup.

Vent

I

Le retour à la maison s'est déroulé d'une manière neutre, je n'étais pas un héros qui rentre au pays, mais un raté qui n'a aucun lieu où on l'accueille.

Sitôt descendu du train, j'ai baissé les yeux et je les ai gardés ainsi jusqu'à la maison. Je craignais par-dessus tout que quelqu'un me reconnaisse, je craignais les questions que l'on aurait pu me poser. Les voisins ne m'ont pas fait de grandes démonstrations et je ne leur en ai pas fait non plus. Ils m'ont donné les clés et l'adresse du lieu où mon père était hospitalisé. « Votre appartement est une écurie, ont-ils dit en me regardant d'un air accusateur, cela sent mauvais jusqu'ici, à l'étage du dessous... » De toute évidence, ils me considéraient comme un être sans cœur.

L'appartement était vraiment dans un état lamentable. Il y flottait l'odeur âcre d'un vieillard qui, depuis longtemps, avait cessé de prendre soin de lui. Ma mère avait été l'ancre et mon père le bateau, dès que la chaîne s'était brisée, il était parti à la dérive. À défaut de quelqu'un contre qui diriger son propre mépris, il avait fini par le retourner contre lui-même.

J'ai lavé, aéré, balayé, nettoyé la saleté accumulée depuis plusieurs jours. Chaque soir, je me promettais d'aller lui rendre visite le lendemain matin, mais chaque matin je trouvais une bonne raison de ne pas le faire. Nettoyer sa crasse ne me rendait pas plus tendre à son égard : au contraire, j'avais horreur de cette déchéance, et cette horreur n'était pas seulement physique.

Dans sa déchéance, j'entrevoyais la mienne. Bien qu'étant beaucoup plus jeune, les derniers temps, après que Orsa m'eut quitté, je m'étais conduit comme lui. « Le sang n'est pas de l'eau », se plaisait à répéter ma mère. Ces jours-là, la rage au cœur, j'ai senti la vérité de ce dicton. Mon attitude et celle de mon père étaient identiques.

J'ai nettoyé les tiroirs en dernier. Parmi de vieilles factures, des paperasses et des bouchons, j'ai trouvé une lettre qui m'était adressée. Elle était encore fermée et venait d'une zone de l'autre côté de la frontière ; par-dessus le timbre, le cachet de la poste était net, la lettre n'était pas là depuis des années mais depuis un mois ou deux. Je l'ai ouverte sans attendre, une seule personne au monde pouvait avoir eu envie de me donner de ses nouvelles.

Cher Walter,
Il pleut depuis presque une semaine, un mur d'eau recouvre le paysage derrière la vitre. Ici, il n'y a aucune distraction, ni télévision, ni livres, rien. Que font les animaux quand ils sont blessés ? Ils cherchent une tanière, un lieu à l'abri des menaces des prédateurs. Dans la tanière, c'est la nature qui décide : ou elle prend soin d'eux, ou elle les fait mourir. Tu te souviens du poème de Leopardi sur le chant nocturne du berger errant à travers l'Asie ? En ce moment, je ne me souviens pas exactement des mots, je sais seulement que, à un moment donné, le berger enviait les brebis pour leur absence de pensée. Les animaux ignorent la notion d'avenir, c'est ce qui les sauve de la folie ; pour eux, la mort est une chose comme une autre, quand elle arrive elle arrive, tout comme la pluie, la grêle, le vent ; c'est un fait absolument naturel, ils ferment les yeux et n'ont aucun remords, ils ont vécu selon le programme que la nature leur a donné. Manger, dormir, s'accoupler,

élever leurs petits, puis engraisser la terre avec leurs corps.

Ici, avec moi, il y a une femme avec laquelle je discute souvent jusque tard dans la nuit. Elle soutient que, dans la nature, il y a la main de Dieu, et moi je lui réponds que, cette main-là, je ne l'ai jamais vue. Il existe des animaux qui naissent programmés pour tuer : je pense aux mâchoires d'un lion, d'un guépard, des mâchoires qui ne peuvent que briser des vertèbres, donneurs de mort qui circulent dans un monde fait à leurs dimensions. Je pourrais encore penser à la main de Dieu si les gazelles, par exemple, avaient des pattes courtes et donc, si elles étaient faciles à rattraper, alors que les gazelles, comme tous les animaux destinés à être dévorés, sont vives et agiles, elles peuvent courir sur une longue distance sans jamais s'essouffler. Leur agilité n'est pas un cadeau mais un piège, où qu'elles courent, le même destin les attend, immuable. Le créateur qui les a faites capables de s'enfuir ne peut être un Dieu bon, car leur course ne sert qu'à leur faire vivre la terreur. Ce serait plutôt un démiurge plein d'ennui qui, pour tuer le temps, a conçu cet éternel spectacle. Le démiurge ou son rival, depuis toujours caché dans les ténèbres. Bref, à la fin, tous les choix se ramènent à celui-ci : être gazelle ou guépard, poursuivre ou être poursuivi, dévorer ou être dévoré.

Toi, quel choix as-tu fait ? Je ne sais pas, je n'arrive pas à l'imaginer ; par instinct naturel, tu me paraissais plutôt porté à la fuite. Il y a les tigres et il y a les chats domestiques, dont on a coupé les griffes. Moi, j'ai usé mes griffes, mais pas sur les divans. Un beau jour, je me suis senti fatigué, voilà tout. J'ai choisi une tanière et je m'y suis arrêté, je reste ici en attendant qu'il arrive quelque chose. Pendant ce temps, le maudit singe travaille, les pensées sont comme une drogue, elles restent là accrochées à ton épaule et elles te tourmentent. À la cruauté du lion et de la gazelle il faut aussi ajouter ceci, les pensées qui tourbillonnent et que l'on ne peut arrêter. C'est un bruit puissant et ininterrompu, comme celui d'une cascade, j'ai beau presser mes mains contre mes oreilles, je l'entends quand même. Désormais, je comprends comment on devient fou, il suffit de rester seul et de ne pas trouver d'interrupteur qui arrête ce vacarme.

Et puis il y a la grande foire aux regrets. Arrivés à un certain âge, nous y sommes tous conviés. Tu es là et tu cherches le point où tout aurait pu évoluer différemment, le lieu du virage. Tu te demandes : il n'y en a pas eu ? Ou alors, il y en avait un et je ne l'ai pas vu, je n'ai pas voulu le voir ? La route, c'est toi qui l'as tracée, et personne d'autre, il suffisait de faire un pas pour en sortir. C'est une ligne invisible qui te retient prisonnier, tu imagines de grands murs alors qu'il n'y a qu'un fil, il suffirait de lever un peu la jambe pour passer de l'autre côté.

C'est ce qui m'est arrivé : le point existait et je ne l'ai pas vu. Je me suis aperçu de son existence plusieurs années après, quand il était trop tard pour revenir en arrière.

Cela s'est passé en Afrique, près de la frontière du Tchad, il y a une dizaine d'années. J'étais garde à un poste frontalier, autour c'était le désert, le vent soulevait du sable, ce n'était pas une tempête mais une légère brise. Mes seuls compagnons étaient l'ennui et mes propres pensées. Tout à coup, non loin de moi passa un fennec, le petit renard du Sahara ; j'empoigne mon fusil et je me dis : « À présent je le tue, un coup précis, c'est bien mieux que la lente agonie qui l'attend, tôt ou tard. » Il ne s'était pas aperçu de ma présence, il continuait à trottiner avec ses grandes oreilles et sa queue en panache. Un instant avant que j'appuie sur la gâchette, il s'est passé une chose étrange : le fennec s'est assis et m'a regardé. Je dis « étrange » parce que, en me voyant, il aurait dû s'enfuir instinctivement. Je l'aurais abattu quand même mais au moins il aurait accompli son devoir, fuite et terreur pour offrir du spectacle. Mais non, il s'est assis et s'est mis à me fixer. Il avait une petite truffe noire, des yeux brillants.

Le viseur était pointé exactement sur son front, un vrai tir à la cible, je la casserais en deux parties égales.

On dit que les animaux ne sont pas capables de soutenir le regard des hommes, mais durant ces quelques secondes, j'ai appris que c'est plutôt le contraire qui est vrai, c'est nous qui n'y arrivons pas. Dans ces pupilles noires, il n'y avait aucune forme de panique, mais une sorte d'étonnement douloureux. Le vent, la chaleur, la solitude y étaient sans doute pour quelque chose : à un moment donné, j'ai perçu sa pensée. « Pas maintenant, disait-il, pas comme ça, je ne suis pas prêt. » C'est bon, ai-je alors songé, et j'ai baissé mon fusil. Il m'a regardé encore un peu, puis il s'est levé et a disparu, en trottinant derrière les dunes d'un pas léger.

Une histoire de fous, non ? Après, j'ai été furieux d'avoir été victime d'un mirage, c'était la première fois que je renonçais à tirer. Humiliation, effacez-moi ça.

La foire aux regrets est arrivée plusieurs années après. C'était le même scénario, mais au lieu du petit renard, j'avais devant moi un être humain. Il manquait le désert, la solitude, le vent. Le coup est parti avec la précision habituelle.

Pourquoi est-ce que je te raconte ces choses-là ? Désormais, rien n'a d'importance. Les yeux du renard m'ont rappelé les regards insoutenables de tes agneaux qui allaient vers la mort, c'est pour cela que je t'ai écrit. J'aurais pu faire un pas, je ne l'ai pas fait ; rester dans ce sentier était peut-être la loi de mon destin.

La femme avec laquelle je discute me parle sans arrêt de la Grâce. Elle me tape sur les nerfs. C'est quoi ? je lui crie toujours, où est-elle ? Moi je ne la vois pas, je ne la sens pas, je l'appelle et elle ne vient pas. Où est la bonté divine, si elle ne choisit de se manifester qu'à ceux qui lui sont sympathiques ?

Si tu reçois cette lettre, viens si tu peux, si tu veux. L'endroit où je me trouve n'est pas mal, l'air est pur et, tout près, il y a un petit lac où l'on peut pêcher. C'est une

tanière, je te l'ai dit, mais elle est assez grande pour deux.
Qui sait, peut-être que toi aussi, durant ces années, tu as
accumulé les blessures ? C'est probable, et même très pro-
bable. Viens. Je t'attends.

Andrea

J'ai lu et relu ces lignes plusieurs fois ; par moments,
l'écriture était si tourmentée que j'avais du mal à la déchiffrer ; à la fin, j'ai replié la lettre et je l'ai remise dans
l'enveloppe. J'avais besoin de respirer, il faisait froid et,
avant de sortir, j'ai enfilé un vieux blouson de mon père.
Il pluviotait et tout était opaque, dans la rue, les gens marchaient droit devant eux sans se regarder.

La lumière de la taverne où mon père allait boire n'avait
pas changé depuis mon enfance. Là-dedans, probablement,
il y avait d'autres pères qui buvaient et d'autres enfants qui
attendaient dehors. Moi aussi peut-être, si j'étais resté là,
si j'avais suivi le même parcours que les autres, j'aurais
fini de la même manière, une femme à la maison et un fils
apeuré qui attend dehors.

Je me suis longuement promené avant de rentrer, j'ai
revisité tous les coins de mon adolescence, avec le calme
d'un âge différent. Dans une partie de moi-même qui
n'était pas si cachée, j'espérais que les choses me parle-
raient avec l'intensité d'alors. Mais il n'en a rien été,
aucune émotion, aucun sursaut, aucune force subversive.
Dans les vitrines de la petite ville, j'entrevoyais le reflet de
mon visage, un visage plutôt massif, le même nez, le même
pas lent que mon père.

Cette nuit-là j'ai fait un cauchemar, j'ai rêvé que je me
réveillais dans mon lit et que mon pyjama était devenu une
camisole de force. Je ne m'en apercevais pas tout de suite,
je n'essayais de me lever que lorsqu'une voix dans la
chambre me disait : « Saute ! » C'était impossible. « Comment faire ? » criais-je, en m'agitant comme un poisson
dans un filet. Je ne voyais pas le visage de celui qui parlait,
mais je sentais sa présence, il se déplaçait à travers la

chambre. « Comment faire ? répétait-il en riant, comment faire ? Tu n'as jamais sauté quand tu étais petit ? Plie les jambes et saute ! — Je ne peux pas ! criais-je, je ne peux pas ! » pendant que mon pyjama m'étranglait. Puis tout à coup, je n'étais plus dans ce pyjama mais au milieu de la chambre, je volais dans les airs tout comme avait volé la voix quelques instants plus tôt ; sur le lit était allongé un homme très âgé, son pyjama était comme celui de mon père, un pyjama à rayures, en flanelle grise. C'était mon lit, et je ne comprenais pas si c'était mon père ou moi, l'âge avait marqué nos traits jusqu'à nous rendre presque identiques. « Il est en train de mourir ? » ai-je demandé, avec la voix mal assurée d'un enfant. Dans l'air, Andrea était maintenant près de moi. À présent je le voyais distinctement, il me tendait la main comme si entre nous il y avait une crevasse, il parlait tout bas. « Viens, m'a-t-il dit, saute, n'aie pas peur, c'est l'affaire d'un instant. C'est comme un vent violent qui te frapperait au visage. »

Le lendemain, je suis allé voir mon père. Il était resté bien peu de chose de l'homme qui m'avait terrorisé : une forme frêle, ratatinée sous les draps. Dans l'hospice, l'odeur d'urine prenait à la gorge.

« Je vous préviens, m'avait dit un garçon de salle en m'accompagnant auprès de lui, il n'a plus toute sa tête. »

Devant moi, il y avait un visage qui n'était presque plus qu'une pièce d'anatomie. La peau, d'un jaune grisâtre, adhérait telle une membrane à la structure osseuse, le nez et les oreilles étaient devenus énormes, les paupières transparentes couvraient à demi les globes oculaires. Il n'y avait aucune paix dans ce repos apparent, les yeux roulaient de gauche à droite et les sourcils se fronçaient, se détendaient, suivant le flux des pensées. À ma connaissance, seuls les nouveau-nés bougent les yeux ainsi, en dormant.

J'étais là, debout, et je le regardais. « Ce n'est pas la peine de rester ici, me disais-je, je prends mon manteau et je m'en vais. » J'aurais dû être ému, peiné, mais le seul sentiment que j'éprouvais était de l'embarras. Je me demandais : « Quand il ouvrira les yeux, je l'appellerai comment ? » Papa ou père me semblaient des mots très mensongers.

Puis, il a ouvert les yeux et je l'ai appelé Renzo. Son regard errait, perdu, sur les murs environnants, comme s'il n'avait jamais vu cet endroit ; plusieurs fois, il s'est posé sur moi, il allait et venait sans jamais s'arrêter. Le lit comportait des barrières métalliques coulissantes, comme les lits des enfants. Lentement, il a allongé une main et a saisi une des barrières, cette main devait lui donner une certaine stabilité car à ce moment-là il m'a fixé. J'ai posé moi aussi la main sur la barrière. Nos mains ne se touchaient pas, elles étaient l'une à côté de l'autre, voilà tout.

En bas, dans la rue, deux voitures ont brutalement freiné ; j'ai rentré ma tête dans mes épaules, attendant le choc, mais il n'a pas eu lieu. Un de ses doigts a effleuré les miens, dans un geste qui ne semblait pas délibéré. Tout de suite après, il a commencé à bouger les lèvres de manière convulsive, des sons sortaient de sa bouche, mais je ne comprenais pas ce qu'il disait.

« Je n'entends pas », ai-je dit.

Il a un peu levé le cou et a demandé :

« Je peux jouer maintenant ? »

Sa voix aussi avait changé. C'était la voix d'un tout petit enfant, de trois ou quatre ans au maximum. Au lieu de tonner, il suppliait.

« Jouer ? ai-je répété. À quoi veux-tu jouer ? »

Mais déjà, il ne m'écoutait plus. Il parlait d'un chien, du train, il devait donner à manger aux poules. Avant de s'endormir à nouveau, il a chantonné les paroles d'une ronde, deux ou trois fois.

Quand je suis parti c'était le crépuscule, les malades autonomes étaient en train de manger dans la salle.

J'ai attendu le bus un long moment, il faisait froid et il n'arrivait jamais ; dans l'obscurité, je voyais se découper devant moi la pâleur diaphane de mon père. Je cherchais un mot pour décrire le sentiment que j'éprouvais, mais je n'arrivais pas à le trouver. La rage et la fureur s'étaient émoussées. Dans ma mémoire, je cherchais un souvenir, un beau souvenir, un seul, susceptible de combler le vide avec quelque chose qui aurait ressemblé à de l'amour ou à de la compassion. Malgré mes efforts, rien ne me venait à l'esprit. Pas un geste, pas une phrase, pas un souvenir. Rien que ses chaussures énormes, qui m'avaient servi de pirogues.

Il m'avait méprisé, il m'avait souhaité différent. Avec les années, j'avais compris que, même si j'avais été différent, il m'aurait méprisé quand même. De toute façon j'étais une erreur, le fait que je sois venu au monde était une erreur. Maintenant, par contre, c'était lui qui était là et il était sans défense. Au lieu de tonner, d'insulter, de donner des coups de pied partout, il était ratatiné dans un lit et, d'une voix apeurée, il demandait — il me demandait, à moi — « Je peux jouer ? »

La disparition de la conscience avait emporté tout le reste à sa suite. Le seul jeu qui s'offrait à lui était la mort.

Pour naître, comme tout le monde, il était sorti de l'obscurité, il avait accompli un long parcours, puis il était revenu au point de départ. Il mangeait des produits homogénéisés, au lieu de couches pour bébé il utilisait de grosses couches. D'ici peu, son cœur cesserait de battre, son cerveau deviendrait une éponge inerte. L'obscurité était derrière la porte, il suffisait de la franchir pour être englouti dans le néant.

Alors seulement, je me suis rendu compte d'un fait extraordinaire : la vie n'est pas un parcours rectiligne, mais un cercle. On peut s'agiter tant qu'on veut, à la fin, on revient exactement au point de départ. Un soupirail s'est ouvert pour nous laisser sortir, un autre s'ouvre pour nous aspirer vers le haut.

S'il en était vraiment ainsi, quelle était l'importance de ce qui se trouvait au milieu ? Qu'avait été la vie de mon père ? Il était né dans une famille modeste, il avait étudié pour apprendre un métier qui lui plaisait, il avait eu des idéaux et, pour ces idéaux, il avait même combattu et pris des risques. Il avait épousé une femme qui l'avait aimé depuis le premier jour et qui lui était restée fidèle toute sa vie, puis il y avait eu l'accident sur le chantier, cet accident qui l'avait rendu invalide, il aurait pu mourir alors qu'il avait seulement perdu une jambe, la prothèse était parfaite, il marchait presque comme un homme normal. Après l'accident, il avait eu un fils en bonne santé, moyennement intelligent, et qui, probablement, n'était pas pire que beaucoup d'autres. Son fils avait grandi, était parti, sa femme était morte, lui, il avait vieilli soudainement et bientôt, il mourrait. Voilà tout.

Si l'on énumère ainsi les événements de sa vie, celle-ci paraît absolument normale, et même meilleure que beaucoup d'autres parce que, tout au moins pendant une courte période, il avait cru en quelque chose. Ses camarades de taverne le considéraient un grand homme, presque un héros. Ma mère et moi étions les seuls à savoir que tout cela était faux. Pendant toute sa vie, son mari et mon père n'avait été que l'artisan d'un minuscule enfer.

Où était la note discordante, le point où tout devient faux ?

Ma mère disait que, jusqu'au jour de leur mariage, il avait été un homme merveilleux et qu'il n'avait changé qu'après, sans aucune raison apparente ; il se réveillait en grinçant des dents et cassait tout ce qui lui tombait sous la main, bien avant son accident. En fait, c'était facile à comprendre : il avait voulu lui taper dans l'œil. Pour les volatiles aussi, il se produit la même chose : durant la période où ils courtisent la femelle, ils exhibent de grands ramages multicolores, puis, une fois que l'accouplement a eu lieu et que la semence s'est dispersée à travers le monde, tout redevient normal.

Les hommes se comportent exactement de la même façon ; si dès le début ils se montraient réellement tels qu'ils sont, il est très probable que l'on ne célébrerait plus de mariages depuis longtemps. Mais cela n'explique pas tout. La question se trouve en amont, et c'est la suivante : pourquoi tant de mépris pour la vie ?

Mon père, et avec lui des millions d'autres personnes, aurait pu avoir une vie heureuse et normale, il y avait tous les ingrédients pour cela. Au lieu de quoi, autour de lui, il n'avait créé qu'un marécage de sables mouvants. Il avait vieilli dans ce même marécage et j'y avais fait mes premiers pas. À sa mort, il s'évaporerait, et de tout son univers de puanteur et d'insultes, il ne resterait absolument rien.

Pendant que le bus, lentement et bruyamment, gravissait la montée vers le haut plateau, j'ai pensé que le grand malentendu résidait peut-être dans une erreur de verbes. Dès la naissance, on nous apprend que la vie est faite pour construire, alors que ce n'est pas vrai. Ce n'est pas vrai, parce que ce que l'on construit s'écroule tôt ou tard, aucun matériau n'est assez robuste pour durer éternellement. La vie n'est pas faite pour construire, mais pour semer. Dans la grande ronde, du soupirail du début à celui de la fin, on passe et on sème des graines. Peut-être ne les verrons-nous jamais naître, parce que lorsqu'elles germeront, nous n'y serons plus. Cela n'a aucune importance. L'important, c'est de laisser derrière soi quelque chose qui puisse germer et croître.

On construit des maisons, des familles, des carrières, on édifie des systèmes d'idées, on accumule un héritage pour ses enfants. Tout ce bruit de marteaux et de pelleteuses, tout ce froissement de billets est rassurant, il efface la sensation du vide. Être constamment occupé à faire quelque chose nous débarrasse des pensées les plus dangereuses. Les choses grandissent et on les regarde grandir avec satisfaction, tout ce qui finit et s'écroule doit rester bien loin de notre vue. Ainsi, mon père avait construit une maison et une famille, mais à part l'argent de ces quatre tristes murs et le spermatozoïde qui avait contribué à me mettre au monde, il n'avait rien semé d'autre. Après sa mort, il ne laisserait derrière lui que ces quatre-vingts mètres carrés achetés grâce à un prêt, et un enfant orphelin depuis sa naissance.

Durant la semaine passée à son chevet, je lui ai donné plusieurs fois le biberon, je l'ai pris dans mes bras et l'ai tourné tantôt d'un côté, tantôt de l'autre, pour que ses escarres ne s'aggravent pas. Plongé dans le sommeil, il avait l'air innocent, il l'était. Le Renzo ivrogne avait disparu, sous mes yeux, dans mes bras, il n'y avait qu'un être sans défense qui appelait au secours.

Quelque chose en moi s'est fêlé. « Fêlé » n'est peut-être pas le mot juste, ce qui se fêle est près de se casser. Plutôt que « fêlé », je dirais « recomposé ». Je me suis surpris à penser que ces heures, ces jours, au fond, étaient un cadeau qui m'était fait. Cette réconciliation avec le misérable auquel je devais la vie était un cadeau. Je le soignais, le nourrissais, je lui faisais tout ce qu'il n'avait jamais fait avec moi. La haine avait disparu, tout comme la rage. Dans mes gestes et dans mes pensées, il n'y avait que de la pitié, de la pitié pour cet homme, pour la folie et l'inutilité de sa brève existence. Désormais, son cerveau n'était qu'une feuille criblée de trous, l'une après l'autre, toutes les zones de sa conscience avaient disparu, dévorées par la démence sénile. C'était une feuille, et c'était aussi un océan. Un océan au milieu duquel, un jour, il y avait eu un continent. Le continent avait été englouti. Il ne restait que deux ou trois îlots, les parties les plus anciennes de la mémoire. C'était celles auxquelles il restait attaché, les courses faites à l'âge de trois ans, les découvertes de ses quatre ans, ce monde survivait dans son corps de vieillard. J'étais convaincu qu'il s'éteindrait ainsi, en appelant sa mère à voix haute, en se disputant avec son frère. Mais il en a été autrement.

Le vendredi soir, pendant que je feuilletais une revue à côté de lui, quelqu'un a prononcé mon prénom. J'ai levé la tête : dans la chambre, il n'y avait personne d'autre ; alors, j'ai regardé le lit, il était là, les yeux ouverts et luisants. J'ai vu ses lèvres remuer et dire : « Walter... »

Je me suis levé d'un bond.

« Oui... ? » ai-je répondu d'une voix mal assurée, en me penchant sur le lit. Mon dos était couvert d'une sueur froide. Ses mains, longues et blanches, s'agitaient.

« Walter, a-t-il répété.

— Oui, je suis là. »

Dans la salle commune, la télévision était allumée à plein volume, on transmettait un documentaire sur la Russie : « ... Les nostalgiques du communisme se recrutent pour la plupart dans les forces armées... », commentait le speaker.

Mon père m'a saisi la main, l'a serrée et l'a approchée de sa poitrine ; pour l'aider, j'ai dû me pencher très bas. À présent, ma main était serrée entre les siennes, il avait les paumes glacées, il la tenait là comme s'il se fût agi d'une chose précieuse.

« Tu veux boire ? ai-je demandé. Tu as chaud ? Tu as froid ? »

Il était urgent pour moi de remplir ce silence d'une manière ou d'une autre. Il me regardait, avec une fixité étrange.

« Tu te sens mal ? » lui ai-je demandé sur un ton plus brusque.

D'un geste très lent, il a porté ma main à la hauteur de son visage : de grosses larmes coulaient de ses yeux et glissaient tout droit sur l'oreiller. Il a posé ma main sur sa joue, puis il a remué les lèvres, mais je n'entendais qu'un bredouillement. Ce n'est qu'à la troisième tentative que j'ai pu déchiffrer ses mots ; en balbutiant, en bavant, il a dit :

« Pardon, Walter. Je te demande pardon. »

J'ai failli répondre : « Allons donc, pardon de quoi ? » mais j'ai dit « papa » et j'ai éclaté en sanglots.

Je pleurais, ma tête à côté de la sienne, il avait le visage levé vers le haut et le mien était enfoncé dans l'oreiller. Nos larmes avaient des températures différentes, sur la taie, elles formaient une seule tache. Je respirais de manière saccadée, lui plus légèrement.

209

Le lendemain il est mort.

Il est passé de l'assoupissement à l'inconscience presque sans s'en apercevoir, un instant seulement il a ouvert les yeux, ils étaient éclairés par une lumière que je n'avais jamais vue. Je ne sais pas s'il se rendait compte de ma présence ; quoi qu'il en soit, avant de fermer les yeux pour toujours, il a souri avec douceur.

Alors, j'ai commencé à me conduire comme un enfant. Je répétais « papa », je n'essayais en aucune manière de retenir mes larmes.

À un certain moment, la fille d'une malade hospitalisée s'est approchée de moi.

« Vous l'aimiez beaucoup, n'est-ce pas ? a-t-elle demandé, tâchant de me consoler.

— Non ! ai-je crié. Je le détestais. Je l'ai toujours détesté. C'est pour ça que je pleure. »

Pendant la nuit, le vent s'est levé et a emporté la pluie. Vers trois heures, le volet s'est mis à claquer, par la fenêtre entrait un courant d'air qui gonflait le rideau. Je n'arrivais pas à dormir, je m'assoupissais et me réveillais sans arrêt.

Un peu avant l'aube, je me suis levé et je suis allé dans la cuisine pour boire un verre d'eau. La porte de la chambre de mes parents était entrebâillée, les volets, grands ouverts, laissaient entrer la lumière orange des réverbères, le vent les agitait et la lumière oscillait dans la pièce, une lumière chaude, intense et ondoyante, comme les flammes d'un incendie. Tout claquait, grinçait, les quatre-vingts mètres carrés semblaient une chaloupe à la dérive, les vagues la soulevaient et la précipitaient vers le bas. Il n'y avait personne à la barre, le seul passager à bord, c'était moi, le naufragé.

Le couvre-lit était parfaitement tiré ; sur la table de chevet de ma mère, dans un cadre luisant, il y avait la photo de leur mariage, deux jeunes gens aux yeux pleins d'étoiles souriaient au photographe. Sur la table de chevet de mon père se trouvait une photo de lui, prise pendant la guerre sur les montagnes.

J'ai regardé autour de moi, aucun des deux n'avait une photo de moi.

La fureur m'a saisi à l'improviste, je ne me suis pas aperçu de son arrivée et je n'ai pu lui opposer aucune résistance. J'ai ouvert les armoires et les tiroirs et j'ai jeté sur le lit tout ce qui s'y trouvait. Les vêtements de ma mère étaient encore tels qu'elle les avait laissés, pliés dans des sachets en plastique à fermeture Éclair, avec de l'antimite à l'intérieur. Ceux de mon père étaient simplement roulés en boule, des vêtements sales entremêlés qui dégageaient une odeur de vieux, nauséabonde.

Après les vêtements, j'ai jeté les chaussures, les pyjamas, les bas, le linge de corps, deux boîtes pleines de cartes de Noël et de factures payées, le sac à ouvrage de ma mère avec tous ses fils bariolés et une broderie à peine commencée. Je jetais encore et encore, comme si je préparais un bûcher.

Quand il n'y eut plus rien à jeter, au lieu d'une allumette j'y ai jeté mon propre corps, je me suis abattu sur le lit.

Toutes ces choses dégageaient une odeur d'armoire longtemps fermée mêlée à celle des cigarettes de mon père, et je me retournais là-dedans comme si une tarentule m'avait mordu, je reniflais tantôt un objet, tantôt un autre. J'en éloignais certains à coups de pied sans savoir pourquoi, ni ce que je cherchais. Je ne me suis arrêté que lorsque, de la toile brodée de ma mère, une légère odeur de violette s'est dégagée. La Violette de Parme était le seul parfum qu'elle mettait. Quand elle était jeune, elle disait qu'il sentait la vieille dame, mais cela lui était égal, aucun autre parfum ne lui plaisait autant. J'ai déplié la broderie et j'ai vu qu'elle représentait un ange ; on ne voyait que la partie supérieure de son corps, il était accoudé à un nuage et regardait en bas. Plus que grave ou menaçant, son visage était ironique, il souriait sans méchanceté de ce qui se passait à ses pieds, dans le monde confus des hommes. Ce devait être le dernier ouvrage de ma mère : l'ange n'avait qu'un morceau de tête et un bout d'ailes. Elle était en train de mourir et brodait un ange. Moi, pendant ce temps, j'étais à Rome et, quand je pensais à elle, je n'éprouvais qu'irritation. J'ai pris la broderie et je l'ai lancée le plus loin possible ; j'en ai fait autant avec tout le reste. J'agitais les bras comme les enfants quand ils se roulent par terre pour faire des caprices, je balayais ce qui était à portée de main, avec la furie d'un ouragan. À la fin, j'ai essayé de déchirer le couvre-lit, il était très résistant et je me suis mis à le mordre, j'entendais gémir mes mâchoires dans l'effort que je faisais.

Puis, telle une trombe d'air qui arrive à toute vitesse, aspire, détruit et repart, la fureur s'en est allée, elle m'a laissé vide et inerte parmi les draps de mes parents, comme un cadavre abandonné par les vagues, sur la grève.

Dans ce lit, j'avais très probablement été conçu, un jour lointain. Dans ce lit, à cet instant, j'aurais aimé mourir. Mais la mort ne vient jamais quand nous en avons envie, et je savais désormais qu'il m'était impossible de mourir seul.

Pendant trente ans, j'avais avancé dans une seule direction : en m'éloignant de mes parents. Je m'étais comporté comme le chien de Pavlov avec sa clochette : le réflexe conditionné me poussait à faire toujours le contraire de ce qu'ils voulaient. Dans cette fuite, je n'avais rien construit. Ni construit ni semé, je serrais les poings, et ils étaient vides. Je n'avais plus aucune raison de les serrer, puisque la cause de mon opposition avait disparu. Mon père et ma mère étaient morts, selon le cours naturel des choses. Le mouvement « contre » n'avait plus aucun sens. Autour de moi, il y avait soudain un grand vide. Il aurait fallu que naisse un mouvement « vers », mais vers quoi ? Même pour y penser, j'étais trop fatigué. Fatigué, de la fatigue vide de celui qui n'a rien fait, de celui qui a marché très longtemps sans avancer.

À sept heures, les réverbères se sont éteints et dans la

chambre a filtré la lumière froide d'une aube hivernale. J'ai mis le café à chauffer et me suis lavé le visage, mes yeux étaient gonflés comme ceux d'un crapaud.

Quand je suis sorti dans la rue, je n'entendais que le bruit du vent qui faisait tinter les objets. Ma fureur récente s'était transformée en énergie, en mouvement. Il y avait plus de dix ans que je n'allais pas dans les bois ; j'ai laissé la ville derrière moi et je me suis dirigé vers les collines, vers les pins noirs, vers la terre rouge et les petits chênes.

L'air était froid, il entrait dans les poumons comme une lame. Si l'on connaît le vent, on sait qu'il n'y a aucun moyen de se défendre contre sa rigueur, il faut l'oublier, c'est tout. À chaque pas, je regardais autour de moi et je me disais : « Comment ai-je pu supporter si longtemps d'être loin de tout cela ? »

Pendant des années et des années, j'avais vécu comme un clone en plastique, j'avais oublié l'odeur de la terre et des saisons, le bruit des pas sur le sol gelé. J'avais oublié l'instant très bref où se manifeste la joie, être chose parmi les choses créées, respiration parmi ce qui respire autour de nous.

Vers le sommet de la colline, les sumacs étaient déjà complètement rouges, à chaque rafale de vent, les feuilles sèches crépitaient avec des sons différents, comme un étrange instrument de musique, les baies d'églantier affichaient un beau vermillon ; avec leur couleur voyante, elles invitaient les oiseaux à faire d'elles leur nourriture. À cet instant, aucun oiseau ne volait dans le ciel, le vent était trop violent pour que des ailes fragiles puissent lutter contre lui. Moi-même, par moments, j'avais du mal à avancer. Au lieu de m'affaiblir, cette lutte me rendait euphorique ; j'espérais que cette fureur, en vertu d'une loi étrange, emporterait l'ombre qu'avaient laissée en moi ces années confuses.

J'avais renoncé à la vérité pour vivre dans l'illusion. Dans chaque chose qui s'était présentée à moi, je m'étais contenté de l'enveloppe. J'avais agi comme l'immense majorité des gens, au lieu de la persuasion j'avais choisi la rhétorique. À présent, je savais que cela s'était produit au moment même où j'avais rêvé de gloire, au moment où j'avais voulu que ma différence devienne un signe extérieur, au moment où j'avais cru que « différent » et « supérieur » étaient la même chose.

En regardant en arrière, j'étais stupéfait de la facilité et de la rapidité de cette transformation, il avait suffi de quelques pensées intenses et d'être un peu adulé. Je n'étais pas plongé dans la vérité, elle n'était pas le vêtement indispensable de mon être, mais seulement la poignée d'un bus ; dès que la position est devenue inconfortable, je l'ai lâchée et je me suis accroché à quelque chose d'autre.

Je marchais toujours, et tout en marchant, j'essayais de rassembler les morceaux. Je devais reconstituer plus de dix années, ce que je reconstituais n'était pas un parcours, mais un processus de lente dégradation. Au lieu de construire ou de semer, j'avais dissipé, de la lucidité tendue de la poésie, je m'étais retrouvé dans le lit d'une femme riche et blasée, je m'étais laissé utiliser par elle et par tous les autres. Je me croyais important et je n'étais qu'un bouffon. Avec ma naïveté, avec mon désir de revanche, j'avais été un fantoche idéal entre leurs mains. J'avais voulu les amuser, et j'avais frôlé la mort.

Mon cercle allait se briser bien avant le retour au point de départ, et j'aurais tout laissé dans le plus grand désordre, comme dans une chambre d'hôtel. Par un heureux hasard, j'avais fait marche arrière.

Il devait y avoir une raison dans ces pieds encore posés sur le sol, dans ce cœur qui battait, dans ces yeux qui pouvaient saisir toutes les nuances de la lumière. Peut-être y avait-il de nouveau une poignée devant moi ; je devais regarder autour de moi, la trouver, allonger la main pour l'atteindre.

Entre-temps, j'étais arrivé au sommet de la colline ; sur trois cent soixante degrés, autour de moi, il n'y avait pas un nuage, la partie haute du Nanos était déjà recouverte de neige.

Au-dessus de moi volaient deux éperviers, ils semblaient jouer à se laisser entraîner par le vent.

Moi aussi, je voulais me sentir plus léger. J'ai ramassé des feuilles sèches et, derrière chacune, j'ai écrit au stylo-feutre le nom d'une personne que je connaissais, j'ai écrit « Neno », « Federico », « Orio », « Massimo », « Orsa », puis j'ai profité d'une rafale plus violente et je les ai lâchées une à une dans le vent : elles ont disparu en direction de la mer, en voltigeant.

Sur la dernière feuille, j'ai écrit « Andrea », et je l'ai mise dans la poche intérieure de mon blouson, tout près de mon cœur.

II

Plus rien ne me retenait au pays. J'avais enterré mon père et accompli les formalités nécessaires. Je pouvais enfin répondre à l'invitation d'Andrea.

Pendant que le train s'éloignait de la gare, j'ai pensé que c'était la deuxième fois que je quittais ma ville natale : la première fois, je m'étais enfui, la deuxième fois, je partais à la recherche d'un ami.

Après Postumia, la neige fondue s'est transformée en vraie neige, les pins noirs ont cédé la place aux sapins. Ce que je voyais par la fenêtre ne ressemblait plus au Carso, mais à une sorte de plaine somnolente, au creux des montagnes. À Lubjana, je suis descendu du train et j'ai pris l'autocar, il était plus lent et ses suspensions étaient en mauvais état. Je suis arrivé l'estomac retourné dans le village indiqué par Andrea.

Il faisait déjà noir ; ici, la neige n'était pas encore tombée. Il n'y avait qu'une seule auberge ; j'ai montré l'adresse à une femme, elle m'a dit que j'avais encore deux heures de marche. J'étais fatigué, j'ai dîné là et j'ai dormi dans une chambre à l'étage supérieur.

Plus forte que la fatigue, il y avait la tension que j'avais accumulée. Je voulais dormir, mais mes paupières refusaient obstinément de se fermer. Je regardais dans le noir et je n'arrêtais pas de penser. De toutes mes pensées, la plus obsédante était celle de l'inutilité de ma recherche. Une voix insistante me répétait sans arrêt qu'Andrea aussi n'était qu'un rêve, un fantôme que j'avais construit pour les exigences de ma propre survie. Andrea m'était utile, il m'avait servi à justifier une foule de choses que je n'avais jamais été en mesure de porter seul. Dans notre rencontre, disait la voix, il n'y avait jamais eu de véritable amitié, Andrea était l'érable et moi le gui qui s'y était attaché, nous avions deux feuillages autonomes et chacun respirait pour son propre compte, mais ses racines s'enfonçaient dans la terre alors que les miennes pénétraient à peine dans ses branches ; j'étais là, superficiellement attaché, j'aspirais l'eau et les minéraux. Tout en mesurant moins d'un mètre, je jouissais du panorama vu de haut.

Notre longue séparation n'avait pas interrompu ce type de relation, au moment où je m'étais retrouvé étranger à ma propre vie, il était venu à mon secours. Je faisais mine d'accourir pour le sauver, uniquement parce que je voulais me sauver moi-même du vide soudain qui s'était ouvert devant moi.

J'avais beau chercher à appliquer toutes les méthodes pour m'endormir, depuis compter les moutons jusqu'à respirer profondément, je n'arrivais même pas à tomber dans un demi-sommeil. Quelque part, dans la chambre, un ver grignotait le bois. La voix continuait à parler, encore et encore, même si je me bouchais les oreilles. Elle parlait et elle pouvait le faire, car elle avait peut-être raison. C'était quoi, cette drôle d'amitié, si pendant dix ans, on n'échangeait pas une seule lettre ? Une amitié dans laquelle il n'y avait jamais le désir de savoir ce que faisait l'autre, de communiquer une joie, une découverte, une émotion ? Elle disait tout cela, et je me sentais totalement en faute. Au fond, me disais-je, s'il en est arrivé a ce point, c'est aussi à cause de moi, durant toutes ces années je ne lui ai jamais donné signe de vie. Lui, par contre, même s'il l'a fait avec du retard, il a pris du papier et un stylo et il m'a écrit une lettre.

La nuit est terrible car elle amplifie tout, un ver devient un marteau-piqueur, il détruit les pensées, les grossit et les répète jusqu'à vous rendre fou. J'essayais d'opposer mes faibles forces, j'essayais, avec la force de la raison, de faire taire les angoisses que ce voyage suscitait en moi.

Au moment où nous nous étions rencontrés, Andrea et moi, nous n'étions pas deux êtres humains mais deux vases communicants, qui contenaient un liquide incandescent. C'était du magma, et les parois de verre étaient fragiles. Notre amitié avait été un échange d'humeurs furieuses. Une fois que l'osmose avait eu lieu, nous nous étions éloignés l'un de l'autre. En nous deux, la pression était maximale : une atmosphère de plus et nous aurions éclaté. Nous aurions explosé, avant de déverser notre énergie dans le monde.

C'est peut-être pour cela que nous avions dû mettre tant de distance entre nous. Une fois éloignés l'un de l'autre, nous nous sommes transformés en équilibristes, nous marchions sur un fil d'acier tendu au-dessus du vide. Nous l'avions tendu nous-mêmes, nous avions nous-mêmes voulu cette promenade au-dessus de l'abîme. Et donc, nous ne pouvions distraire notre attention. Le jour où nous nous étions quittés, nous étions montés sur le fil. Comme dans les duels, notre départ s'était passé dos à dos. « Lorsqu'il le veut, le destin provoque les rencontres » : tel avait été l'adieu d'Andrea, sa mystérieuse promesse d'un au revoir.

Longtemps après, j'étais tombé du fil. Cela s'était peut-être passé dès le début, mais je ne m'en étais pas rendu compte ; si je ne m'étais pas fracassé dans la chute, c'était seulement parce que quelque chose, en bas, avait amorti le choc. J'étais tombé, et je n'avais pas eu le courage de le lui dire. La grande différence entre nous était justement celle-là : lui, dès qu'il avait senti le fil se dérober sous ses pieds, il avait pris stylo et papier et m'avait écrit.

Quand je me suis endormi, c'était presque l'aube. Un peu avant sept heures, un coq, dans la cour, m'a réveillé.

La chambre était glacée, je me suis habillé sans même

me débarbouiller. J'ai réglé ma note et j'ai demandé à la patronne de l'auberge le chemin pour me rendre à l'endroit où se trouvait Andrea.

J'ai traversé le hameau, toutes les fenêtres étaient déjà éclairées. De là, à flanc de montagne, la route blanche grimpait.

Derrière les prés du fond de la vallée, le chemin pénétrait dans un bois de sapins blancs et rouges. Dans le bois régnait le silence hivernal : on entendait seulement, venant de la cime des arbres, le faible pépiement d'un bec-croisé occupé à ouvrir les pignes. Tout en montant, je m'interrogeais toujours, je repensais à la lettre d'Andrea. Il y avait de nombreuses questions auxquelles je ne savais pas, ou ne voulais pas répondre.

Pourquoi, un jour lointain, s'était-il retrouvé en plein désert, un fusil à la main ? Pendant que j'écrivais fébrilement *La Vie en flammes*, il était là-bas et devait choisir entre tirer et ne pas tirer. Face au regard du fennec, il avait baissé son fusil, et sur ce geste apparemment anodin, sur ce geste de tir à la cible, ses remords s'étaient cristallisés. Qu'avait été sa vie ? Qu'avait-il fait toutes ces années, de quoi avait-il vécu ?

J'avais peur de me retrouver en face de quelqu'un de complètement différent de l'Andrea que j'avais connu. Cela m'était déjà arrivé quelque temps avant, pendant que je remplissais les formalités à la mairie, après le décès de mon père.

Un employé chauve et un peu grassouillet avait frappé la vitre de sa main. Je croyais qu'il m'appelait à cause d'une erreur bureaucratique, et je m'étais donc approché. « Eh, Walter, quelle surprise ! » avait-il crié dans le micro qui le reliait au monde. Moi, j'avais souri, je ne comprenais pas qui était ce monsieur d'âge mûr qui m'appelait par mon prénom. « Paciotti ! Tu ne te souviens pas ? Cours préparatoire deuxième année. » Soudain, des brumes d'un passé très éloigné avait émergé le visage d'un enfant malingre qui était au troisième rang et qui se passionnait pour les maquettes d'avions de guerre. Paciotti était cet enfant, et il était aussi ce monsieur au crâne poli, qui s'agitait derrière la vitre. « Paciotti, me suis-je écrié, ça alors ! » et j'ai posé ma paume ouverte contre la vitre, juste en face de sa main. « Qu'est-ce que tu fais ? On prend un café ? m'avait-il demandé. — Non, aujourd'hui je suis pressé, une autre fois, peut-être... »

J'avais répondu ainsi à Paciotti, mais je ne pourrais pas faire de même avec Andrea, rencontrer quelqu'un dans un bureau ou dans la rue est une chose, aller rendre visite à quelqu'un en est une autre. Si Andrea n'était plus Andrea, si, pour une raison quelconque, il m'irritait ou me décevait, comment pourrais-je cacher ma colère, mon ennui, ma déception ? Comment pourrais-je lui dire : « Pas aujourd'hui, je suis pressé, une autre fois peut-être ? »

Je ne comprenais pas comment il avait pu se retrouver à cet endroit. C'était la terre de ses ennemis jurés, la terre des « rouges » qui avaient détruit son père. Certes, les « rouges » n'étaient plus là, ils avaient disparu de ce lieu et de presque tout le reste du monde, mais je trouvais quand même que c'était un choix bizarre. Sur cette terre, le sang avait été versé. Le sang qui imprègne le sol s'évapore beaucoup plus lentement que la pluie.

Tout en montant, je me disais que lui aussi, peut-être, avait décidé d'imiter le destin des feuilles, il n'avait plus d'énergie, au lieu de s'opposer et de donner des ordres, il s'était laissé docilement porter par le vent. Ou alors lui aussi, malgré tous les antidotes, était tombé entre les griffes d'une femme, il lui était peut-être arrivé la même chose qu'à moi avec Orsa. J'avais été étourdi, anéanti, prêt à la suivre au bout du monde. Dans sa lettre, en effet, il avait écrit qu'il y avait une femme à ses côtés, pour toute compagnie.

Ces pensées ont progressivement ralenti ma course. À chaque pas, l'idée de faire marche arrière devenait de plus en plus impérieuse. J'étais parti sous le coup d'un choc émotionnel dû à la mort de mon père. À présent que je me sentais moins fragile, je comprenais que j'avais commis une erreur, j'étais tenté de faire demi-tour et de regagner la vallée.

Après presque deux heures de marche, j'ai entrevu une clairière, l'air sentait le bois brûlé. La maison ne devait pas être très loin.

J'ai eu l'impression qu'une main étreignait mon cœur et mes poumons, je respirais difficilement. Au bout du chemin s'élevait une construction, j'avançais à pas lents. Peut-être m'avait-il déjà vu. Désormais, je savais que tout ce que je découvrirais concernant Andrea serait aussi une découverte me concernant.

La construction était en bois et en pierre, et quand on la regardait de dehors, elle n'avait vraiment rien d'un refuge. Ce n'était pas un refuge, mais un couvent. Le seul signe de vie était un filet de fumée qui sortait de la cheminée. Devant la porte, toutes mes peurs ont disparu. J'étais content, voilà tout, content de la surprise que je ferais à Andrea. Il y avait une sorte de clochette vieillotte, je l'ai tirée deux ou trois fois. Quelques minutes se sont écoulées avant que le portail s'entrouvre.

J'étais prêt à crier : « Andrea ! » mais devant moi est apparue une religieuse, âgée et un peu voûtée. La stupeur a séché les mots dans ma gorge. Elle était là, la main sur la porte, elle me regardait et ne disait rien. À la fin, j'ai réussi à balbutier : « Bonjour, je suis un ami d'Andrea. Je suis venu lui rendre visite. »

Alors, la religieuse m'a ouvert le portail. Pendant que nous traversions une sorte de cour, elle m'a demandé d'où je venais.

« De Trieste, lui ai-je répondu, nous sommes des amis d'enfance. »

J'avais l'impression qu'elle était sourde ou qu'elle ne comprenait pas bien ce que je disais. Je me suis donc approché de ses oreilles et j'ai crié :

« Andrea ! Andrea ! Il est ici ? »

Elle a acquiescé d'un signe de tête.

« Oui, oui, venez, suivez-moi. »

Elle m'a précédé dans un salon tout en longueur. Au fond se trouvait une petite porte en bois, qui grinçait sur ses gonds. Au-delà de la porte s'étendait un pré exigu, ceint d'un mur blanc. La religieuse s'est immobilisée sur le seuil et a fait un signe de la main.

« Andrea est là », a-t-elle dit.

Au milieu du pré, il y avait une croix de bois.

Je n'ai pas crié, je n'ai pas pleuré. Parmi toutes les hypothèses possibles, la seule qui ne m'avait jamais effleuré l'esprit était celle-ci. La croix ne portait aucun nom, aucune date. La terre, pourtant, semblait avoir été fraîchement retournée.

Il existe une variété de guêpes qui paralysent leur proie grâce à leur aiguillon ; ce venin ne tue pas, il inhibe simplement les mouvements. Plusieurs jours après, quand l'insecte a faim, il retourne au même endroit et dévore sa proie. De cette manière, la nourriture ne pourrit pas, elle reste fraîche et savoureuse. C'était Andrea lui-même qui m'avait raconté cela. Il aimait tout ce qui exaltait la caractère impitoyable de la vie. Il avait lu cette histoire dans la biographie de Darwin. Après avoir découvert les habitudes de ces insectes, le même Darwin soutenait avoir définitivement perdu la foi en un Dieu bon et tout-puissant.

J'étais là, debout devant ce tumulus, et j'étais la larve captive. L'horreur, la surprise, le vide imprévu avaient paralysé les tissus de mon corps, j'étais une enveloppe légère, avec quelque chose de lourd à l'intérieur. Andrea s'en était allé, et ceci était le dernier aiguillon avec lequel il m'avait atteint. Il prenait plaisir à étonner, à tout bouleverser. Une fois de plus, il avait réussi à le faire. Tout ce que j'avais imaginé — les longues soirées passées dans l'obscurité, à nous raconter notre vie — ne serait plus. Andrea ne me tiendrait pas lieu de miroir. Devant moi, il n'y avait que de la terre. Cette terre était opaque, elle ne réfléchissait rien.

Je me sentais à la fois trahi et coupable.

Il m'avait écrit en un moment de découragement et je ne lui avais pas répondu. Ce silence, cette absence, il avait dû les prendre pour du désintérêt ; il avait dû penser, comme je l'avais fait moi-même, que notre amitié n'avait existé que dans sa tête. Il n'avait pas supporté cette solitude absolue et avait préféré s'en aller. Oui, car parmi toutes les hypothèses et tous les sentiments qui m'agitaient, je n'avais jamais été effleuré par l'idée que sa mort pouvait être due à une cause naturelle.

J'en ai eu la confirmation peu après, quand la religieuse a reparu.

« C'est un choix qu'il a fait, a-t-elle dit doucement.

— Je sais », ai-je répondu, pendant qu'un voile descendait sur mes yeux.

Plus tard, il s'est mis à pleuvoir, de grosses gouttes rageuses qui résonnaient sur les tuiles et les pierres avec un bruit métallique. La religieuse était peu loquace ; elle m'a conduit dans une pièce où se trouvait un poêle.

« Autrefois, nous étions cinq, a-t-elle dit tout en ajoutant du bois dans le poêle. À présent, je suis seule et bientôt, il n'y aura plus personne. »

J'en voulais à cette femme. Pendant des mois, elle avait eu Andrea à ses côtés et elle n'avait pas réussi à le sauver. Ni la fatigue, ni le respect dû à l'âge ne pouvaient m'empêcher de lui manifester ma colère.

« Pourquoi n'avez-vous rien fait ? ai-je crié dans son dos. Vous, vous devriez savoir faire ces choses-là, non ? »

Elle s'est retournée. « Nous, qui ?

— Vous ! Les prêtres, les bonnes sœurs, l'Église, bref, ceux qui ont la foi... Ce n'est pas possible que pendant tous ces mois, vous n'ayez pas trouvé d'arguments pour le faire changer d'avis !

— Nous sommes des êtres humains comme tous les autres. Nous sommes tout aussi impuissants.

— Non, vous êtes seulement plus forts que les autres pour vous arranger avec votre conscience. »

Elle s'est levée, la lumière du poêle éclairait son visage. Quel âge pouvait-elle avoir ? Peut-être quatre-vingts ans, peut-être moins. Dans ces traits, il n'y avait nulle trace de cette placidité obtuse que l'on attribue généralement aux religieuses ; ses yeux étaient à la fois très sombres et lumineux, ils brillaient dans la pièce comme des petites braises.

« Venez, je vous accompagne dans votre chambre. »

Elle m'a conduit dans une petite pièce meublée d'un lit de camp et d'une table, dans un coin se trouvait un sac à dos fermé, et près du sac à dos, une paire de rangers couverts de boue. Par la fenêtre, on ne voyait que le vert sombre des bois.

« Lui aussi logeait ici, a-t-elle dit sur le pas de la porte, et avant de s'en aller, elle a ajouté : Si vous le pouvez, priez, Andrea en a bien besoin. »

Resté seul, j'ai empoigné la chaise et l'ai flanquée par terre, puis j'en ai fait autant avec la petite table.

« Voilà mes prières, criais-je, les voilà ! »

Je hurlais des jurons, j'espérais qu'elle m'entendrait. La fureur me montait à la tête. J'ai donné des coups de pied dans mon sac à dos et dans celui d'Andrea, j'ai lancé plusieurs fois ses rangers contre le mur. Ils tombaient, je les ramassais et les lançais de nouveau. Puis je me suis acharné contre le lit. Au quatrième ou cinquième coup de pied, j'ai glissé et mon tibia a heurté violemment la barre de métal. J'ai eu si mal que je me suis affaissé par terre, je me tenais la jambe et je pleurais, tout en répétant le prénom d'Andrea. Puis j'ai sombré dans le sommeil, presque sans m'en apercevoir.

Quand j'ai ouvert les yeux, il faisait nuit. Sous mon corps, le sol était très froid ; je me suis levé péniblement et me suis laissé tomber sur le lit. Il n'y avait pas de draps, rien que deux couvertures militaires pliées sur le matelas. Je les ai dépliées et me suis enveloppé dedans.

J'ai fait un rêve. Je marchais sur le Carso. Par moments, le paysage était voilé par des nappes de brouillard. Je croyais être seul, alors que devant moi se trouvait Andrea.

Il me tournait le dos et marchait à pas lents. Je me suis mis à courir, je voulais le rejoindre. Je courais, courais, et la distance était toujours la même. Lui, il marchait lentement, avec indolence, tout en continuant à regarder devant lui. Alors, je me suis arrêté, et de toute la force de mes poumons, j'ai crié : « Andrea ! » Sans s'arrêter, il s'est retourné vers moi, son visage était immobile et neutre, comme certains masques japonais. Il m'a tendu la main, comme pour une course de relais. « Attends », ai-je crié, et à cet instant précis, le sol sous mes pieds a commencé à crépiter. Alors, j'ai vu que ce n'était pas de la terre mais de l'eau, la vaste étendue d'un fleuve gelé. La couche de glace était en train de se rompre, elle était entraînée en aval par un courant impétueux. Entre-temps, Andrea avait disparu dans le brouillard et moi, tout en hurlant son prénom, je continuais à glisser en arrière.

À l'aube, j'ai ouvert les yeux. La lumière du jour pénétrait faiblement dans la chambre ; j'avais tout le corps endolori, je me sentais très loin de ma propre vie. Sur le sol, renversés par ma fureur de la veille, gisaient nos deux sacs encore fermés. J'ai pris le sien, je l'ai ouvert et l'ai lentement vidé, déposant chaque objet sur le lit, avec délicatesse. C'étaient surtout des effets personnels, pulls, chaussettes, une paire de jumelles, un survêtement de sport. À la fin, au fond du sac, j'ai trouvé un agenda de l'année précédente et un cahier d'écolier. L'agenda était marron, plastifié. Sur la couverture du cahier, en caractères d'imprimerie, était écrit « Walter », et mon prénom était souligné trois fois.

Cher Walter,
Je ne suis pas malade, tout au moins je ne pense pas l'être. J'ai seulement très froid à l'intérieur, depuis quinze jours je claque des dents même si nous ne sommes qu'à la fin août.
Il y a deux mois, je t'ai écrit une lettre, je ne sais pas si tu l'as reçue et si oui, si tu l'as prise en considération. Je

225

traversais un moment de découragement. Toi, et le souvenir de notre amitié, m'étiez apparus comme le seul point auquel pouvoir me raccrocher. Tu te souviens de l'histoire de la pyramide, des différents niveaux dans lesquels se divisait la conscience des hommes ?

Un jour, peu de temps avant de nous séparer, nous avions attribué à chaque niveau une réalité météorologique. Le brouillard enveloppait les niveaux les plus bas, ceux qui restaient là erraient de tous côtés sans aucune idée précise. Au brouillard succédait une pluie battante, à la pluie battante une légère ondée, puis un soleil voilé. En toute logique, un soleil éclatant aurait dû intervenir alors, mais la logique ne régit pas les destinées humaines avec la même précision que l'évolution des conditions météorologiques. C'est pour cette raison qu'après le soleil voilé nous avions tenu à placer les tempêtes. Grêle, neige fondue et orages s'abattaient sans trêve sur l'avant-dernier niveau.

Souvent, les sommets des hautes montagnes sont cachés par les nuages, de la vallée, on ne voit que leurs flancs. Pour arriver au sommet, il faut traverser cette zone peu sûre, et tous n'ont pas le courage d'escalader des parois rocheuses. Dans la dernière étape, on affronte le froid et la solitude, et la peur de la mort. La sélection naturelle s'applique aussi aux âmes, et il ne pourrait en être autrement, car la puissance de la lumière éclaire toute chose, et tous n'ont pas assez de force en eux pour supporter sa réverbération.

Pourquoi parler de cela ? Peut-être pour justifier le fait que, durant toutes ces années, je n'ai jamais eu envie de te chercher. Si je ne t'ai pas cherché, ce n'est pas par manque d'intérêt, mais parce que toute mon énergie était concentrée sur la tentative de dépasser l'avant-dernier niveau. Ce n'est qu'ici, dans cette longue solitude, loin des replis du temps, que les fantômes ont commencé à sortir. Ils ne sont pas tous sortis en même temps, tels les maux de *la boîte de Pandore, mais l'un après l'autre. Un à un, ils se sont levés et ont frappé à ma porte.*

Je dis « fantômes » et pas « souvenirs », parce que, en eux, il n'y a pas cette précision des faits survenus dans le passé. Ce ne sont pas des photos, mais des vapeurs toxiques et fuyantes, des vapeurs que j'ai produites moi-même par l'action de mon propre corps. Comme je te l'ai dit dans ma lettre précédente, ici, il n'y a qu'une vieille femme, une religieuse, et j'ai souvent de longues conversations avec elle. Deux ou trois fois, à la fin de ces discussions, j'ai eu la nette impression qu'à l'intérieur de moi quelque chose fondait, quelque part, très loin, un phare brillait, je le devinais et je sentais aussi que c'était bien dans cette direction que j'aurais dû m'acheminer. Mais il s'agissait d'une sensation quasi imperceptible, tellement fugace que je n'ai jamais réussi à la saisir. Elle était, elle est restée, le souvenir d'un beau rêve qui disparaît dès le réveil.

Dans mon autre lettre, je t'ai aussi parlé, je crois, du renard, de la façon dont mon acte délibéré l'avait sauvé de la mort, et de la façon dont cet acte avait été le seul moment de ma vie qui me faisait éprouver des regrets. C'est à partir de là que j'aurais pu tout recommencer, renverser la clepsydre.

Peut-être le grand trou noir de notre amitié, un trou noir dont je ne prends conscience que maintenant, consiste-t-il dans le fait que je t'ai toujours parlé de mes idées et jamais de moi-même, comme si les idées naissaient d'un monde neutre, et non du regard et de la douleur d'une vie.

Il y a une chose que tu ignores, et que peut-être tu ne soupçonnes même pas. Avant l'Andrea-aigle que tu as connu, il y a eu l'Andrea-poussin, un poussin qui aurait pu devenir un canard, un poulet, un paisible animal de basse-cour, prêt à se cacher devant l'apparition d'une ombre. Je ne saurais dire à quel moment précis est intervenu ce changement ; quand j'essaie de regarder mon passé, je ne vois pas « un » Andrea mais plusieurs, emboîtés l'un dans l'autre comme des poupées russes. Ma mère en avait une qui lui venait de ma grand-mère, elle s'en servait pour raccommoder les chaussettes ; elle était si usée qu'on ne distinguait plus son visage, la couleur avait presque disparu. Assis au pied du fauteuil, je passais des heures et des heures à la démonter et à la remonter, je n'arrivais pas à comprendre pourquoi je ne pouvais pas ouvrir la dernière, j'espérais rompre le sortilège, j'espérais que tôt ou tard cette minuscule poupée, par quelque tour de magie, s'ouvrirait elle aussi. J'étais persuadé que là-dedans se trouvait un secret et je voulais le percer, j'avais une aptitude naturelle à découvrir ce qui est caché : tous les murs, toutes les barrières suscitaient mon entêtement, tant que je ne les avais pas abattus, je ne pouvais penser à autre chose.

Ma mère était une femme affectueuse et patiente, elle m'avait expliqué mille fois que cette poupée d'une seule couleur était vraiment la dernière, et que si elle était si minuscule, c'était parce qu'elle servait à raccommoder les grenouillères des nouveau-nés. « À la fin, disait-elle, elles deviennent si petites qu'on ne peut plus les diviser. » Dans sa jeunesse, elle avait étudié la chimie et ses études lui avaient fait acquérir la conviction que chaque chose a une relation de cause ou de nécessité par rapport à une autre. Dans un sens, cette habitude de tout rationnaliser pouvait être rassurante, et elle l'a effectivement été jusqu'à un certain moment. Pendant des années, elle avait tissé une toile de réponses autour de mes questions ; avec patience et détermination, elle avait réussi à aplanir même les plus folles. « Il se passe ceci parce que, avant, il s'est passé cela, disait-elle, là, il y a le stimulus, et ici, la réponse », et ainsi de suite.

Je n'ai jamais rien eu à lui reprocher, cette attention qui la caractérisait était la manière la plus naturelle d'exprimer un sentiment d'amour, les explications qu'elle donnait correspondaient à sa vision du monde. Malgré les nombreux indices qui la contredisaient, elle a continué à croire, jusqu'à la fin de ses jours, que derrière tout événement se cache un parcours logique.

Toutefois, une chose avait échappé aux mailles de ses explications. Cette chose, c'était moi, son fils, chair de sa chair, l'être auquel, avec mon père, elle avait donné vie.

Si la loi de l'existence était réellement celle de la rationnalité des événements, si l'on pouvait toujours, en fonction des prémisses, connaître le résultat, j'aurais dû être exactement le contraire de ce que je suis devenu en grandissant.

Avec une pédagogie très en avance sur son temps, ma mère m'a toujours traité avec beaucoup de respect, elle m'a donné tous les moyens, toutes les clés pour que je puisse résoudre seul mes problèmes. J'aurais dû être un petit comptable avisé, un savant obsédé par ses éprouvettes, alors que très tôt, j'ai commencé à devenir autre chose, la seule lumière qui était à l'intérieur de moi était celle que ses propos maintenaient artificiellement en vie ; tout autour régnait l'obscurité totale. Dans cette obscurité, quelque chose étincelait de temps à autre, ce n'était pas le soleil mais un éclair luminescent, là-dessous se trouvaient des mâchoires et des regards de glace. Je n'étais pas seul, avec moi il y avait les silhouettes impitoyables des poissons des abîmes.

Il est faux de dire qu'à la naissance les enfants ne sont que des draps blancs, des toiles sur lesquelles, avec une encre foncée, on peut écrire, à son gré, de bonnes ou de mauvaises paroles. Quand je repense à mes premiers pas dans le monde, j'ai la quasi-certitude qu'à l'intérieur de moi il y avait déjà quelque chose, et que ce quelque chose était très différent de ce que désirait ma mère. Malgré tous les efforts qu'elle faisait, mon regard était déjà presque complètement tourné vers l'obscurité qui enveloppe les choses.

J'étais né avec un lourd bagage, j'ignore à quel moment on l'a chargé sur mes épaules, ce qui est sûr, c'est qu'il ne s'agissait pas d'un manque d'amour ou de toutes les sottises que racontent les psychologues. À les entendre, les canailles et les assassins ne seraient jamais issus de familles comme il faut, alors que cela peut se produire. De même que l'inverse peut se produire, des gens qui ont grandi dans les difficultés et la violence s'avèrent ensuite capables d'un grand amour. Ce n'est pas la règle, mais cela arrive. Et le fait que cela arrive fait s'effondrer l'édifice des justifications. J'avais été désiré par mes parents, j'étais fils unique, et sans excès ni mièvrerie, j'ai eu droit à toutes les attentions possibles.

Je ne t'ai pas encore parlé de mon père, et ce n'est peut-être pas un hasard. On dit que l'ADN transmet la couleur des yeux et des cheveux, la longueur du nez et celle des jambes. On dit que, à travers ses innombrables filaments, il transmet aussi certains traits de caractère. Mais on ne dit pas si, à travers les gènes, il est possible de transmettre aussi les sentiments, pas le sentiment de la vie, mais ce sentiment plus fort et indicible, qui la conduit à son extrême limite. Terreur, angoisse, désir de détruire parviennent-ils aussi jusqu'à nous, en même temps que la couleur de nos yeux ?

Mon père a toujours été un homme paisible : quand une mouche bourdonnait dans une pièce, il la capturait à l'aide d'un verre, puis il ouvrait la fenêtre pour qu'elle s'envole. Pourtant, c'est justement à lui que je fais remonter la part sombre qui est en moi. Tu vas peut-être penser qu'il était comme docteur Jekyll et mister Hyde, ou comme ton père, joyeux au bistrot et odieux à la maison. Pas du tout, son comportement était cohérent. Il l'aurait toujours été si, à un certain moment, son histoire n'avait croisé la grande Histoire, celle qui change les pays et remplit les manuels scolaires. Essaie de regarder autour de toi, regarde derrière toi, que vois-tu ? Écoute, qu'entends-tu ? Derrière nous, avant nous, autour de nous, dans ce siècle qui s'achève, il n'y a qu'horreur, il avance tout dégoulinant de sang comme Macbeth, il ne parle pas mais il hurle, gémit, pleure, nous sommes venus au monde au siècle de Moloch, dans le broyeur à os.

Si tu fais attention aux gens qui bavardent dans les cafés ou dans la rue, tu entendras souvent dire que l'homme est devenu méchant, qu'avant il n'y avait jamais eu autant de cruauté autour de nous. Tu sais ce que c'est ? Un énorme mensonge, un petit sucre soporifique, pour soulager les consciences.

Dès l'instant où il vient au monde, l'homme est méchant. Son empreinte a toujours été humide de sang. Avec le temps, il a seulement appris à perfectionner sa technique, aujourd'hui on peut tuer beaucoup plus de gens en se fatiguant moins. Cette conquête s'appelle « progrès ». Le progrès est au service des idées. Et les idées, tu sais ce qu'elles sont ? Du poison, dans sa forme la plus pure. À un certain moment, on est convaincu de savoir, beaucoup mieux que tous les autres, comment doit fonctionner le monde. Pourquoi attendre la mort pour voir le paradis ? Avec un petit effort, on peut très bien édifier sur terre le jardin céleste. Dans le mot « effort », il y a déjà toute l'essence de l'abattoir. L'« effort » consiste à éliminer ceux qui sont opposés au rêve, grâce à l'« effort », on arrive à faire penser tout le monde de la même façon. C'est cela, le résultat des grandes idées. On aurait alors envie de dire : il faut éliminer les idées. Mais qu'est-ce qu'une vie sans idées ? Une vie qui n'imagine pas quelque chose de meilleur, qui ne se propose aucun but ? À quoi se réduit l'existence si on enlève le projet ? À la répétition pure et simple.

Cela, c'est le revers de la médaille. Celui qui se pose des questions, celui qui renferme en lui le germe d'une conscience ne peut pas ne pas s'apercevoir de la grande inégalité qui nous environne. C'est le point raisonnable d'où part la folie. On se sent alors appelé à y remédier : quelque part, caché en nous, couve un sentiment de culpabilité, ou de justice, deux noms pour définir la même chose.

C'est là le point faible sur lequel font pression les grandes idées. Je crois que le plus sage serait de s'en rendre compte et de ne rien faire. L'injustice existe, je la vois et elle me laisse indifférent. Mais il n'y a peut-être que les

Indiens qui en soient capables, ils vivent dans un perpétuel détachement, et puis, dans les profondeurs de leur culture il n'y a ni Adam et Eve ni la pomme ni le serpent. Au-dessus d'eux ne plane aucun regret du paradis terrestre. Qui peut avoir insufflé cette nostalgie dans nos têtes ?

Moi, je dis qu'il y a là la patte du grand adversaire. Satan agit depuis bien avant que le monde ait été créé. Seul un esprit supérieur, consacré au mal à l'état pur, pouvait instiller dans les hommes la nostalgie de quelque chose de parfait, car la perfection ne sera jamais à notre portée. À la naissance, tous les êtres humains pleurent, s'ils ne pleurent pas, c'est qu'ils sont morts. La douleur existe bien avant la conscience. Chiens, chats, vaches et chevaux naissent en silence, tout au plus poussent-ils un petit cri pour annoncer à leur mère qu'ils sont en bonne santé. On dit que la souffrance de l'accouchement humain dépend de la taille disproportionnée de la tête ; il est clair qu'il s'agit d'un mensonge pathétique. Les chevaux et les éléphants naissent eux aussi avec des têtes énormes, et pourtant l'atterrissage est indolore. Au moment de l'accouchement, les femmes hurlent de toutes leurs forces, alors que les chattes ronronnent. De là provient l'abîme qui nous rend malheureux.

Je me suis un peu égaré ; en réalité, je ne voulais dire qu'une chose : mon père était un homme aux sentiments nobles, et au nom de cette noblesse, il a cru juste de s'appliquer à construire un monde meilleur. Je dis « noble » par affection pour sa mémoire ; peut-être serait-il plus juste de dire « naïf ». Il était naïf comme une grande partie des jeunes de sa génération, nés autour de 1920. Et comment aurait-il pu ne pas l'être ? Moi aussi, si j'étais né à ce moment-là, je serais probablement tombé dans ce piège : les grandes hécatombes technologiques ne s'étaient pas encore produites, il circulait des idées plutôt convaincantes sur la construction d'un monde plus juste. L'avenir était radieux et proche, il suffisait de tendre la main pour le toucher. On pensait que les bonnes intentions ne pour-

raient pas produire quelque chose de mauvais, alors qu'un monstre était né, plus qu'un soleil bienfaisant, c'était un haut fourneau dont il était dangereux de s'approcher.

Mon père aimait la littérature, la poésie et tout ce qui était beau. Tout de suite après son diplôme, il a été mobilisé. Le 8 septembre, il se trouvait dans les montagnes de Croatie avec un groupe de camarades, il avait jeté son uniforme fasciste aux orties et avait rejoint les partisans. Avant, il n'était pas communiste. C'étaient les horreurs d'une guerre stupide et perdue d'avance qui l'avaient amené là. Si je dois combattre, a-t-il dû se dire, que ce soit au moins pour une cause juste.

Il était déjà fiancé avec ma mère, et les années d'éloignement, au lieu d'altérer leur relation, l'avaient consolidée. À la fin de la guerre, il est rentré en Italie et l'a demandée en mariage. Après le mariage, ils sont retournés à Fiume, c'était là que mon père avait décidé de vivre, il avait combattu pour cette terre et, désormais, il avait l'impression qu'elle lui appartenait. Ma mère avait rangé son diplôme dans un tiroir, et lui, il était devenu directeur d'une petite école primaire.

Un couple normal, une vie normale, avec une vision un peu plus vaste, pour avoir été insérés dans la dynamique de l'histoire.

Tu t'ennuies, je le sais. Tu lis et tu te demandes : pourquoi me raconte-t-il une histoire aussi banale ? Des histoires comme celle-là, il y en a eu des milliers à l'époque. Peut-être ne t'es-tu pas encore aperçu que je n'ai jamais écrit : « Mon père a dit, mon père a répondu... » Et sais-tu pourquoi je ne l'ai jamais écrit ? Pour la simple raison que mon père était muet, il ne parlait pas. De ma naissance jusqu'à sa mort, je l'ai toujours vu immobile dans un fauteuil, silencieux, regardant dans le vide.

Il était muet mais il n'était pas sourd, si je lui parlais, il tournait parfois la tête vers moi et souriait faiblement. C'est la seule relation que nous ayons eue pendant quatorze ans. Il paraissait beaucoup plus vieux que son âge.

Quand tu m'as parlé du regard des agneaux qui vont vers la mort, j'ai compris que ce regard était aussi le sien. Dans ces yeux, il y avait une stupeur douloureuse, et de l'innocence. Des yeux d'enfant sur un corps de vieillard.

Tout ce que je savais de lui, tout ce que je sais, c'est ma mère qui me l'a raconté. Pas tout, pas tout de suite ; d'ailleurs, la plupart de ce que j'ai appris, je l'ai appris après sa mort. Pendant des années, j'ai entendu le même refrain, celui de l'accident. Il y avait des gens qui passaient sous des voitures et qui perdaient leurs jambes et des gens qui, allez savoir comment, devenaient muets : je devais me contenter de cette explication.

« Papa n'est pas un invalide, m'a dit ma mère, quand j'avais cinq ou six ans. Il a une langue, une luette et tout le reste. Il a juste été saisi par une grande frayeur. »

« Alors, c'est réparable ? » avais-je demandé.

Ma mère avait souri et avait répondu : « Peut-être. »

J'ai donc commencé à l'épier. Dans une bande dessinée, j'avais lu l'histoire du regard magique, il pouvait traverser les objets et accomplir des actions extraordinaires : pulvériser les ennemis, guérir les amis. J'étais persuadé de le posséder moi aussi. Je m'asseyais non loin de lui et je le fixais, tôt ou tard il se passerait quelque chose. J'attendais, j'attendais et rien ne se passait. Ou plutôt, quelque chose se passait, mais qui n'avait rien à voir avec le miracle de la parole. Même si je restais caché, derrière le fauteuil ou à côté, il sentait ma présence sans que je sache comment, à un certain moment, je voyais sa main chercher ma tête. Il avait de grandes mains, très belles, parfois il les posait sur moi. Avec ce fauteuil entre nous, nous avions l'air d'un chien et de son maître. Moi, je ne trouvais pas déplaisant de faire le petit chien, debout sur mes pattes postérieures, j'atteignais l'accoudoir et j'aboyais deux fois, une patte posée sur son genou.

Avec le temps, je me suis aperçu que cela se produisait les jours de soleil ; les jours de pluie, au lieu de poser la main sur ma tête, il me prenait dans ses bras. Je n'aimais pas cela, je détestais la situation d'enfant-chat. Mais lui, il me serrait plus fort ; j'aurais voulu aller jouer, mais j'étais obligé de rester là. Même en plein été, son corps dégageait une sorte de halo glacé, il était froid et parcouru d'un léger tremblement. Quand je quittais ses genoux, j'avais froid moi aussi , j'avais l'impression qu'il était une sorte de vampire. Un père-vampire qui un jour m'avait donné la vie et qui, avec ses étreintes, me la reprenait lentement. Arrivé à ce point, on serait tenté de penser : encore une histoire d'enfance malheureuse, c'est l'impossibilité de communiquer avec son père qui a déclenché le désastre et tout le reste. N'importe quelle personne, farcie de la stupidité de notre époque, pourrait l'affirmer ; moi seul peux savoir que cela n'a aucun rapport, que mon comportement bizarre dépendait certes de mon père, mais d'une manière bien différente de ce que l'on pourrait croire. À l'intérieur de lui, il y avait un grand lac noir, un lac souterrain comme ceux qui se forment à l'intérieur des grottes ou sous les montagnes. Il était noir à cause de l'obscurité, et parce que le liquide qui le remplissait provenait de strates beaucoup plus profondes, ce n'était pas de l'eau mais du pétrole, il était épais, visqueux, couleur de plomb.

Si une allumette tombe dans l'eau, elle s'éteint, mais si elle effleure du pétrole, tout prend feu instantanément.

Son lac se trouvait en amont, le mien en aval. Ils étaient reliés par un tout petit émissaire.

La tache sombre que je sentais en moi depuis toujours n'était donc pas le péché originel, mais l'ombre noire de mon père. Moi, j'étais encore un enfant et une partie de moi, obstinément, s'efforçait d'être comme tous les autres, je courais, je sautais, je jouais. Mais il suffisait que je m'arrête un instant, il suffisait que, la nuit, je tende l'oreille pour sentir la petite tache s'élargir, devenir flaque, lac, océan, une surface capable de tout engloutir. Et c'était ainsi : avec le calme de celui qui est sûr de tenir la victoire, son halo sombre engloutissait la lumière, comme l'engloutissent les trous noirs dans l'espace.

Pourquoi mon père se taisait-il, pourquoi restait-il presque toujours assis ? Je ne l'ai compris que beaucoup plus tard : il était comme une poupée de chiffon bourrée d'explosif, la moindre erreur aurait pu le faire exploser. Quand l'ai-je compris ? Trop tard, une fois que la combustion avait déjà commencé à l'intérieur de moi. Voilà la grande incongruité, le point sur lequel il est difficile de me croire. J'ai dit que mon père était un homme paisible, puis j'ai soutenu le contraire en disant que c'était un homme bourré d'explosif, prêt à éclater. Comment est-ce possible ? diras-tu. Je vais donc poser la question à l'envers : qu'adviendrait-il d'un homme paisible et innocent qui, par erreur, se retrouverait en enfer ? L'enfer présuppose une faute, mais cette loi vaut pour l'enfer créé par les cieux. Si l'enfer est créé par les hommes, qui décide de ce qui est ou n'est pas une faute ? Comment évaluer la condamnation ? La relativité des valeurs interdit les certitudes, ce qui, pour les uns, s'appelle faute s'appelle peut-être, pour les autres, loyauté ou distraction ; bref, change de visage, et ce visage ne porte aucune trace du mal.

Nous en revenons ainsi au point dont je te parlais tout à l'heure, le point où les hommes, ayant égaré l'idée d'un gouverneur suprême, décident de créer sur terre le règne du bonheur perpétuel. D'ici naît l'idée que celui qui s'y oppose doit nécessairement se retrouver en enfer, un enfer sans flammes mais avec des fosses, des chiens et des barbelés.

J'ai longuement discuté de cela avec la religieuse.

« Comment est-il possible, lui ai-je demandé, que l'homme ait mis autant de zèle à construire des enfers plus parfaits que ceux construits par le démon lui-même ? Dieu est mort, ai-je poursuivi, et il ne peut en être autrement, car comment expliquer, sinon, le fait que les actions qui triomphent sur cette terre soient toujours celles de son adversaire ? La bonté ne triomphe que dans les livres édifiants, au quotidien, elle est toujours battue. Ce serait très beau et émouvant de découvrir tout à coup que, comme le disent les Évangiles, la douceur l'emporte toujours sur la force et que le pardon tue la violence, mais cela n'arrive jamais, cela n'est jamais arrivé. Le Christ a été tué, tout comme Gandhi, et ainsi la boucle est bouclée, le mot fin est déjà inscrit dans ce sang. Comment peut-on être assez malhonnête pour le nier ? »

Elle, elle prend toujours son temps avant de me répondre ; au début, je croyais qu'elle était sourde, puis j'ai compris que, depuis trop longtemps, elle est habituée à la solitude. Mes questions ne sont pas des questions, mais un fleuve impétueux en pleine crue, elle a du mal à m'écouter, à trouver le bout de l'écheveau. À la fin, quand elle me répond, elle le fait toujours avec peu de mots.

« L'homme est paresseux, m'a-t-elle répondu ce jour-là, s'il lui faut aller quelque part, il choisit toujours le chemin le plus court. Pour arriver au mal, il suffit de tendre le bras ; pour faire le bien, il faut fournir un effort. On oublie trop souvent que c'est à nous de décider. Le mal est plus évident, le bien l'est moins, mais ce n'est pas une raison pour choisir le raccourci.

— Choisir ? Quelle importance ? ai-je répondu. De toute façon, tout le monde préfère le raccourci, et ces sornettes dont on remplit le crâne des enfants, l'enfer, le paradis et même l'idée saugrenue des limbes n'intéressent plus personne. Nous ne sommes plus au temps des bonnes résolutions et des classements, des actions sentimentalistes en vue d'un futur improbable, j'ai toujours détesté les collections de points-cadeaux, plus tu en as et plus ton cadeau est important...

— Moi aussi, je les ai toujours détestées », et sur ces mots, elle s'est levée et a quitté la pièce.

Quand elle agissait ainsi, elle me rendait fou : à un moment donné, pendant que nous discutions, elle se levait et s'en allait. Je pensais qu'elle était à court de réponses et qu'elle s'esquivait pour cette raison, je pensais qu'elle était très arrogante, qu'elle refusait de perdre la partie.

C'est ainsi qu'un jour, dès qu'elle s'est levée je lui ai crié :

« Vous péchez par arrogance ! Par orgueil !

— Oui, c'est vrai, a-t-elle répondu en se tournant, je pèche par arrogance et par orgueil, mais c'est un péché par réflexe. Vous me posez des questions et vous exigez une réponse, c'est le piège où nous tombons tous les deux.

— Et alors ? Il faut se taire, peut-être ? Rester muet ? »

Sais-tu ce qu'elle a répondu ?

« Il faut faire confiance. »

Je ne sais pas pourquoi j'ai dévié. J'étais en train de te parler de mon père et je me suis mis à parler de mes disputes sur le néant qui surplombe les cieux. La sensation qui m'envahit ces jours-ci, c'est celle d'être un animal encerclé par les flammes. Au début, l'incendie me paraissait lointain, quelque chose à quoi je pourrais échapper, d'une manière ou d'une autre. Je suis arrivé ici épuisé, convaincu que ce lieu était une tanière. Mais depuis peu, je me suis aperçu que l'incendie m'a suivi. Ce n'est pas un front rectiligne mais un cercle, d'heure en heure il se resserre et je suis au milieu. C'est pour cela que, de temps en temps, je me laisse aller, ce n'est pas la peur, mais la fumée qui me brouille la vue.

Mon père. Et l'Histoire. En 1948, Tito rompt le pacte avec Staline, il quitte le Komintern, choisit une voie autonome dans la construction du socialisme. Par conséquent, du jour au lendemain, les alliés se transforment en ennemis jurés. Le parti communiste de Togliatti reste lié à l'Union soviétique ; en peu de temps, autour des Italiens, le sol devient incandescent. Ils ne sont plus les compagnons de la lutte pour la libération, mais des espions, des êtres immondes, des traîtres. Ils commencent à disparaître, en silence, les uns après les autres, on ne sait où, on ne sait pourquoi. Un matin, mon père aussi disparaît, il ne rentre plus de l'école. De quoi est-il coupable ? D'avoir eu chez *lui des classiques russes : Dostoïevski, Gogol, Tchekhov. Ils étaient tous là, alignés dans sa bibliothèque. Quelqu'un l'avait dénoncé. Le système ne se fondait pas sur l'égalité et la solidarité, mais sur la trahison et la délation. Quand les gens honnêtes s'en sont aperçus, il était trop tard. La grande machine à broyer s'était déjà mise en marche.*

Je suis né plusieurs années après ; depuis longtemps déjà, mes parents avaient réussi à rentrer en Italie. Je suis venu au monde et j'ai grandi sans rien savoir de tout cela. La vérité ne s'est fait jour qu'à la mort de mon père. J'avais quatorze ans et j'étais de plus en plus instable. C'est peut-être pour cela que ma mère m'a pris à part et m'a dit : « Il faut que je te parle. » Dans son univers mental, tout devait être clair, si elle s'était tue jusque-là, c'était uniquement par respect pour la souffrance de mon père. Elle a pris beaucoup de recul, dans ses propos : « À un certain moment de sa vie, a-t-elle dit, ton père a été forcé à agir contre ses principes moraux.

— Il a volé ? ai-je alors demandé.

— Non, il a tué. »

Cette phrase est restée suspendue entre nous. Entre-temps, je pensais : le vol m'aurait gêné davantage. Puis j'ai parlé, j'ai dit :

« Évidemment, puisqu'il a fait la guerre. »

Ma mère a baissé les yeux.

« Cela s'est passé beaucoup plus tard. C'était son meilleur ami. Ils lui avaient dit : Tue-le, sinon c'est nous qui te tuerons. Il a choisi de vivre. Ce n'est pas lui qui me l'a raconté, mais d'autres. Quand il est rentré à la maison, il ne parlait plus. Moi aussi je connaissais cet homme, des années après, j'ai rencontré sa femme. Elle ne haïssait pas ton père, elle ne nourrissait aucun désir de vengeance. Elle m'a serrée dans ses bras et m'a dit : "Je vous plains : en ce qui me concerne, j'ai beaucoup souffert en une fois, mais en ce qui vous concerne, c'est une croix que vous porterez toute votre vie. Ton mari a fait le choix le plus difficile." »

Nous étions dans la cuisine et j'écoutais ma mère, le souffle coupé. Quel sentiment aurais-je dû éprouver à l'égard de mon père ? Dans les limites d'une relation sans paroles, je l'avais aimé, je continuerais à l'aimer, même dans mon souvenir. De quoi était-il coupable, s'il s'était retrouvé le dos au mur ? Presque tout le monde aurait fait de même, l'instinct de survie nous pousse toujours à choisir la mort de l'autre. Beaucoup auraient repris la vie d'avant, on passe l'éponge et on continue. Lui, il était différent, sensible, bon, il s'était puni en choisissant le silence. Il était vivant, mais c'était comme s'il ne l'était pas, il ne participait pas, ne partageait pas, peut-être était-ce sa façon de rester près de son ami.

« Tu ne dis rien ? a demandé ma mère, interrompant le cours de mes pensées.

— Qu'est-ce que je devrais dire ? Ce qui est fait est fait. »

Je crois qu'elle était très satisfaite de ma réaction, raisonnable et mesurée. Moi aussi, je l'étais.

Je l'ai été jusqu'au moment où je me suis aperçu que ce calme n'était qu'apparent. La douleur de mon père était déjà toute à l'intérieur de moi, elle avait fait partie de mon être dès l'instant où sa semence s'était unie à l'ovule. Là, elle s'était combinée en parts égales avec la foi rationnelle de ma mère. Un mélange explosif. D'un côté, la volonté de comprendre, de l'autre l'impossibilité de le faire. Après cette révélation, j'ai passé une semaine, presque en état de transes. Les deux forces opposées se heurtaient, aucune des deux n'arrivait à l'emporter. En se heurtant, elles produisaient une friction. Un jour, j'ai bougé, et une partie de moi a explosé.

Je t'ai déjà parlé de la foi rationnelle de ma mère, si elle avait été un tout petit peu moins bien enracinée, je ne t'en aurais probablement jamais parlé. Mais elle était ainsi, elle se promenait partout avec une lampe de poche, dès que quelque chose n'était pas très clair, elle la braquait dessus. Elle voulait de la lumière partout. Dans cette volonté, il y avait quelque chose de pathétique, la lumière qu'elle emportait partout était artificielle, elle ne pouvait rien contre les ténèbres profondes.

De toute façon, doit-on toujours dire la vérité, à n'importe quel prix ? Je n'en sais rien, je ne peux pas juger sa manière d'agir. Elle a été logique avec elle-même, et cela me suffit pour ne pas la condamner. Je ne veux pas, je ne peux pas imaginer mon parcours sans cette confession.

Un jour, le bouchon a sauté. J'ai quitté la maison et je ne suis plus rentré. Je n'avais pas l'intention de m'enfuir, ni de m'éloigner et de laisser ma mère dans l'angoisse. J'étais juste sorti faire une promenade. En marchant, j'ai perdu mes propres traces, je ne me souvenais plus où j'étais, qui j'étais ni pourquoi je vivais. On m'a retrouvé trois jours plus tard, dans un état de confusion totale. J'ai passé un mois dans le service neurologique de l'hôpital. Quand je suis sorti, j'étais persuadé que ma mère m'avait menti. Je la harcelais de questions : « Où ? », « Comment ? », « Pourquoi ? » À la fin, quand elle m'a répondu, je lui ai crié : « Menteuse ! » D'après elle, tout s'était passé à Goli Otok, une île déserte transformée en camp de concentration, à quelques kilomètres de la côte dalmate. On y rééduquait les « traîtres ». La rééducation consistait à supprimer chez les hommes toute trace d'humanité. Les détenus se torturaient les uns les autres. Le respect, la dignité, la puissance des liens les plus intimes, tout était effacé. Les pères tuaient leurs propres fils, et inversement. Assassiner son prochain était la seule issue possible, celle qui permettait de vivre encore un peu. Il n'existait plus de visages, à leur place il n'y avait que râles, halètements, masques de sang.

« À certains moments, disait-elle, les règles habituelles ne valent plus rien, on ne peut pas condamner, il faut essayer de comprendre. »

Je lui hurlais en plein visage : « Tu as tout inventé ! Cet endroit n'a jamais existé, il n'est pas mentionné dans les livres.

241

— Un jour, il le sera », répondait-elle pendant que je continuais à crier. Je criais jusque tard dans la nuit, je criais jusqu'à ce que la fatigue m'ait abattu, comme un animal sauvage. Puis un matin, à l'improviste et sans savoir pourquoi, je me suis réveillé très calme. Durant ces nuits de hurlements et de douleur, une métamorphose s'était sans doute produite. Les deux parties de moi-même avaient lutté sans trêve, et à la fin, l'une des deux avait pris le dessus. La lucidité, la raison sereine de ma mère l'avaient emporté, mais c'était une lucidité parasite, comme une tique : l'hôte dont elle tirait sa nourriture était la douleur de mon père, une douleur contenue, démente. L'idée de Quelqu'un qui aurait forgé le monde avait toujours été exclue de l'univers de ma mère. Le monde s'est créé tout seul, disait-elle, et c'est grâce à la perfection de ses propres lois qu'il continue d'avancer. Elle était athée, d'une manière ferme et sereine. Quand j'étais plus petit, elle m'avait dit « Imagine un train : c'est la terre, elle avance en courant, entre l'espace et le temps. »

Cette image me plaisait, ce petit train rond et bariolé qui cahotait à une allure tranquille. Le seul point sur lequel, avec les années, nous nous sommes trouvés en désaccord, concernait le conducteur du train. Elle, elle soutenait que la locomotive de tête était vide, et moi, que quelqu'un la conduisait et que ce quelqu'un, c'était l'ennemi de Dieu. Il n'y avait pas de boucs, de sabbat, de fourches ni de sabots, pas d'hosties ensanglantées ni de cagoules. Aucun spectacle, aucun rite pervers. Rien que le deuxième principe de la thermodynamique appliqué aux cœurs.

Qu'est-ce que la sagesse ? Vivre en harmonie avec les lois de la nature. La loi qui régit la nature est l'entropie : vis et détruis, et tu seras sage.

Depuis quelque temps, j'ai de nouveau envie de crier, je parle, et tout à coup, je ne contrôle plus ma voix, elle devient plus aiguë.

Un jour, la religieuse me l'a fait remarquer.

« *Vous n'avez pas besoin de crier aussi fort, s'il n'y a que moi qui doive vous entendre.*

— Et qui d'autre devrait m'entendre ? » ai-je crié.

Au lieu de me répondre, elle a quitté la pièce.

Je lui ai raconté l'histoire de mon père, à elle aussi. Pourquoi l'ai-je fait ? Par bêtise, par désir de l'asticoter. Elle m'a écouté en silence. Souffrait-elle ? Était-elle troublée ? Je n'arrivais pas à le savoir. À la fin de mon récit, il y a eu un long silence.

« Et alors, lui ai-je demandé au bout d'un moment, vous n'avez rien à me dire ?

— Que devrais-je dire ? m'a-t-elle demandé.

— Je n'en sais rien, c'est vous les spécialistes en consolation, si vous voulez, vous pouvez même l'absoudre, non ? Parce que vous êtes une femme, vous ne pouvez pas le faire, peut-être ? »

Au lieu d'être offensée, elle a souri.

« Je ne peux pas le faire, a-t-elle répondu, pas parce que je suis une femme, mais parce que je suis un être humain.

— Eh bien dans ce cas, dites quelque chose d'édifiant, je ne sais pas, la morale de la fable...

— Je vais vous dire une chose, m'a-t-elle répondu, je ne sais pas si on vous l'a déjà fait remarquer, mais vous avez un gros défaut...

— Lequel ?

— Vous généralisez. Vous ne faites rien d'autre que juger, et en jugeant, vous utilisez des catégories. Étant donné que, moi, je porte un certain habit, vous vous sentez en droit de m'attribuer toute une série de sentiments préfabriqués qui n'existent que dans votre tête ; je devrais dégouliner de phrases mielleuses, avoir les yeux extasiés, comme dans les images pieuses. Pour vous, je ne suis pas une personne, un être humain qui a accompli un parcours, qui s'est trompé et qui a souffert comme tous les autres. Pour vous, je ne suis qu'une icône, et dès le début, vous avez décidé de cracher sur cette icône. Vous dites que vous n'avez pas de scrupules à regarder les choses, mais un

regard profond n'utilise jamais les moules. La vie de l'Es-
prit est quelque chose de très différent des bavardages
anticléricaux dont vous avez la tête farcie. Vous jugez et
vous vous révoltez, mais en réalité, vous n'avez pas la
moindre idée de l'objet de votre jugement et de votre oppo-
sition. Je ne peux pas absoudre votre père et je ne peux
pas le juger, son histoire est celle d'une grande douleur,
et le seul sentiment que je peux exprimer est une profonde
compassion. Compassion à cause de son destin, à cause de
l'instant où il aurait pu effectuer un choix différent, et
parce qu'il n'en a pas eu la force.

— De quel choix parlez-vous ?
— De ne pas tuer.
— Mais il serait mort ! ai-je crié.
— Justement. »

La lettre s'interrompait momentanément sur cette réponse ;
il y avait quelques pages, couvertes de gribouillis pour les
rendre illisibles, puis d'autres, qui avaient été arrachées
d'un geste brusque. J'avais besoin d'air, de reprendre
haleine.

J'ai refermé le cahier. Avant d'affronter la dernière partie, je suis allé me dégourdir les jambes.

III

Cher Walter,

Ces derniers jours, j'étais comme piqué de la tarentule, je ne trouvais la paix nulle part. Quand je suis venu ici, je te l'ai dit, j'étais un animal blessé qui cherchait une tanière pour y retrouver la santé. Ce couvent presque abandonné m'avait semblé l'endroit idéal, je l'avais déjà repéré.

« Qui habite ce couvent ? avais-je demandé, dans le village au creux de la vallée.

— Une religieuse, une seule », m'avait-on répondu.

Je m'étais dépêché d'y aller. Pour guérir, pensais-je, il faut s'isoler, recevoir des soins adaptés. Pas un instant je n'avais été effleuré par l'idée que les soins, parfois, peuvent être plus douloureux que le mal lui-même. Je pensais avoir trouvé une tanière de feuillages, alors qu'elle était pleine de barbelés.

Quoi qu'il en soit, je n'ai pas la force de partir. Ces jours-ci, outre une excitation anormale, j'éprouve aussi une grande fatigue, je ne me suis jamais senti aussi épuisé de toute ma vie, aussi agité. Pendant la journée, il m'arrive parfois de m'assoupir ; plus qu'un sommeil, c'est une sorte d'étourdissement. Je ferme les yeux, et aussitôt apparais-

245

sent des images horribles. La religieuse dit que je crie en dormant, et en effet, je suis parfois réveillé par le son de ma propre voix. Il est difficile, tu sais, de vivre ici, sans autre bruit que le chant des oiseaux. Tu finis par les détester, tous les matins tu voudrais avoir un fusil à portée de main et les abattre un à un. Je regarde le ciel et je me demande : « Mais qu'est-ce qu'ils peuvent bien avoir à chanter ? »

Hier, à l'aube, j'ai ouvert grande la fenêtre et j'ai crié : « Assez ! Assez ! » Puis, sans aucune raison, je me suis mis à me frapper la tête.

Quand je pense à tous ces crétins qui célèbrent la vie à la campagne, à tous ces cinglés qui croient trouver la paix dans la tranquillité des bois ! Il est évident qu'ils sont incapables de voir plus loin que le bout de leur nez. La nature est un miroir, un révélateur qui fait sortir le poison. Vivre ici, c'est comme vivre dans une chambre aux murs blancs. La privation sensorielle et la nature ne sont qu'une seule et même chose : tôt ou tard, toutes les deux, d'une manière différente, te conduisent à la folie. Je ne sais pas déchiffrer les images qui apparaissent dès que je m'endors ; en réalité, il n'y en a aucune de précise, c'est un grand mélange de formes différentes. L'autre jour, j'ai ouvert les yeux et j'ai dit : « C'était sans doute ainsi, au commencement du monde. » La lumière déchire les ténèbres, et les ténèbres essaient de reprendre le dessus. À la différence que ce n'est pas l'univers, mais mon propre corps qui est un champ de bataille. Qui gagne la partie ? Qui met en déroute qui ?

Hier, quand je me suis réveillé, la religieuse était à côté de moi.

« Vous avez besoin de quelque chose ? » m'a-t-elle demandé en me posant la main sur le front. J'ai répondu « Non », et je me suis tourné de l'autre côté. Elle est restée là un moment, je l'entendais respirer derrière moi, tout doucement, de temps en temps seulement elle respirait plus profondément, comme si tout à coup elle avait besoin d'air.

Plus tard, je l'ai rejointe dans la grande cuisine, elle remuait une des ses soupes insipides, comme toujours.

« Mon père a tué par amour ! lui ai-je crié au visage.

— Par amour ? a-t-elle répété, comme un écho.

— Oui, par amour. Vous ne comprenez pas ? Cet homme était son meilleur ami. S'il ne l'avait pas été, tout aurait été différent. Il l'a tué parce qu'il savait ce qui l'attendait. Il l'a tué parce qu'il ne voulait pas le faire souffrir. Comment appelez-vous ça, vous autres ? Il a porté sa croix.

— Vous n'êtes pas très bien, m'a-t-elle répondu, je vais faire semblant de n'avoir rien entendu. »

J'ai été aveuglé par la rage. Je me suis jeté sur elle et me suis mis à la secouer violemment ; la cuillère qu'elle tenait à la main est tombée par terre.

« Faire semblant ! hurlais-je, faire semblant ! Qu'est-ce que cela veut dire ? C'est commode, trop commode de rester ici, de regarder les petits oiseaux et de faire semblant ! Mais ça ne vous dégoûte pas de vivre ainsi ? Vous n'avez pas honte ? Vous êtes tous des champions d'égoïsme, vous devriez gagner les jeux olympiques du je-m'en-foutisme ! Vous restez ici, à l'abri de tout, et du haut de votre chaire, vous décrétez : "Ça c'est bien, ça ce n'est pas bien." Puis, avec vos jupes froufroutantes et amidonnées, vous vous agenouillez et voilà, vous avez accompli votre devoir, tout s'arrange, vous pouvez dormir sur vos deux oreilles, les anges veilleront sur votre sommeil d'hypocrite. Pendant ce temps, dehors, le monde est en plein chaos, les gens s'entr'égorgent comme des porcs et cela vous est égal, complètement égal. Trop commode, continuais-je à répéter tout en la secouant, trop commode ! »

Puis, épuisé, je me suis laissé tomber sur la chaise.

Impassible, elle a ramassé sa cuillère sur le sol et m'a demandé :

« Qui est le monde ? »

J'ai fait un geste rageur dans le vide, comme pour dire :
« Tout ce qui nous entoure.

— Toujours le même défaut, vous généralisez, a-t-elle répondu. Le monde, c'est vous, c'est moi. Le monde est le parcours de nos consciences. Moi, je ne vous juge pas, mais vous, vous me jugez. Vous ne savez rien de ma vie et vous me jugez quand même. Vous n'avez jamais éprouvé le désir de me poser des questions, vous ne voulez pas savoir ce qui m'a amenée ici ni quel a été mon passé. Cela ne vous intéresse pas. Tout ce que vous attendez de moi, c'est que je réponde à vos inquiétudes par des réponses sûres. Et moi je ne le fais pas, en tout cas, pas comme vous le voudriez, et c'est pour cela que vous criez, c'est pour cela que vous êtes si furieux. Vous ne vous en êtes pas aperçu ? Chaque jour qui passe, vous criez de plus en plus fort. En réalité, ce n'est pas de moi que vous attendez une réponse, mais de Quelqu'un qui est plus haut. C'est pour cela que vous criez si fort. »

Elle a marqué une courte pause, puis elle a repris :

« De toute façon, je peux vous donner une réponse. Le premier être qui a tué a été Caïn, et il ne l'a sûrement pas fait par amour, mais par envie. Il craignait de ne pas être assez aimé. Avec toute votre intelligence, avec toutes vos connaissances, avec toutes vos spéculations, vous ne serez jamais en mesure de créer quoi que ce soit, pas même un brin d'herbe. Ce n'est pas nous qui donnons la vie, ce n'est pas nous qui pouvons l'ôter. Face à une situation extrême, nous pouvons seulement accepter qu'elle nous soit ôtée. Ce n'est ni facile, ni naturel, ni désirable, mais c'est ainsi. La loi la plus profonde de l'Être impose de nier la violence. Peut-être votre père a-t-il été mû par la pitié et non par le désir de sauver sa propre vie, dans la folie de la douleur, il se peut qu'il ait pensé cela. Dans un horizon fermé, la plus grande erreur peut apparaître : se croire l'arbitre d'une autre vie. En l'absence de la crainte de Dieu, n'importe quoi peut arriver.

— Mais la vie est faite de violence, ai-je répliqué avec lassitude.

— Oui, m'a-t-elle répondu, tant que nous n'avons pas accompli de choix. »

Caïn ! Que de fois ai-je pensé à lui, ces derniers temps. Je le vois toujours comme un être envahi par la stupeur. « C'est si facile ? a-t-il dû penser, tout de suite après son geste. Ce n'est rien d'autre ? C'est vraiment cela, ôter la vie ? » Tuer ne demande pas un effort plus grand que celui qui est nécessaire pour soulever une valise. L'effort est minime, l'effet très grand. Quand on pense à toutes les manières dont on peut passer de la vie à la mort, il y a de quoi avoir le vertige. Les morts cachées dans la banalité des jours sont presque plus effrayantes que celles provoquées par les accidents ou par les grandes catastrophes. Personne ne s'étonne si tu as un terrible accident de voiture et si tu en réchappes, ou si tu poses le pied sur une mine et si tu sautes. Mais si tu meurs en mangeant un grain de raisin pendant une partie de campagne, si un pot de fleurs te tombe sur la tête pendant que tu vas acheter des cigarettes ? C'est la facilité, tu comprends ? Si tu écrases un grain de raisin, la semelle de ta chaussure sera un peu humide, mais si le même grain de raisin se coince dans ta trachée, il t'étouffera. La facilité et la fragilité. Ce n'est pas un jeu de mots, mais un point où tout devient critique. Combien de temps faut-il à un être humain pour devenir adulte ? Combien de temps, de nourriture, de fatigues ? Et combien de temps faut-il pour qu'il devienne un cadavre ? N'est-ce pas une disproportion terrible ? Une vingtaine d'années et une seconde ? Qui prend plaisir à s'amuser ainsi ? Celui qui a fait les gazelles capables de courir presque aussi vite que les guépards ? Et pourtant, paradoxalement, pour le guépard aussi, la chose est plus compliquée. Il doit être en excellente forme, il doit avoir de la chance et trouver une gazelle moins en forme et moins attentive que les autres. Il doit guetter sa proie, puis bondir. Et même là, il n'est jamais tout à fait sûr du résul-

tat de sa course. Pour nous, c'est différent, il nous suffit de prendre une pierre et de la lancer sur notre voisin.

Toute la folie de la vie est là : beaucoup de fatigues, puis plus rien. Le plaisir de tuer existe même chez les enfants : ils tuent les fourmis, les oisillons dans leur nid, ils tuent même les chatons. Pourquoi faudrait-il s'arrêter quand on est grand ? Pourquoi nous a-t-on offert la possibilité, non de donner la vie, mais de l'ôter ? Détruire est peut-être une réaction, face à cette impuissance. Caïn a été pris de remords, presque tout de suite après. « Qu'as-tu fait ? » lui a dit une Voix ; il a regardé autour de lui et a eu horreur de ce qu'il avait fait. Je ne sais pas si c'était de la chance ou de la malchance. Quoi qu'il en soit, au-dessus de lui il y avait cette Voix, la Voix a parlé, et en parlant, elle lui a imposé le repentir. Pourquoi, après lui, est-elle restée muette ? Il aurait dû s'agir d'une action unique. Alors que, durant les millénaires qui ont suivi, c'est l'action qui a été la plus répandue. Ni la civilisation, ni les différentes religions n'ont jamais réussi à l'empêcher. Au contraire, la foi, la civilisation ont souvent été les véhicules grâce auxquels elle s'est répandue plus rapidement.

Tu te souviens de ce que je t'ai dit le jour où nous nous sommes quittés ? Que ta vie était dans l'art, la mienne, dans l'action. J'étais fatigué des livres, fatigué de raisonner sur tout. J'avais déjà compris la loi la plus puissante qui régit la vie, j'avais compris que s'y opposer ou fuir n'était qu'une perte de temps ridicule. Une seule fois, durant toutes ces années, une voix m'a parlé. Ce n'était pas la voix de Dieu, mais celle du renard. Je n'arrive pas à m'en débarrasser. Quelle sottise, quel délire ! Un renard qui parle, cela ne s'est jamais vu. Si c'était Dieu qui avait parlé à travers lui, pourquoi ne l'a-t-il plus fait ? Il aurait très bien pu apparaître une multitude de fois et tonner : « Que fais-tu là ? » Alors qu'il est resté silencieux.

Dans le ciel, il y a de l'oxygène, de l'hydrogène, de l'hélium, de la vapeur d'eau et des nuages. En quantité inférieure, il y aussi les gaz les plus rares. Plus haut se trouvent les satellites, les vaisseaux spatiaux, puis les autres planètes et le soleil. Entre le soleil et les planètes, çà et là, errent les météorites et les comètes, les restes de l'instant où s'est créé l'univers. À part cela, il n'y a rien d'autre. Au-dessus de nos têtes, il y a le ciel, et rien qu'un grand drap tendu. L'obscurité existe depuis toujours, depuis toujours elle agit par la force de l'inertie. Je l'ai même dit à la religieuse : « Ce devant quoi vous vous agenouillez n'est rien qu'un grand vide. Personne, de là-haut, ne dirige nos actions. Personne ne nous guide ni ne nous aime. » Sais-tu ce qu'elle a répondu ?

« Déléguer, voilà l'erreur la plus commune. Deux mille ans ont passé depuis que le Christ est descendu sur terre, et nous nous conduisons tous comme des gamins, nous attendons la becquée. Si la becquée n'arrive pas, nous imaginons aussitôt une trahison. Mais qui a jamais dit que Dieu doit agir à notre place ? Il nous a donné la possibilité de choisir. Ainsi, il a manifesté la puissance de la création, une puissance pleine d'amour. Le bien, le mal sont entre nos mains. Dans ce sens, vous avez raison. Personne, là-haut, ne nous prépare la bouillie, notre existence n'est pas celle des enfants au berceau. Ce serait commode, bien sûr, mais quelle signification donnerions-nous à nos vies si tout était fixé d'avance ? »

À ce moment-là, je lui ai dit que cela pouvait aller ainsi, Dieu pouvait être totalement indifférent à notre sort, il pouvait ne pas être bon, mais au moins, il pouvait être juste. Il y a ceux qui naissent avec la Grâce et ceux qui la poursuivent toute leur vie sans jamais la trouver. Y avait-il, peut-être, des produits de premier choix et des produits de second choix, et des rebuts, des antipathies et des sympathies ? Des échelles de mérite ? Que se cachait-il derrière cette grande injustice ? J'ai fini par crier :

« Pourquoi, avec vous, parle-t-il avec la familiarité d'un voisin de palier, alors qu'il ne l'a jamais fait avec moi ?

— Vous en êtes sûr ? m'a-t-elle demandé.

251

— Parfaitement sûr.

— Alors, vous voulez en connaître la raison, la vraie raison ?

— Oui.

— Parce que vous n'avez jamais rendu les armes. C'est pour cela que vous ne L'avez pas entendu. »

Je me suis mis à donner des coups de pied partout.

« De quelles armes parlez-vous ? criais-je, hors de moi. De quelles satanées armes parlez-vous ? »

Elle s'est approchée de moi.

« Fichez-moi la paix ! ai-je hurlé en la repoussant. Vous ne savez pas que je pourrais vous tuer ? »

De nouveau, elle m'a pris la main et m'a dit :

« Oui. »

Une chose que je déteste, c'est la façon dont elle s'occupe du potager ; faire pousser des plantes pour les manger, passe encore, mais elle, au milieu des plantes, elle a aussi mis des fleurs, et elle les bichonne, elle les regarde des heures durant, comme si elles allaient lui parler. Je ne supporte plus cet égoïsme, cette façon de consacrer de l'attention à des choses qui n'ont aucune valeur. L'autre jour, je la surveillais de la fenêtre, puis je me suis montré et je lui ai dit :

« À quoi peuvent bien servir des fleurs au milieu des blettes ? »

Elle a éclaté de rire, je ne l'avais jamais entendue rire ainsi.

« À quoi voulez-vous qu'elles servent ? À rien ! » a-t-elle lancé, de l'autre côté du jardin.

Cette nuit, je n'ai pas fermé l'œil. Désormais, les nuits d'insomnie sont devenues la règle, pour moi. Je pensais à tout cet amour gaspillé et je ressentais une grande colère, je fermais les yeux et grinçais des dents, je me disais : il n'est pas possible que les choses continuent d'une manière aussi idiote. C'est bête, je le sais, mais j'éprouvais une grande jalousie. La religieuse m'avait dit que l'envie est

252

la peur de ne pas être assez aimé. À ce moment-là, c'était vrai, dans la solitude de l'obscurité, les fleurs étaient devenues mes ennemies, les fleurs et tous les êtres, les créatures qui étaient vivantes, tout simplement. Je haïssais le triomphe de la vie, cette croissance arrogante et aveugle. Je ne tolérais pas ce gaspillage d'énergie qui, tôt ou tard, deviendrait de la mort. Au changement de saison, les fleurs se fanent ; pour tuer un être humain, il faut moins d'une rotation terrestre. C'est extrêmement facile, il suffit d'un coup asséné bien droit, entre le nez et la bouche, ou sur la nuque. Tuer, c'est introduire un facteur de désordre dans la complexité de l'ordre.

À trois heures du matin, je me suis levé et je suis sorti. Dans le ciel, la lune était haute et elle éclairait les choses environnantes comme en plein jour. J'arrachais les fleurs avec une fureur sauvage, je les arrachais comme si elles étaient des clous plantés dans mon cœur. Quand il n'y a plus eu une seule corolle intacte, je me suis nettoyé les mains sur mon pantalon et, en silence, je me suis dirigé vers la chambre de la religieuse.

IV

C'étaient les dernières paroles du journal intime d'Andrea. Le texte s'interrompait là. Au-dessous, on pouvait lire quelques mots confus, l'écriture était très différente de celle des pages précédentes. J'ai eu du mal à déchiffrer : « Tu ne viendras jamais » souligné deux fois, et au-dessous, écrit en caractères d'imprimerie, de manière enfantine : « PARDON, PARDON. »

J'ai ouvert la fenêtre. Il avait cessé de pleuvoir, la terre dégageait de la vapeur. La brume montait, semblable à une haleine. Les gouttes retenues par les feuilles tombaient sur le sol. J'ai levé les yeux vers le ciel, où le vent poussait de gros nuages blancs. Dans les éclaircies entre les nuages, le ciel était limpide, piqueté d'étoiles.

Je suis resté là jusqu'à ce que, vers l'orient, la voûte céleste commence à se teinter d'une clarté plus intense. Alors, j'ai fermé la fenêtre et je suis allé me coucher. En apparence, je ne ressentais rien, ni révolte, ni inquiétude. À l'intérieur de moi, il y avait le calme vide qui succède aux émotions trop fortes.

Avant que je m'endorme, une toute petite pensée m'est apparue. « Mon père, ai-je pensé, a partiellement gâché ma vie, et avant de mourir, il m'a demandé pardon. J'ai toujours considéré Andrea comme mon ami et mon maître, et au moment de s'en aller, il a dit la même chose : pardon. »

Je me suis réveillé au cœur de la nuit. Pendant un instant, j'ai été pris de panique, je m'étais couché presque à l'aube et il faisait encore nuit, ma montre s'était arrêtée, les chiens hurlaient comme des fous. Et si le soleil, tout à coup, avait décidé de ne pas se lever ? J'avais trop peur pour sortir de mon lit, si bien que j'y suis resté, je fermais les yeux et les rouvrais, attendant la lumière. Et à la fin, la lumière est venue. Les vitres étaient recouvertes de givre, le beau temps devait avoir apporté le froid. J'ai erré un peu à travers les couloirs déserts avant de rencontrer la religieuse, elle était dans la cuisine, assise près de la cheminée, en train de repriser quelque chose.

« Enfin, m'a-t-elle dit, je commençais à me demander si je n'avais pas hébergé une marmotte.

— Pourquoi ? ai-je demandé.

— Parce que vous avez dormi deux jours entiers.

— J'étais fatigué », ai-je répondu.

Elle m'avait préparé à manger ; pendant qu'elle se déplaçait dans la cuisine, je la regardais en silence. J'avais des difficultés à faire coïncider la personne qui se trouvait devant moi avec ce qu'Andrea avait écrit dans son journal.

Lorsqu'elle m'a tendu un bol plein de lait, je lui ai demandé :

« Auriez-vous pu le sauver ? »

Je n'éprouvais plus de haine à son égard, rien qu'une sorte de curiosité douloureuse.

Elle a pris une chaise et s'est assise à côté de moi.

« Pendant quelques jours, a-t-elle répondu, j'ai cru que j'avais gagné. J'ai eu tort de me fier aux apparences.

— Après la nuit du jardin ? »

Elle avait l'air stupéfaite.

« Comment le savez-vous ?

— Grâce à son cahier. Il a tout écrit.

— Oui, après cette nuit-là. C'était le moment le plus pénible, vous comprenez ? Quand on se retrouve dans un tel creux, il faut remonter, on ne peut pas descendre plus bas ni rester immobile. Cette nuit-là, il s'est délesté, il se

255

sentait plus léger. C'est peut-être cette légèreté, justement, qui a définitivement porté atteinte à son équilibre. Il n'avait pas l'habitude de marcher sans poids. La seule explication que je peux me donner à moi-même, c'est qu'il a eu peur.

— Il voulait vous tuer ?

— Oui, je crois qu'il était entré dans ma cellule avec cette intention.

— Mais vous êtes toujours vivante. Et donc ? »

Nous avons longuement parlé devant le feu, de temps en temps elle se levait et l'alimentait avec de nouvelles bûches.

Cette nuit-là, m'a-t-elle raconté, c'était la pleine lune. Elle l'avait entendu entrer, elle avait toujours eu le sommeil léger. Les yeux d'Andrea brillaient comme de la glace, il respirait difficilement. Pendant un moment qui lui avait semblé interminable, ils s'étaient regardés, puis il avait allongé la main vers son cou. Au lieu de hurler et de se défendre, elle avait posé les siennes sur celles, jeunes et fortes, d'Andrea.

« Vous avez envie de pleurer. Pleurez. »

Et Andrea avait éclaté en sanglots. Il pleurait comme un enfant resté seul trop longtemps. La religieuse s'était redressée et s'était assise sur le lit, et lui, affaissé à ses pieds, avait posé la tête sur ses genoux.

« Je suis un assassin », avait-il avoué.

L'aube les avait trouvés dans la même position, le grand corps d'Andrea abandonné contre celui, menu et fragile, de la vieille femme.

Durant ces heures, il lui avait tout raconté, tout ce que jusque-là il avait gardé emprisonné à l'intérieur de lui. Peu après notre séparation, il était entré à la Légion étrangère et était allé se battre au Tchad et en Guyane. Puis, son temps terminé, il était devenu un professionnel indépendant.

Il avait vraiment employé ces mots : « Un assassin professionnel et indépendant. »

Pendant plus de dix ans, donc, il avait été mercenaire. Il

se trouvait de nouveau en Afrique, quand la guerre avait éclaté en Yougoslavie. Il était immédiatement rentré en Europe.

Le fait qui l'avait bouleversé était survenu sur les mêmes montagnes où, presque cinquante ans plus tôt, son père avait combattu. Il s'était battu pour une idée, et Andrea pour de l'argent. Il était incapable de dire combien de fois il avait déjà tiré sur une cible vivante. Il faisait son devoir et voilà tout, il n'exagérait pas, il était estimé pour son sang-froid.

Une seule chose le rendait nerveux : les gens qui avaient peur. « Ils me tapaient réellement sur les nerfs », avait-il dit à la religieuse, textuellement.

Pendant un ratissage, une jeune femme lui avait « tapé sur les nerfs ». C'était la seule survivante de tout un village, et ils ne voulaient plus gâcher de munitions.

« Tue-la », avait dit Andrea à un jeune homme. Le jeune homme et la jeune femme devaient avoir à peu près le même âge, le garçon commençait tout juste à avoir de la barbe. Ils étaient face à face et aucun des deux ne faisait un geste.

Alors Andrea, exaspéré, avait saisi un gros bâton et l'avait tuée.

À ce moment-là, m'a dit la religieuse, son récit s'est comme brisé, les paroles d'Andrea sortaient de manière confuse, incohérente. Il ne cessait de répéter « mauvaise herbe... elle ne s'en allait jamais... elle était comme la mauvaise herbe... elle me regardait, elle n'aurait pas dû me regarder... j'ai levé le bâton et j'ai entendu la voix du renard... la voix du renard, vous comprenez ? »

À présent, la religieuse parlait avec la même excitation qu'Andrea, ce récit avait dû se graver dans sa mémoire.

« À des milliers de kilomètres de distance, avait poursuivi Andrea, au milieu des bois, cette femme me regardait et sa petite voix stridente répétait : "Pas maintenant, je ne suis pas prête !" Je ne supportais pas ce sifflement, j'étais en nage, c'était l'hiver et j'étais couvert d'une sueur glacée.

Mon regard s'est déplacé, à côté se trouvait un enfant que je n'avais pas vu, je ne sais pas pourquoi, mais je ne l'avais pas vu. Je n'y connais pas grand-chose, mais il ne devait guère avoir plus de deux ans, il était encore en pyjama, pieds nus, assis dans la boue. Au lieu de pleurer ou de hurler, il me regardait fixement, devant lui se trouvait le corps de sa mère, désormais sans regard et sans sourire. S'il avait pleuré, j'aurais tout de suite fini mon travail, même si les pleurs me tapent sur les nerfs. Au loin, on n'entendait que le bruit d'un camion, près de nous celui des hommes qui pénétraient dans les maisons. En réalité, je n'éprouvais rien, lui et moi étions isolés dans une capsule, ses yeux immobiles, ses pupilles fixes, pas un battement de paupières. Nous deux et tout le reste, en suspens. Vous comprenez, ces yeux-là me mettaient à nu, personne ne l'avait jamais fait, c'était exactement la même expression que j'avais eue sur une photo, quand j'étais enfant. J'avais le même âge, l'âge où mon père-vampire me prenait dans ses bras. À présent, je savais que c'était un vampire à l'envers. Il ne s'était pas emparé de mon énergie, au contraire, son halo glacé m'avait donné quelque chose. Il m'avait donné l'horreur. Pendant plus de trente ans, j'ai tourné en rond, seul, tout le chemin que j'avais parcouru n'était pas un cercle, mais une spirale. Les étreintes du vampire, l'horreur, suivies d'une longue fuite. Quand je me suis aperçu que la fuite n'était rien d'autre qu'un retour, j'étais arrivé à destination. On dit que les fautes des pères retombent sur les fils : c'est faux, elles ne retombent pas sur eux, elles les façonnent, les fautes des pères façonnent les fils. »

Après ce récit, avait dit la religieuse, Andrea avait sombré dans un profond sommeil. Il dormait recroquevillé sur lui-même, comme un enfant avant de venir au monde, son visage avait une expression qu'elle ne lui avait jamais vue durant tous ces mois. Au réveil, c'était une autre personne, même le son de sa voix était plus grave. Il parlait doucement, comme s'il craignait qu'on l'entende. Il était gentil, attentif, il la suivait à travers les couloirs du couvent, comme un chien suit son maître.

« C'est ce qui m'a trompée, a dit la religieuse, j'ai été sotte et superficielle, j'ai cru que ces signaux étaient les symptômes d'un changement de cap. Il avait changé, il m'aidait dans mes travaux, il avait commencé à peindre les murs de la chapelle, de sa propre initiative. C'était lui qui m'avait fait remarquer à quel point ils étaient tristes et écaillés. Un jour, alors que j'étais dans le potager, je l'ai entendu chanter. Sa voix venait de la porte de la chapelle, limpide ; alors, j'ai posé mes outils et j'ai dit : "Merci, mon Dieu, merci d'avoir fait entrer la lumière dans son cœur." La semaine suivante, il m'a prise par la main et m'a emmenée à l'intérieur de la chapelle pour me montrer le résultat. Il regardait autour de lui et disait : "Il faudrait faire ceci et cela. — Tu peux t'en occuper si tu veux, lui ai-je répondu, moi, je suis trop vieille."

« Nous étions passés au tutoiement : d'une certaine manière, je le considérais comme un fils. Puis nous nous sommes assis, nous sommes restés longtemps l'un à côté de l'autre, en silence. Entre nous, à ce moment-là, il y avait une grande plénitude, chaque mot, chaque geste aurait été superflu. Le soir, après le dîner, il avait voulu que je lui indique le passage des Évangiles où il est question de la parabole du fils prodigue. Il l'a lue plusieurs fois devant moi, puis il a dit : "Mais ce n'est pas juste. — Qu'est-ce qui n'est pas juste ? lui ai-je demandé. — Que les enfants qui se sont bien conduits soient traités avec indifférence et qu'au contraire, pour le retour du mauvais fils, on donne une grande fête. Pourquoi ne se révoltent-ils pas ? Pourquoi ne le renvoient-ils pas à coups de pied là d'où il est venu ? Qu'est-ce que cela signifie ? Que la meilleure des choses, c'est de mal se conduire ?"

« — La logique de l'amour, ai-je alors répondu, est une sorte de non-logique, souvent, elle suit des chemins incompréhensibles pour notre entendement. La gratuité de l'amour existe, c'est ce que nous avons du mal à accepter.

Dans la logique normale, tout a un poids et un contrepoids, il y a une action et une réaction, et entre l'une et l'autre existe toujours un rapport connu. L'amour de Dieu est différent, c'est un amour par excès. La plupart du temps, au lieu de mettre de l'ordre, il bouleverse tous les plans. C'est cela qui est stupéfiant, effrayant. Mais c'est aussi cela qui permet au fils dévoyé de rentrer à la maison et d'être accueilli non par la rancœur, mais par la joie. Il s'est trompé, il s'est égaré, peut-être même a-t-il commis de mauvaises actions, mais il rentre, il ne rentre pas par hasard mais par choix. Il choisit de rentrer dans la demeure de son Père.

« J'avais conclu par ces mots : "La porte est toujours ouverte, tu comprends ? C'est cela aussi, le sens de la parabole."

« Andrea était resté pensif un moment, puis il s'était levé et m'avait souhaité une bonne nuit.

« Le lendemain matin, jusqu'à une certaine heure, je ne me suis pas inquiétée. Andrea faisait souvent son apparition autour de dix heures. Vers midi, l'angoisse m'a prise. J'ai frappé à sa porte, je n'ai obtenu aucune réponse. Alors je suis entrée ; la cellule était déserte, sur le lit se trouvaient un cahier et un crayon, par terre, ses rangers souillés de boue. À ce moment-là, l'angoisse s'est transformée en panique. L'une après l'autre, j'ai ouvert toutes les portes des cellules, puis je me suis précipitée dehors, vers la cabane aux outils. Pendant que je traversais la cour, derrière les vitres du débarras, j'ai vu ses jambes se balancer. Non loin de la porte, la terre était retournée : avant de se suicider, il avait creusé sa fosse. »

Un long silence a suivi.

« C'était terrible, a-t-elle repris ensuite, terrible. Andrea était une petite plante qui commençait à pousser, la grêle s'est abattue et l'a emporté. J'en suis même venue à penser que la sérénité qu'il avait affichée ces jours-là était due uniquement au fait qu'il avait pris sa décision. C'était la mort, la fin de la douleur, qui le rendait heureux. Mais peut-être n'est-ce pas exact, peut-être que je me trompe, sa lumière était une vraie lumière et c'est justement ce qui lui a fait peur. Il a commis l'erreur de se juger lui-même avec ses mesures humaines, il n'a pas été capable de pitié envers lui-même, il ne pouvait pas en avoir. Une âme qui s'en va de cette façon est une âme vaincue. C'est une défaite pour lui, et pour nous. Maintenant, plus que jamais, Andrea a besoin d'aide, c'est pour cela que, le premier soir, je vous ai demandé de prier, afin de l'aider à surmonter le poids de son geste.

— Je ne sais pas prier », lui ai-je dit.

Elle m'a regardé, ses yeux étaient redevenus limpides.

« Personne ne le sait. Pour apprendre, il faut d'abord mettre son orgueil de côté. »

V

Tous les jours, un autocar quittait le village au fond de la vallée, en direction de Ljubljana. Chaque matin, je rassemblais mes quelques affaires, bien décidé à partir. Chaque soir, j'étais encore là, devant le feu, avec la religieuse. Au bout de dix jours, j'ai vidé mon sac à dos et je l'ai jeté en haut de l'armoire. Durant les nuits glacées et solitaires, j'ai compris que partir ne signifierait rien d'autre que continuer à me comporter comme je l'avais toujours fait.

On fuit quand on est poursuivi par quelque chose. Derrière moi, je n'avais que des fantômes : celui qui fuit des fantômes court au-devant de la folie.

Il y avait quatre croix derrière moi : la croix de ma mère, celle de mon père, la croix d'Andrea et celle de mon ambition. Ils étaient tous ensevelis sous une épaisse couche de terre. Je n'avais plus besoin d'agir pour démontrer quoi que ce soit à quelqu'un d'autre, pas même à moi. Désormais, je savais que mes actions n'avaient été que des réactions, les mouvements que j'avais accomplis, je les avais accomplis pour m'opposer à la volonté des autres. À présent, en moi, il n'y avait plus de mouvement, mais de l'inertie. J'étais inerte et désarmé. J'avais l'âge d'un homme adulte, et je me trouvais dans les mêmes conditions qu'un enfant qui vient de naître. Je sentais que toutes ces années avaient laissé sur moi des incrustations, j'étais une barque restée trop longtemps à l'eau sans que l'on en prenne soin. Je pouvais décider de rompre les amarres et d'aller pour toujours à la dérive, ou bien de haler le bateau en cale sèche, de le gratter et de le vernir, jusqu'à le rendre apte à la navigation en pleine mer.

Chez moi, personne ne m'attendait, ma vie n'existait qu'en moi, et dans le cœur de nul autre. Si je mourais, personne ne me regretterait, je n'avais aucun travail, aucun but. Autour de moi s'étendait le désert, qui est souvent la conséquence d'une exploitation irrationnelle du sol.

De temps en temps, pendant que je travaillais dans le potager ou que j'installais une clôture, des scènes de ma vie à Rome défilaient devant mes yeux. Je voyais Orsa allongée sur le lit, et Neno assis sur son canapé, les jambes croisées. Je voyais ma vie comme la voient, dit-on, les gens qui sont sur le point de mourir. Désormais, j'étais spectateur, sans plus.

Tous deux m'avaient remplacé. Dans le lit d'Orsa, il y avait sûrement quelqu'un d'autre, et aux côtés de Neno, un nouveau jeune homme plein d'illusions, obsédé, comme je l'étais, par la hantise du succès. De là-haut, tout ce qui s'était passé m'apparaissait comme une grande roue en mouvement, dont les rayons tournaient. Je pensais aux niches écologiques dont Andrea m'avait tant parlé, j'avais laissé la mienne vide, là-bas, et immédiatement, elle avait été remplie par quelqu'un d'autre. Ce quelqu'un d'autre n'échapperait pas au même destin que moi : mépris et désespoir l'attendaient au coin de la rue. Il se croyait important alors qu'il n'était qu'un clown. Un clown qui sautait et chantait, qui faisait des cabrioles parmi des squelettes assis dans le désert.

Je n'arrivais pas à me défaire de l'idée de la mort. Pas la mort d'Andrea ou la mienne, mais celle qui frappait les gens qui se croyaient tout-puissants.

Un jour, Federico aussi mourrait, tout comme ses girls aux cuisses polies. Orio mourrait, affaissé sur ses poufs bourrés d'argent. Et sur les yeux de panthère d'Orsa descendrait le voile de la cataracte, puis celui de la mort. À la fin, nous aurions tous le même lit : la dalle froide d'une morgue. La dissolution était le fil de laine vers lequel nous courions. Les vainqueurs couraient, comme les ratés. On voyait très bien ce fil, au bout de la ligne droite. Et pourtant, la plupart des gens continuaient à agir comme si de rien n'était. Ils continuaient à se sentir jeunes, sains et puissants, sûrs de le rester à jamais. C'était comme si, tout à coup, je me trouvais devant une montagne ; elle avait toujours été là mais je n'avais jamais réussi à la voir. Et pourtant elle était là, elle était là depuis le jour où mon camarade de classe était mort, et où j'avais perçu le vide autour de moi. Il y avait cette montagne, ce volcan, cet iceberg, et sur ses pentes, la vie se déroulait. Il était impossible d'en comprendre le mystère si l'on ne parvenait pas au sommet. Jeter un hameçon pour me faire venir au couvent a peut-être été le seul acte d'amour qu'Andrea ait jamais accompli, de toute sa vie.

Le soir, devant le feu, je bavardais souvent avec la religieuse ; j'étais surpris de la façon dont, là-haut, les mots avaient un poids différent. Jusque-là, sans m'en être vraiment rendu compte, j'avais été plongé dans un bavardage continuel. Des mots, des mots, des foules des mots étaient sortis de ma bouche et de celle des autres. Ces mots n'étaient autre que le liquide noir que lance la seiche afin de troubler l'eau. On n'y voyait pas grand-chose, ou rien du tout, mais cela n'avait aucune importance. Il était commode de vivre là-dedans.

Je repensais souvent au « pardon » qu'avait dit mon père, et à celui qu'avait répété Andrea.

« Pourquoi, ai-je demandé à la religieuse, ont-ils dit tous deux la même chose au moment de mourir ?

— Souvent, m'avait-elle répondu, la fin d'un parcours met en évidence ce qu'il y a eu derrière. L'urgence amène à voir les actions sous une lumière différente. Tout à coup, on comprend que l'on s'est trompé, mais il est trop tard pour changer les choses. C'est pour cela que l'on demande pardon. Je demanderai pardon moi aussi, et vous ferez de même. Personne ne peut s'en dispenser. Ne pas le faire serait de la présomption car, de toute façon, la vie est un parcours fait d'erreurs. Rares sont ceux qui connaissent la lumière dès le début, tous les autres avancent à tâtons. Et même lorsqu'on parvient à l'intuition de l'Esprit, on se trompe encore. Nous nous trompons tous, par le simple fait que nous sommes des hommes, parce que notre vue ne dépasse pas un certain point, elle ne traverse pas les objets ni n'enjambe les horizons. Il y a toujours un coin obscur que l'on n'arrive pas à apercevoir. Il est plus facile de trébucher souvent que d'avancer. »

Nous avons longuement parlé de tous les propos qu'Andrea et moi avions échangés dans notre adolescence, de la manière dont j'avais été fasciné par ses paroles, du fait que j'avais vu en lui une sorte de maître à penser dont les idées avaient dirigé ma vie.

Parler d'Andrea lui faisait encore très mal, c'était évident. Dès que je prononçais son nom, pendant un instant, la joie lumineuse de son regard se voilait. Mais elle n'esquivait pas le sujet.

« La grande prison d'Andrea, m'a-t-elle dit un soir, c'était son extrême intelligence. C'est elle qui a construit une cage autour de lui, elle l'a construite grâce à la tromperie, en séduisant son propriétaire lui-même. Pendant trop longtemps, elle lui a fait croire qu'elle était une lunette puissante, voire un télescope. Avec de tels verres grossissants, il pouvait explorer les abîmes de la terre aussi bien que la luminosité des étoiles, dessiner des trajectoires et fixer les points de chute. L'acuité de sa pensée lui donnait une impression de toute-puissance, il était convaincu de voir des choses que la plupart des gens ne voyaient pas. Et c'était peut-être vrai en partie. Mais, habitué qu'il était à garder les yeux rivés sur cet instrument, il ne s'est pas rendu compte que devant lui ne s'ouvrait qu'une toute petite parcelle de réalité. Les lunettes astronomiques rapprochent et agrandissent un angle de vision limité, on a vingt degrés devant soi et autour de soi, les trois cent soixante autres. À la fin, quand ses yeux ont regardé ailleurs, il n'a pas supporté la vision d'ensemble. Il n'a pas pu la supporter.

— Il faut être bête ?

— Non, m'a-t-elle répondu, il faut être humble. Voyez-vous, a-t-elle poursuivi en me regardant dans les yeux, la grande erreur consiste à croire que l'intelligence est quelque chose de méritoire. Plus on est intelligent, plus on a tendance à le croire. Or, l'intelligence nourrit en elle-même le germe de la supériorité. Mais supériorité par rapport à quoi ? À qui ? Ce n'est pas nous qui faisons l'intelligence. Celle-ci est un cadeau, une sorte de petit trésor dont nous devons prendre soin. Elle nous est confiée, sans plus, nous devons la respecter, avoir confiance en elle. Nul ne peut décider d'être intelligent, vous comprenez ? Nul ne peut se targuer de l'être, de même que nul ne peut décider de son "degré" d'intelligence. Il suffirait de s'arrêter un instant sur cette idée pour barrer la route à l'orgueil.

« Mais un jour, on nous demandera de rendre compte de la manière dont nous l'avons utilisée. Vous connaissez sans doute la parabole des talents. La grande erreur consiste à confondre savoir et pouvoir, à croire que l'intelligence à elle seule sert à dominer les choses, à les posséder, à les façonner. Les choses et les êtres. Mais sans humilité, sans compassion, l'intelligence n'est qu'une pitoyable parodie d'elle-même. On croit qu'elle rend libre, alors qu'elle aliène. Invisible et patiente, elle construit une cage autour des êtres. On est là, et on croit avoir une vision ample. Quand on s'aperçoit qu'il n'en est rien, il est souvent trop tard. On a peur de sortir, comme les animaux qui ont vécu trop longtemps en captivité.

« Moi, je suis assez vieille pour avoir vu s'écouler une grande partie de ce siècle. Je peux dire, désormais, que c'est la maladie de notre époque. L'intelligence orgueilleuse, qui se nourrit exclusivement d'elle-même. À un certain moment, la crainte de Dieu s'est perdue, les actions sont devenues vides, coupées de tout projet supérieur. Là où il y a le vide, il y a l'Irrationnel. Il se glisse partout et répand partout sa folie. Ce qui a été — ce qui est — dépend de cela. Sans respect, sans amour, l'homme n'est qu'un grand singe qui parcourt le monde, les mains souillées de sang.

— Qui est l'Irrationnel ? avais-je alors demandé.

— Appelez-le comme vous voudrez. Il a plusieurs noms, mais une seule façon d'agir.

— Laquelle ?

— Il détruit les destins. En répandant l'obscurité, il rend l'homme étranger à lui-même. »

Durant les mois que nous avons passés ensemble, j'ai appris à connaître sa fragilité et sa force. La fragilité de sa vieillesse, la force sans âge de sa pensée. Souvent, je repensais à l'agacement que j'avais ressenti, la première fois que je l'avais vue.

Moi aussi, comme Andrea et comme tous les autres, je n'avais en tête que le cliché de la bonne sœur. J'avais jugé l'habit au lieu de voir la personne. J'imaginais une consolation insupportablement mièvre, et je m'étais trouvé devant un être humain qui m'avait parlé avec une lucidité et une sagesse que je n'avais jamais rencontrées.

C'est ainsi qu'à la fin j'ai pris mon courage à deux mains et je lui ai posé la question qui me tourmentait depuis toujours, le pivot autour duquel tournait ma vie.

« Alors, le mal... Pourquoi le mal existe-t-il ? »

C'était un après-midi de mars, nous étions en train de semer les blettes dans le potager. Elle s'est dressée, elle se tenait toute droite au milieu des sillons, les graines à la main.

« Vous voulez vraiment une réponse ?

— Oui.

— La réponse, c'est qu'il n'existe aucune réponse. Ceux

267

qui prétendent la connaître, ceux qui parlent de récompenses et de châtiments racontent des mensonges. Quand un enfant meurt, que peut-on dire ? Rien. On peut uniquement maudire le ciel ou accepter ce mystère. Le mal est surprise et scandale. On ne peut combattre que le mal mineur : nos mauvaises actions. D'un mot, d'un geste, on peut accroître le mal présent dans le monde, ou le diminuer. Faire un choix, dans un sens ou dans l'autre, ne dépend que de nous.

« Regardez ces graines de blettes, avait-elle ajouté, regardez comme elles sont disgracieuses et même franchement laides. Si on ne savait pas ce que c'est, on pourrait même penser que ce sont les excréments d'un petit animal, d'une souris par exemple. Alors que, dans ces quelques millimètres cubes de matière, il y a tout. Il y a de l'énergie concentrée, et le projet d'une croissance. Les grandes feuilles vertes qui, en juin, offriront de l'ombre à la terre du potager, sont déjà toutes enfermées ici. Beaucoup de gens sont émus face aux grands espaces, les montagnes ou la mer. C'est leur seule façon de communier avec le souffle de l'univers. Pour moi, ça a toujours été le contraire : ce sont les petites choses qui me donnent le vertige de l'infini.

« Une graine de courge, par exemple : on peut la manger ou la planter. Dans le premier cas il ne se passe rien, mais dans le second, au bout de quelques mois, il pousse une plante énorme, qui envahit tout le potager avec ses feuilles. On dirait presque une plante magique, et entre ses feuilles, les courges apparaissent. Elles sont rondes, brillantes. Si on les ouvre, leur couleur est celle du soleil couchant. Alors on s'arrête et on se demande : d'où vient tout cela ? Il est très difficile de revenir en arrière, à la petitesse des graines. Mais il y avait le projet, vous comprenez ? Le projet de cette petite entité était justement de devenir cette lumière orange enfermée sous l'écorce.

« Nous sommes tous des graines jetées sur cette terre : c'est ce que nous oublions trop souvent. »

Je savais peu de choses de sa vie. Elle éprouvait une sorte de pudeur à parler d'elle-même. Elle se contentait de répondre aux questions que je lui posais, n'ajoutant de sa propre initiative que ce qui pourrait m'aider sur le chemin de la compréhension.

Elle m'avait ainsi raconté que, avant d'entrer au couvent, elle avait étudié les mathématiques. Son intelligence était avide de perfection, c'est pourquoi elle s'était tournée vers ce genre d'études. Pendant longtemps, elle avait été convaincue que les calculs et les théorèmes pourraient l'aider à donner un nom et une loi à chaque chose.

Elle enseignait depuis des années dans un lycée, quand sa famille avait été exterminée par les Oustachis. Elle avait eu la vie sauve parce qu'elle était allée chercher du vin à la cave. Face à l'irruption du mal, elle avait découvert la petitesse du savoir humain qu'elle avait cru énorme. Elle se tourmentait sans cesse, à l'idée d'avoir survécu à sa famille.

« Après l'extermination, j'ai vécu des années, le cœur étreint par un buisson d'épines. J'aurais préféré une lame. Les lames tuent. Les épines rendent douloureuse chaque respiration, c'est tout.

« Durant des années, j'ai erré à travers l'Europe, comme un chien sauvage. Aucun lieu, aucune relation ne pouvaient me donner autre chose qu'un étourdissement. La lumière qui irradiait chaque aube de mes journées était celle de la haine. Je haïssais ceux qui avaient tué, je haïssais mon père et les principes au nom desquels il s'était fait tuer. Je haïssais mon savoir qui était grand et inutile, comme un filet de pêche aux mailles déchirées.

« Pendant très longtemps, avait-elle ajouté, mon ciel n'a été éclairé que par la lueur des incendies. Les flammes couraient çà et là, poussées par le vent, elles léchaient et brûlaient toute chose, sans jamais s'arrêter pour demander la permission de le faire. »

Elle avait marqué une pause, comme pour reprendre haleine avant de continuer, à voix basse :

« Puis un jour, alors que je voyageais en train, j'ai trouvé un Évangile, abandonné sur le siège à côté du mien. Je n'avais rien à lire, si bien que je l'ai pris. C'était le printemps et le train avançait lentement, par la fenêtre entrait le parfum intense des acacias en fleurs. J'ai ouvert le livre au hasard, j'ai posé les yeux au hasard, sur une page. J'ai lu ceci :

Je vous laisse la paix, je vous donne ma paix, je ne vous la donne pas comme le monde la donne.

« Ces paroles sont tout de suite entrées en moi. Une fois entrées, elles se sont transformées en clou, en vrille. Elles ont ouvert un petit trou dans l'obscurité qui, depuis trop longtemps, enveloppait mes jours. La lumière est entrée par cette ouverture, au début ce n'était qu'un filet, elle allait, venait, apparaissait, disparaissait. Parfois, le soir, au moment de m'endormir, je m'adressais à quelqu'un dont je ne connaissais pas encore le visage. "Je t'en prie, disais-je, fais que ce filet de lumière ne disparaisse pas, fais qu'il soit encore là demain."

« J'étais comme assoiffée. Une assoiffée qui découvre une goutte d'eau sur un rocher. Je savais que mon salut en dépendait. Ce que je ne savais pas encore, c'était si là-dessous se trouvait une nappe ou si ce n'était qu'un peu de rosée. J'avais longuement marché dans un désert de pierre. Chemin faisant, j'avais acquis la certitude que le monde entier était ainsi, aride, âpre, sans aucune forme de vie, sans autre lumière que celle des incendies que, tout en marchant, je portais en moi. Puis, tout à coup, une oasis m'est apparue. Avec ses palmiers, ses fleurs, le chant des oiseaux, ses fruits et le bruit argentin d'une source. C'était peut-être un mirage, peut-être pas. Comment le savoir ? En m'approchant, je me suis aperçue que cette ombre était vraiment de l'ombre et cette eau vraiment de l'eau. Pendant qu'elle coulait, toute fraîche, sur mon corps, il s'est produit soudain un fait étrange, quelque chose dans mon regard a changé. Le voile opaque qui l'avait recouvert pendant si longtemps a disparu. Les yeux étaient toujours les miens, mais ce que je voyais était différent.

— Différent en quoi ? avais-je demandé.

— Différent, à cause de la joie. »

C'était le soir, tard ; nous avons parlé encore un moment. Elle m'a raconté son entrée au couvent, les longues années passées en Inde à soigner les mourants.

« Vous vouliez vous punir ? » lui ai-je demandé quand nous nous sommes levés.

Elle a souri, comme devant la question d'un enfant.

« Me punir ? Et de quoi ? »

Puis, à pas légers, elle a disparu au fond du couloir.

VI

Sœur Irène est morte le 2 décembre de l'hiver suivant.
Elle est morte de ce lent abandon dont meurent les personnes âgées en bonne santé. Durant l'été, déjà, elle avait commencé à éprouver des difficultés à marcher ; en octobre, elle s'était alitée. Elle n'avait pas voulu que j'appelle un médecin ni que je la fasse hospitaliser.

J'ai donc commencé à la porter dans mes bras. Je l'imaginais lourde, allez savoir pourquoi, alors qu'elle était très légère.

Les premières fois, elle paraissait un peu embarrassée : depuis trop longtemps, c'était elle qui s'occupait des autres, elle n'était pas prête à supporter l'inverse.

Mais au bout de quelques jours, elle s'est abandonnée. Au lieu de garder la tête droite, elle l'a posée sur ma poitrine. Après avoir été un petit oiseau curieux qui s'efforce de regarder hors du nid, elle est devenue un petit oiseau fatigué, je sentais ses doigts longs et froids sur mon cou.

À une autre époque, ce contact m'aurait irrité. Mais quelque chose en moi avait changé. Je pensais à ma mère et à son agonie solitaire, et je sentais que je dégageais plus de chaleur. En prenant soin d'elle, je prenais soin des personnes qui étaient passées à côté de moi et qui étaient mortes sans que je parvienne à les effleurer, à entamer leur solitude, leur douleur.

Sa voix déclinait en même temps que son corps, elle devenait plus faible de jour en jour. Seule sa pensée était restée intacte. La lucidité, la précision de ses mots étaient inchangées. Pour ne pas la laisser seule, j'avais installé plusieurs lits de camp à divers endroits du couvent. Là où j'allais, elle venait aussi.

« Nous sommes comme le pagure et l'anémone, a-t-elle dit un jour, tu marches et je te suis. Même si je ne veux pas, je dois le faire quand même. »

Cette intimité soudaine nous avait amenés à nous tutoyer. Avec le tutoiement, notre relation avait pris une autre dimension. Nous ne hurlions plus comme deux alpinistes au sommet de deux pics, nos phrases avaient fini par ressembler de plus en plus à des chuchotements.

Un jour, pendant que nous traversions le cloître, elle a dit :

« Je suis venue ici pour mourir seule. Je voulais m'en aller discrètement, sans déranger personne. Mais tu es arrivé et, maintenant, tout tourne autour de moi. Il faut que je sois transportée du matin au soir, comme si j'étais le Grand Vizir. »

Parfois, elle était un peu triste, elle regrettait que je m'occupe trop d'elle.

« Ça n'en vaut pas la peine, disait-elle. Va te promener, va te distraire. Tu es jeune, ton corps est plein d'énergie.

— Il n'y a rien d'autre que je veuille faire, à part cela.

— Pour te punir ? avait-elle demandé.

— Non, pour mortifier ton orgueil. »

Ma réplique l'avait fait sourire.

« Tu as raison, avec l'âge, l'orgueil empire. »

Durant tous ces mois, ses mots sur la variété de la joie n'avaient cessé de me tourmenter. J'avais appris à me lever à l'aube, et à mon réveil, il m'arrivait de plus en plus souvent d'éprouver une sensation nouvelle. Je me sentais joyeux. Il n'y avait à cela aucune raison précise. La moindre chose me faisait sourire, dans mon regard, il y

273

avait de l'émerveillement et rien d'autre. C'était comme si une partie de moi-même commençait à se dilater, à respirer d'une manière différente. Je pensais souvent à ce dont m'avait parlé sœur Irène, à la petite ouverture par où entrait la lumière.

Un matin, alors que je plantais des choux, agenouillé sur la terre du potager, je lui ai soudain demandé :

« La Grâce est joie ? »

Elle était très fatiguée. Elle s'est contentée de baisser les paupières, en signe d'assentiment.

J'ai bêtement ajouté :

« Pourquoi ? »

Alors, elle a lentement soulevé un bras ; j'ai suivi son geste des yeux, au-dessus de nous, il y avait un grand châtaignier chargé de fruits, et encore au-dessus, le grand silence lumineux du ciel.

Elle a été lucide jusqu'aux derniers jours ; pendant toutes ces heures-là, je ne l'ai jamais quittée.

Quand elle a pris ma main entre les siennes et qu'elle a murmuré : « Pardon », la pluie cognait contre les vitres.

Un peu avant l'aube, elle a cessé de respirer.

Je l'ai coiffée, lavée. Je l'ai installée sur le lit. À ses côtés, j'ai allumé deux bougies blanches.

Puis j'ai mis mon blouson et je suis allé faire une promenade.

Le ciel était encore sombre mais il ne pleuvait plus. J'ai pris le petit sentier qui part du couvent et qui conduit au sommet de la montagne. Je me sentais léger, extraordinairement léger. En moi, il y avait de la douleur, mais aussi la sensation d'une liberté différente.

Tout en marchant, je pensais à cette longue année passée ensemble, à sa main qui tenait les graines, à sa joie et à sa dureté. Je pensais au hasard qui avait fait se croiser nos vies, au fait que peut-être, depuis l'instant de ma naissance, j'étais destiné à arriver en ce lieu.

Derrière moi, j'avais les longues années de confusion, toute la douleur que j'avais éprouvée et toute la douleur que j'avais provoquée. Je devais remonter très loin en arrière pour arriver à un point où il était possible de recomposer ma propre personne. Un point antérieur aux bavardages. Un point antérieur aux vanités de l'ambition.

Pendant cette année, toutes les incrustations avaient lentement disparu. Je n'avais plus d'œillères ni de moules préfabriqués. Mon intelligence se transformait en autre chose.

Cet autre chose n'avait pas encore de nom, mais je savais que je l'avais déjà rencontré, ne serait-ce qu'une fois. C'était quand, enfant, j'avais caressé les agneaux qui allaient vers la mort. Cela n'avait été qu'un éclair, un éclair qui avait révélé une forme de compréhension différente. À seize ans, je l'avais confondu avec l'art. Désormais, je savais qu'il ne s'agissait que d'un sentiment : la compassion.

Soudain, devant mes yeux est apparue l'image d'un enfant venant au monde. C'était mon père. Il n'était pas seul. Derrière lui, il y avait ma mère, puis Andrea, Neno, Federico, Orio, Orsa. Il y avait eux, et il y avait le petit corps fané de sœur Irène. Et après sœur Irène, le mien. Un jour lointain, nous avions tous été nus et sans défense, fragiles et stupéfaits. Nous avions tous eu le même regard, ce jour-là. Un regard dénué de préjugés, étincelant de joie. Il y avait quelque chose de poignant dans cette image, quelque chose qui me brûlait à l'intérieur. Au fond, ai-je pensé tout en continuant à grimper vers le sommet de la montagne, pour cesser de se haïr les uns les autres, il suffirait de voir les gens ainsi.

Si je m'étais souvenu de mon père comme d'un nouveau-né, au lieu de m'en souvenir comme d'un ivrogne, toute rancœur aurait disparu. Le seul sentiment possible aurait été l'émotion. La même émotion que j'avais ressentie près de son lit de mort.

Émotion et compassion.

Émotion devant sa nudité, compassion devant sa fragilité. La même émotion et la même compassion que j'avais éprouvées pour toutes les existences vécues dans l'ignorance de soi. Pour les existences comprimées, écrasées, incomplètes ou éclatées. Pour les existences qui filaient comme du sable entre les doigts d'un enfant. Compassion pour cette énorme guirlande de vies qui nous relie les uns aux autres, sans aucune distinction. Étrangers au mystère du premier regard, perdus pendant le trajet, apeurés au dernier instant.

Grandir, ce n'est pas oublier cet état, mais se le réapproprier. C'est retrouver notre regard originel.

Quand je suis arrivé au sommet de la montagne, le vent s'est mis à souffler, la température est encore descendue. J'étais là, debout, il n'y avait aucun bruit, à part le sifflement du vent, exactement le même bruit qui remplissait de cauchemars mes nuits d'enfant.

J'étais là, debout, et je savais qu'elle était morte. Je savais cela, et je savais aussi qu'elle était vivante, j'avais une perception quasi physique de sa présence à mes côtés. Là-haut, j'ai compris que la mort ne me faisait plus peur, parce que mort et vie sont deux formes d'existence différentes. Là, debout, j'ai également compris qu'à l'intérieur de moi il n'y avait plus de place pour le vide. Que le vide n'existe que tant que l'on n'a pas assimilé la mort.

J'étais là, debout, et ce vent me rendait heureux. Le vent, la terre, la pluie qui tombe et qui fait pousser les plantes me rendaient heureux.

J'étais là et je n'étais plus moi, mais la respiration des baleines endormies dans les profondeurs de la mer. J'étais le lion qui marchait dans la savane, et la gazelle qui s'abreuvait au fleuve. J'étais la graine et la plante, et le poulain qui chancelle sur ses pattes. J'étais le poulain, la plante et l'éléphant mourant, son corps énorme et sage qui s'affaisse, épuisé.

J'étais cet univers de respiration et de croissance. J'étais tout cela et j'étais aussi un homme, et c'était le fait d'être homme qui me faisait pleurer, parce que l'homme vit dans la majesté et la splendeur de l'univers sans jamais s'en rendre compte. Il détruit, épuise, asservit l'immense beauté intelligente qui lui a été offerte.

J'étais là debout et je sanglotais. Tout à coup, le vent est tombé et il s'est mis à neiger. Ce n'était pas de la neige fondue, mais de gros flocons, ils tombaient sur moi et se dissolvaient, ils tombaient sur le paysage environnant et le recouvraient.

Alors, j'ai fait demi-tour pour rentrer ; le sentier était déjà tout blanc, et mes pas produisaient un son différent.

Un peu avant d'arriver au couvent, j'ai rencontré un cerf à la grande ramure. Il frottait son cou et son museau contre l'écorce d'un arbre, la neige se posait sur son corps, régulièrement.

Je croyais qu'il s'enfuierait en me voyant. Mais il est resté immobile. Il avait les yeux extraordinairement noirs, et de longs cils gelés. Il n'avait pas peur, son regard n'exprimait ni un jugement ni un défi. Il m'observait, voilà tout.

« Les hommes aiment tuer les animaux parce qu'ils envient leur grâce naturelle », m'avait dit un jour sœur Irène.

Quand le cerf est parti, j'ai pensé qu'elle avait raison. Il y avait une Grâce dans le monde vivant, et l'homme faisait tout pour en être exclu.

Quand je suis entré dans sa cellule, les bougies étaient sur le point de s'éteindre. Je me suis humecté deux doigts et je les ai éteintes. Puis je les ai remplacées.

Je suis resté près de sœur Irène tout l'après-midi et toute la nuit. Plusieurs fois, en l'observant à la lumière incertaine des petites flammes, j'ai eu l'impression qu'elle souriait.

« Maintenant tu as compris, m'avait-elle dit, un des derniers jours.

— C'est une question ?

— Non, une affirmation.

— Compris quoi ?

— La chose la plus simple, ce qu'est l'amour.

— Et c'est quoi ?

— C'est l'attention. »

Le lendemain matin, fidèle à ses volontés, j'ai enveloppé son corps dans un drap blanc. Il y avait de grands nuages opaques et immobiles.

J'ai dû déblayer beaucoup de neige avant d'arriver à la terre, et beaucoup de terre avant de réussir à l'enterrer.

Autour d'elle, il y avait ses sœurs, mortes, et le corps inquiet d'Andrea.

Elle m'avait donné un feuillet à lire. C'était la prière toute simple de saint François.

Quand j'ai lu : *En pardonnant on se pardonne. En mourant on ressuscite à la vraie vie*, la neige s'est remise à tomber.

Table

Cet ouvrage a été composé par
Nord Compo (Villeneuve-d'Ascq)
et imprimé par **Bussière Camedan Imprimeries**
à Saint-Amand-Montrond (Cher),
pour le compte de la Librairie Plon

Achevé d'imprimer le 26 février 1997.

N° d'Edit. : 12723 - N° d'Imp. : 1/529.
Dépôt légal : février 1997

Imprimé en France